Cuentos que mi madre nunca me contó

ALFRED HITCHCOCK nació en Reino Unido en 1899 y murió en Estados Unidos en 1980. Padre indiscutible del thriller psicológico y del cine de suspense con mayúsculas, pasó del cine mudo británico al Hollywood glorioso de los años 40. A partir de entonces y hasta bien entrada la década de los 70 su carrera sería meteórica.

A él se deben técnicas tan fundamentales como el plano que imita la mirada humana, el encuadre holandés para aumentar la tensión, los primerísimos primeros planos para las escenas más impactantes y el celebérrimo MacGuffing o detalle aparentemente baladí que articula la narración. Toda una escuela de cine moderno nació de sus icónicos largometrajes, hoy erigidos clásicos indiscutibles del cine: *Psicosis*, *Los pájaros*, *Vértigo*, *La ventana indiscreta*, *El hombre que sabía demasiado*, *Atrapa a un ladrón*, *Con la muerte en los talones*, *Rebecca* y un larguísimo etcétera son aún estudiadas en escuelas de cine de todo el mundo, y homenajeadas sin cesar en precuelas, secuelas y remakes. Es probablemente el cineasta más prolífico del cine negro, y no parece que vaya a ser destronado próximamente. También protagonizó cameos en treinta y siete de sus cincuenta y tres películas, convirtiéndose así en el director de cine que más veces posó frente a las cámaras.

No es de extrañar que su pasión por el suspense, tan fundamental en su carrera artística, naciese de la literatura del género. Hitchcock era un ávido lector y jamás abandonó la lectura de los grandes maestros de la novela negra. Por ello, comenzó pronto a recopilar sus propios compendios de relatos cortos, de entre los cuales *Cuentos que mi madre nunca me contó* es el más memorable, el más brillante, el más misterioso.

ALFRED HITCHCOCK

Cuentos que mi madre nunca me contó

Traducción de Haizea Beitia

Título original: *Stories my Mother Never Told Me*

Diseño de colección y cubierta: Setanta
www.setanta.es

© Alfred Hitchcock, por cortesía de Alfred Hitchcock LLC.
Todos los derechos están reservados

© de la traducción: Haizea Beitia, 2020
© de la edición: Blackie Books S.L.U.
Calle Església, 4-10
08024 Barcelona
www.blackiebooks.org
info@blackiebooks.org

Maquetación: David Anglès
Impresión: Liberdúplex
Impreso en España

Primera edición en esta colección: octubre de 2021
ISBN: 978-84-18733-23-9
Depósito legal: B 8431-2021

Índice

Introducción

A no ser que hayas empezado este libro por la contracubierta y lo hayas leído de atrás hacia delante, habrás observado que su título es *Cuentos que mi madre nunca me contó*. Y te aseguro que este título es una descripción absolutamente exacta de su contenido. Incluso estaría dispuesto a declarar bajo juramento ante cualquier tribunal del mundo que ninguno de estos cuentos me llegó, en forma alguna, por boca de mi madre.

La razón es muy sencilla: ninguno de ellos estaba escrito en la época en que mi madre me contaba cuentos.

Sin embargo, no creo que mi madre me hubiera contado las historias que he recopilado aquí, ni siquiera aunque hubieran estado a su disposición. Tampoco te recomiendo narrárselas indiscriminadamente a tus pequeños. Son cuentos para gustos refinados, para aquellas personas que ya han dejado atrás el sencillo placer del golpe contundente, el grito en la noche o el veneno en el decantador de oporto.

Creo que es del conocimiento público que soy un adicto a las historias que tiñen con una pincelada de terror las emociones del lector, que turban su sensibilidad con horrores angustiantes o le aceleran el pulso mediante el suspense. He llevado esta afición tan lejos como para publicar algunos volúmenes en los que agrupaba relatos que, a mi parecer, destilaban esas emociones en su más pura esencia.

Esta vez, en cambio, no quisiera condicionar las reacciones que provocarán en ti, lector, estos cuentos. Resistiré a la tentación y me abstendré de mencionar este o aquel relato. Hay que adentrarse en estas historias sin advertencias ni prejuicios. Solo de este modo el impacto podrá ser completo y rotundo en tu susceptible sistema nervioso.

Lo único que sí puedo prometer es que te espera todo un abanico de emociones, exceptuando, claro está, los sentimientos más tiernos y amables, con los cuales yo no tengo nada que ver. He incluido uno o dos de los cuentos por mero entretenimiento, pero no debes interpretar este detalle como un punto débil. Incluso en esos relatos subyacen elementos escalofriantes que convertirán su lectura en una experiencia extrañamente placentera. Y hay otros que considero casi diabólicos. Además...

¡Basta ya! Ya lo dijo alguien una vez: la mejor introducción es la más breve.

¡Adelante entonces!

ALFRED HITCHCOCK

I

El viento

RAY BRADBURY

El teléfono sonó a la seis y media de la tarde. Era diciembre, así que ya había anochecido. Thompson descolgó.

—¿Diga?

—Hola. ¿Herb?

—¡Ah! Eres tú, Allin.

—¿Está tu mujer en casa?

—Claro, ¿por qué?

—¡Mierda!

Herb Thompson se acercó más al teléfono y bajó la voz:

—¿Qué pasa? Te noto alterado.

—Quería pedirte que vinieras esta noche.

—No puedo, tenemos visita.

—Me gustaría que pasaras la noche aquí. ¿Cuándo se marcha tu mujer?

—La semana que viene —dijo Thompson—. Estará en Ohio unos nueve días. Su madre está enferma. Iré a verte entonces.

—Necesito que vengas hoy.

—Ojalá pudiera, pero con las visitas y todo eso, mi mujer me mataría.

—Por favor, ven hoy.

—¿Qué te pasa? ¿Otra vez el viento?

—Oh, no. No.

—¿Es el viento? —insistió Thompson.

La voz al otro lado del teléfono vaciló.

—Sí... Sí, es el viento.

—Hace buena noche. No sopla mucho viento.

—El suficiente. Llega hasta la ventana y agita un poco las cortinas. Lo justo para hablarme.

—Oye, ¿por qué no vienes tú aquí a pasar la noche? —sugirió Herb Thompson mientras recorría el vestíbulo iluminado con la mirada.

—No, no. Ya es demasiado tarde. Me atraparía por el camino. Hay mucha distancia, joder, no me atrevo. Pero gracias de todos modos. Son treinta millas, pero gracias.

—Tómate una pastilla para dormir.

—He estado de pie en la puerta una hora, te lo juro. He visto cómo se iba formando en el oeste. Por allí hay nubes y he visto cómo una se deshacía en pedazos, no sé si me entiendes. El viento sopla hacia aquí, Herb, te lo aseguro.

—Está bien, pero lo que tienes que hacer es tomarte una pastilla para dormir. Y llámame a cualquier hora que lo necesites. Luego, más tarde, si te apetece.

—¿A cualquier hora?

—Claro.

—Eso haré, pero preferiría que vinieras. Aunque tampoco quiero causarte problemas. Eres mi mejor amigo y eso no estaría bien. Tal vez sea mejor que me enfrente a esta cosa yo solo. Siento haberte molestado.

—¡Pero qué dices! ¿Para qué están los amigos entonces? Oye, mira, haz algo: por ejemplo, ¿por qué no escribes un rato? —dijo Herb Thompson, apoyándose primero en una pierna y luego en la otra—. Así te olvidarás del Himalaya, del valle de los Vientos y de esa obsesión tuya por las tormentas y los huracanes. Escribe otro capítulo de tu libro de viajes.

—Puede que lo haga. Tal vez. No sé. Puede. Muchas gracias por aguantarme.

—Gracias, dice. ¡Vete a la mierda! Y ahora cuelga. Mi mujer me está llamando para cenar.

Herb Thompson dejó el teléfono, fue al comedor y se sentó a la mesa. Su mujer se acomodó frente a él.

—¿Era Allin? —preguntó. Él asintió con un gesto y ella siguió hablando mientras le pasaba un plato lleno de comida—. Siempre anda con eso de los vientos, que si soplan para arriba, que si soplan para abajo, que si fríos, que si calientes.

—Le pasó algo en el Himalaya, durante la guerra —dijo Herb Thompson.

—No te creerás lo que cuenta del valle, ¿verdad?

—Es un buen relato.

—Escalar esto, escalar aquello. Subir montañas cada vez más altas. ¿Por qué os da por hacer esas cosas? ¿Para luego pasar miedo?

—Nevaba —continuó Thompson.

—¿Ah, sí?

—Y llovía, granizaba y soplaba mucho viento, todo a la vez. Allin me lo ha contado millones de veces, lo describe muy bien. Estaba a bastante altura. Nubes y todo eso. El valle producía un sonido...

—Por supuesto que sí —dijo ella, harta.

—... como de muchos vientos juntos. Vientos de todo el mundo. —Tomó un bocado—. Así lo cuenta él al menos.

—Para empezar, no tendría que haber ido allí. Uno mete las narices donde no le llaman y luego se le ocurren ideas raras. Además, ya sabes, los vientos se enfurecen con el intruso y lo persiguen.

—No te rías de Allin, es mi mejor amigo —replicó Herb Thompson.

—¡Es tan estúpido!

—De todos modos, no lo ha tenido nada fácil. Primero, aquella tormenta en Bombay y, luego, el huracán de las islas del Pacífico, dos meses después. Y lo de Cornualles.

—No me inspira mucha simpatía un tipo que se mete en tormentas y huracanes todo el rato y acaba desarrollando una manía persecutoria.

El teléfono volvió a sonar.

—No lo cojas —dijo ella.

—Igual es importante.

—Es Allin otra vez.

Permanecieron sentados y el teléfono sonó nueve veces sin que ninguno de los dos contestara. Finalmente, dejó de sonar. Terminaron de cenar. En la cocina, las cortinas de la ventana se movían con suavidad, agitadas por una ligera brisa.

El teléfono volvió a sonar.

—No puedo no responder —dijo él, y descolgó el auricular—. Hola, Allin.

—¡Herb! ¡Está aquí! ¡Ha llegado!

—Estás muy cerca del teléfono, aléjate un poco.

—Me he quedado esperándolo con la puerta abierta. Lo he visto recorrer la carretera, agitando todos los árboles, uno a uno, hasta que ha llegado a los que están al lado de mi casa. Y cuando estaba ya a punto de entrar, ¡le he cerrado la puerta en las narices!

Thompson no respondió. No se le ocurría nada que decir. Su mujer lo miraba desde la puerta del vestíbulo.

—Qué interesante —dijo al fin.

—Está rondando mi casa, Herb. Ahora ya no puedo salir ni hacer nada. Pero me he burlado de él. ¡Le he dejado creer que ya me tenía y, justo cuando venía a por mí, le he cerrado la puerta en las narices! Estaba listo. Me he estado preparando para ello durante semanas.

—Vaya, qué cosas, ¿no? Continúa contándomelas, colega.

Herb Thompson intentó sonar despreocupado ante la mirada de su mujer. Notó como empezaba a caerle el sudor por el cuello de la camisa.

—Empezó hace seis semanas...

—¿Ah, sí?

—Pensaba que me había librado de él. Creía que había dejado de seguirme y de intentar atraparme. Pero solo estaba a la espera. Hace seis semanas oí como el viento se reía y murmuraba por los rincones de mi casa. Duró una hora o así, no mucho tiempo, tampoco era muy fuerte. Luego se marchó.

Thompson asintió con la cabeza.

—Me alegro, me alegro.

Su mujer lo miraba fijamente.

—A la noche siguiente regresó. Golpeó las persianas y levantó chispas en la chimenea. Volvió cinco noches seguidas, un poco más fuerte cada vez. Abrí la puerta, vino hacia mí y trató de arrastrarme al exterior, pero aún no era lo bastante fuerte. Esta noche sí lo es.

—Me alegro de que estés mejor —dijo Thompson.

—No estoy mejor. ¿Qué coño te pasa? ¿Es que nos está escuchando tu mujer?

—Sí.

—Lo entiendo. Sé que parezco un loco imbécil.

—Para nada. Continúa.

La mujer de Thompson salió de la habitación y él se relajó. Se sentó en una silla al lado del teléfono.

—Sigue, Allin, saca todo lo que tengas que decir, dormirás mejor.

—Ahora envuelve toda la casa, es como si una enorme aspiradora quisiera llevarse hasta las tejas. No para de sacudir los árboles.

—Es curioso, aquí no hace nada de viento.

—¡Claro que no! Vosotros no le importáis, viene a por mí.

—Tal vez sea eso...

—Es un asesino, Herb, un cazador asesino prehistórico. El peor de todos, joder. Es una inmensa alimaña que va por ahí olfateando, tratando de llegar hasta mí. Empuja la casa con su hocico helado, husmeando. Si estoy en el salón, presiona por ahí; si me voy a la cocina, me sigue. Ahora está intentando entrar por las ventanas, pero las tengo reforzadas y puse bisagras y cerrojos nuevos en las puertas. Es una casa sólida. Es antigua, pero la construyeron con mucha solidez. He encendido todas las luces. La casa entera brilla. El viento me ha seguido de habitación en habitación, mirando por las ventanas a medida que iba encendiendo las luces. ¡Joder!

—¿Qué pasa?

—Acaba de arrancar la protección de la puerta principal.

—Lo mejor sería que vinieras aquí a pasar la noche, Allin.

—¡No puedo! Dios santo, no puedo salir de la casa. No puedo hacer nada. Conozco este viento, es listo. He intentado encender un cigarrillo hace un momento y, con una breve ráfaga, me ha apagado la cerilla. Al viento le gusta jugar, mofarse de mí. Se está tomando su tiempo, tiene toda la noche. ¡Dios mío! ¡No! Ahora mismo, uno de mis viejos libros, sobre la mesa... Ojalá pudieras verlo. Una brisa se ha colado por a saber qué agujero de la casa y... la... la brisa ha abierto el libro y está pasando las páginas una a una. Ojalá pudieras verlo. Ahí está aquella introducción. ¿Recuerdas la introducción de mi libro sobre el Tíbet, Herb?

—Sí.

—«Este libro está dedicado a todos aquellos que sucumbieron a los elementos, de parte de alguien que los conoce, pero que ha logrado sobrevivir.»

—Sí, la recuerdo.

—¡Se ha ido la luz!

Se oyó un chasquido.

—Acaba de caer el tendido eléctrico. ¿Me oyes, Herb?

—Aún te oigo.

—El viento se ha puesto celoso de las luces de mi casa, así que ha derribado los cables de fuera. Lo siguiente será el teléfono, ya verás. Mi lucha con el viento es a vida o muerte, te lo juro. Espera un segundo.

—¿Allin?

Silencio.

Herb apretó aún más el auricular. Su mujer le lanzó una mirada desde la cocina. Herb Thompson siguió esperando.

—¿Allin?

—Ya está —dijo la voz al otro lado de la línea—. Entraba una corriente por debajo de la puerta y he puesto unos trapos para evitar que se me congelasen las piernas. Al final me alegro de que no hayas venido, Herb, prefiero no haberte metido en esto. Acaba de romper una de las ventanas del salón y entra una ráfaga continua. Está arrancando los cuadros de las paredes. ¿Lo oyes?

Herb Thompson prestó atención. Se oía un aullido constante y salvaje, y también algunos golpes. Allin gritó más fuerte:

—¿Lo oyes?

Herb Thompson tragó saliva.

—Sí, lo oigo.

—Me quiere vivo, Herb. No tira la casa abajo de un solo soplo porque eso me mataría. Me quiere vivo para despedazarme miembro a miembro. Quiere lo que hay dentro de mí. Mi mente, mi cerebro. Quiere mi energía vital, mi fortaleza psíquica, mi yo. Quiere mi intelecto.

—Me llama mi mujer, Allin. Tengo que secar los platos.

—Es una gran nube de vapores, formada por vientos de todo el mundo: aquel que azotó Sulawesi hace un año, el asesino de La Pampa que tantas muertes causó en Argentina, el tifón que se cebó con Hawái y el huracán que asoló la costa africana a principios de año. Tiene un poco de todas aquellas tormentas de las que escapé. Empezó a perseguirme en el Himalaya porque no quería que yo supiera lo que averigüé, lo del valle de los Vientos; allí se junta y planea destrucciones. Algo, hace muchísimo tiempo, le infundió un principio de vida. Sé dónde se alimenta. Sé dónde nace y dónde algunas de sus partes van a morir. Por eso me odia, porque he escrito libros contra él, explicando cómo derrotarlo. Quiere incorporarme a su inmenso cuerpo, poseer mis conocimientos. ¡Me quiere en su bando!

—Tengo que colgar, Allin. Mi mujer...

—¿Qué? —Se produjo una pausa. Al otro lado del teléfono se oía soplar al viento, lejano—. ¿Cómo dices?

—Llámame dentro de una hora, Allin —dijo Thompson, y colgó.

Fue a secar los platos. Su mujer lo interrogó con la mirada, pero él fijó la vista en la vajilla mientras la iba frotando con un trapo.

—¿Qué tal noche hace? —preguntó Herb al rato.

—Buena, no muy fría. Se ven las estrellas —contestó ella—. ¿Por qué lo preguntas?

—Por nada.

Durante la siguiente hora el teléfono sonó tres veces. A las ocho en punto llegaron las visitas, el señor y la señora Stoddard. Estuvieron hablando una media hora y, después, decidieron sentarse a la mesa de juego y empezar una partida de blackjack.

Herb Thompson barajó las cartas largo y tendido y las repartió una a una, con brusquedad, entre los jugadores. La conversación iba y venía. Se encendió un puro, cuya punta enseguida adquirió el tono gris de la ceniza, y ordenó sus cartas en la mano. De tanto en tanto levantaba la cabeza, como si tratara de escuchar algo. No se oía nada en el exterior. En una de esas ocasiones, su mujer le vio el gesto y él disimuló de inmediato. Descartó una jota de tréboles.

Continuó fumando con caladas lentas y todos charlaron tranquilamente, riendo de vez en cuando. El reloj del vestíbulo dio las nueve.

—Aquí estamos —dijo Herb Thompson sacándose el puro de la boca y mirándolo con actitud pensativa—, seguros y cómodos. Qué absurdo.

—¿Eh? —preguntó el señor Stoddard.

—Nada. Solo que aquí estamos, viviendo nuestras vidas, mientras, allá fuera, por todo el mundo, hay millones de personas viviendo las suyas.

—Es una afirmación obvia y un poco tonta, ¿no?

—Pero no deja de ser cierta. La vida... —volvió a llevarse el puro a la boca— es solitaria. Incluso para la gente casada. A veces, cuando estás en los brazos de otra persona, te sientes a miles de kilómetros de ella.

—A mí eso me gusta —respondió su mujer.

—No me has entendido —dijo con calma. No se sentía culpable por estar arruinando la conversación y se tomó su tiempo para explicarse—. Me refiero a que todos tenemos unas creencias, cada uno las suyas, y vivimos nuestras minúsculas vidas al mismo tiempo que otras personas viven las suyas propias, que pueden ser totalmente diferentes. Por ejemplo, ahora nosotros estamos aquí, sentados en esta sala, mientras mueren miles de personas. Unas de cáncer, otras de neumonía, algunas más de tuberculosis. Me imagino que, en este preciso instante, no muy lejos de aquí, alguien habrá fallecido en un accidente de tráfico.

—No es una conversación muy alegre, que digamos —interrumpió su mujer.

—Lo que quiero decir es que todos vivimos sin pararnos a pensar en cómo piensan, cómo viven o cómo mueren los demás. Esperamos hasta que nos llega la muerte. Míranos: aquí sentados, con nuestros culos bien seguros, mientras que, a treinta millas de aquí, en un caserón antiguo, completamente rodeado por la noche y por Dios sabe qué más, uno de los mejores tipos que he conocido...

—¡Herb!

Dejó el puro sobre el cenicero y miró sus cartas sin verlas.

—Lo siento. —Volvió a coger el puro con un gesto rápido y lo encendió de nuevo—. ¿Me toca?

—Te toca.

Siguieron jugando, conversando y riendo. Se intercambiaron cartas y cuchicheos. Herb Thompson se recostó en la silla y empezó a sentirse enfermo.

Sonó el teléfono. Thompson dio un salto y corrió a descolgarlo.

—¡Herb! Te he estado llamando.

—No podía contestar, no me dejaban.

—¿Qué estáis haciendo?

—¿Cómo? ¿Qué quieres decir?

—¿Han llegado ya las visitas?

—Joder, claro que sí.

—¿Estabais charlando, riéndoos y jugando a las cartas?

—Sí, sí, pero qué tiene que ver eso con...

—¿Te estás fumando tu puro de diez centavos?

—Que sí, joder, pero...

—¡Qué suerte! —dijo la voz del teléfono con envidia—. Eso sí que es una suerte. Me gustaría poder estar allí. Me gustaría no saber las cosas que sé. Hay tantas cosas que me gustarían...

—¿Estás bien?

—De momento sí. Estoy encerrado en la cocina. La entrada principal de la casa acaba de caer, pero yo ya tenía planeada la retirada. Cuando la puerta de la cocina ceda, me meteré en el sótano. Con suerte, podré aguantar ahí hasta mañana. Va a tener que echar abajo toda la maldita casa para atraparme. El sótano es un refugio bastante sólido y tengo una pala, podría incluso cavar...

A través del teléfono llegaba un sonido como de muchas voces.

—¿Qué es eso? —Herb Thompson se estaba poniendo nervioso, tenía frío, temblaba.

—¿Eso? —repuso la voz del teléfono—. Eso son las voces de los diez mil muertos por un tifón, de los siete mil asesinados por un huracán, de otros tres mil enterrados por un ciclón... ¿Te aburro? Es una lista larga. Eso es el viento, ¿sabes? Una muchedumbre de espíritus, un montón de muertos. El viento los mató y se quedó con sus inteligencias y sus almas para adquirirlas y usarlas. Se ha apoderado de todas sus voces y las ha convertido en una sola: la suya propia. Interesante, ¿verdad? Millones de personas asesinadas a lo largo de los siglos, arrastradas y torturadas de continente en continente, viajando en el vientre de los monzones y a lomos de los torbellinos. Mierda, me estoy poniendo muy poético.

Por el teléfono se oían los ecos cada vez más intensos de gritos, alaridos y quejidos.

—Venga, vuelve aquí, Herb —lo llamó su mujer desde la mesa de juego.

—Así es como el viento se hace más inteligente cada día. Aumenta su intelecto con un cuerpo tras otro, una vida tras otra, una muerte tras otra.

—Te estamos esperando, Herb —insistió su mujer.

—¡Que sí, joder! —Thompson se giró, casi gritando—. ¡Esperad un minuto! —Volvió a hablar al teléfono—: Allin, si quieres que vaya, salgo enseguida para ayudarte.

—Ni se te ocurra. Esta lucha es personal, no serviría de nada involucrarte. En fin, será mejor que cuelgue. La puerta de la cocina está cediendo y tendré que bajar al sótano.

—Llámame más tarde, ¿vale?

—Tal vez si tengo suerte. Esta vez no creo que sobreviva. Pude escabullirme y huir aquella vez en Sulawesi, pero creo que ahora me tiene atrapado. Espero no haberte molestado mucho, Herb.

—¡Para nada, joder! Llámame luego.

—Lo intentaré...

Herb Thompson regresó a la partida de cartas. Su mujer lo fulminó con la mirada.

—¿Qué tal está tu amiguito Allin? —preguntó—. ¿Ya se le ha pasado la borrachera?

—No ha tomado una copa en su vida —repuso Thompson, malhumorado—. Debería haber ido a su casa.

—Mira, ha estado llamando cada noche durante seis semanas y tú has ido a dormir allí al menos diez veces. Y ni una sola noche viste nada raro.

—Necesita ayuda.

—Estuviste allí hace solo dos noches, no puedes andar siempre pendiente de él.

Terminaron la partida. A las diez y media sirvieron los cafés. Herb Thompson tomó el suyo a sorbos, lentamente, mirando el teléfono. «Tal vez esté en el sótano», se dijo a sí mismo.

Herb Thompson se dirigió al teléfono y trató de hacer una llamada a larga distancia.

—Lo siento —respondió un operador—. Las líneas de ese distrito no funcionan. Le avisaremos cuando estén reparadas.

—¡Las líneas telefónicas están cortadas! —gritó Thompson, y colgó el teléfono de golpe. Dio media vuelta, atravesó el vestíbulo a toda prisa, abrió el armario y sacó el abrigo y el sombrero.

—Perdonadme. —Jadeó—. Me disculpáis, ¿verdad? Lo siento mucho.

Los visitantes lo miraron atónitos, y su mujer se quedó con la mano suspendida en el aire, sosteniendo la taza de café.

—¡Herb! —gritó.

—¡Tengo que ir! —dijo él.

En la puerta se oyó un leve roce. Todos se quedaron rígidos.

—¿Quién puede ser? —preguntó la mujer.

Aquel leve roce se repitió. Thompson se apresuró de nuevo al vestíbulo y se quedó allí quieto, alerta. Afuera se oía una débil risa.

—¡Qué idiota! —dijo Thompson, sorprendido pero también aliviado—. Reconocería esa risa entre un millón. Es Allin. Habrá venido en coche. —Thompson se rio entre dientes—. Creo que viene con amigos. Se oye a mucha más gente...

Abrió la puerta de la casa. En el umbral no había nadie. Thompson no mostró sorpresa, sino que puso una mueca, divertido. Riendo, gritó:

—¿Allin? ¿Ya estás con tus bromas? Vamos, entra. —Buscó el interruptor y encendió la luz del porche—. ¿Dónde estás, Allin? Anda, venga.

Una ligera brisa le sopló en la cara. Thompson se quedó petrificado y sintió que se le helaban los huesos. Salió al porche y miró a su alrededor, inquieto.

Una ráfaga de aire repentina le agitó las solapas del abrigo y lo despeinó. Le pareció que volvía a oír risas. De pronto, el viento rodeó toda la casa y la sensación fue asfixiante. El vendaval duró un minuto exacto, luego cesó.

El viento se alejó entre los árboles con un aullido fúnebre, en dirección al mar, hacia Sulawesi, hacia Costa de Marfil, hacia Sumatra y el cabo de Hornos, hacia Cornualles y las Filipinas. Se fue alejando más y más, hasta perderse.

Thompson se quedó allí de pie, aterido. Entró en la casa, cerró la puerta y se apoyó de espaldas contra ella, con los ojos cerrados.

—¿Pasa algo? —preguntó su mujer.

2

Los años amargos

Dana Lyon

La mujer terminó de limpiar los platos tras su solitaria cena (pechuga de pollo cocida al vino, ensalada crujiente de aguacate y galletas tostadas caseras, de las que dejó suficientes para el desayuno), y la pequeña casa quedó en perfecto orden. El sol no tardaría en desaparecer tras las colinas boscosas, pues en aquel rústico pueblo de montaña que había elegido como residencia permanente, el atardecer jamás se alargaba demasiado, y en apenas unos minutos todo quedaría envuelto en la oscuridad. Así pues, era momento de echarle un último vistazo al terreno que había preparado para su jardín.

«Mañana —le había dicho Samuel—. Mañana la tierra estará lista para plantar las semillas y, así, si Dios quiere, tendrás un césped decente, para variar.» El hombre estaba orgulloso de sus preparativos; nadie había conseguido todavía hacer crecer la hierba en aquella zona rocosa de las colinas. Muchos lo habían intentado, y solo habían obtenido unas pocas briznas aquí y allá, pero ella estaba decidida a cultivar un espeso césped detrás de la casa. Después compraría un toldo y algunos muebles de exterior, y quizás instalaría una pequeña fuente. Así, cuando regresara de su viaje podría sentarse al aire libre durante todo el verano y disfrutar de la belleza y la tranquilidad que habría obtenido gracias a sus propios esfuerzos. En invierno viajaría (México, América Latina, el Mediterráneo), pero los veranos los pasaría en casa cuidando del jardín que durante tanto tiempo había anhelado.

Al mirar por la ventana, vio una forma blanca que se lanzaba a toda velocidad sobre la oscura tierra removida. Alarmada, salió corriendo por la puerta de atrás, gritando:

—¡Nemo! ¡Nemo!

El pequeño gato no le prestó ni la más mínima atención; se había quedado atrapado, hundido hasta la barriga en la tierra húmeda. Sin pensárselo, temerosa de que la tierra fuera a tragarse al gato por completo, como si fuesen arenas movedizas, saltó al terreno y se hundió casi hasta las rodillas.

—¡Maldita sea! —exclamó a la vez que sus pies topaban con el suelo rocoso de debajo, y se echó a reír—. Mira que eres imbécil.

Se abrió paso por la tierra reblandecida, de unos cuarenta y cinco centímetros de profundidad, rescató al gato, que aullaba, y regresó a la casa para quitarse la ropa y ducharse.

A pesar de aquello, estaba contenta por haber podido comprobar la profundidad de su parcela. Samuel había hecho bien su trabajo: había roturado el suelo rocoso lo mejor posible y, después, había traído carretadas de tierra nueva, fertilizada y libre de malas hierbas, que ya estaba lista para recibir las semillas de césped. No la había engañado. No se había limitado, como podrían haber hecho otros jardineros, a esparcir una fina capa de abono sobre el campo rocoso, sino que realmente había preparado el suelo para que la hierba creciera allí de ahí en adelante. (Aun así, Samuel había sacudido la cabeza, refunfuñando, al estilo pesimista de las gentes de la montaña, que parecían estar demasiado acostumbradas a la desilusión como para probar suerte con la esperanza. «Aquí no crece la hierba, siempre se resiste —había dicho entre dientes mientras rastrillaba y aplanaba, aplanaba y rastrillaba—. La tierra es estéril. El aire, denso. Los inviernos, demasiado crudos.» Pero había seguido rastrillando y aplanando, augurando un desastre y sin embargo, a pesar de sí mismo, manteniendo la esperanza en cierto modo.)

La mujer sonrió para sus adentros, salió de la ducha, se secó y se puso un camisón y una bata. Lavó al gato, que no se lo tomó nada bien («¿Acaso pretendes lavar a un gato mejor que él mismo?», parecía reprocharle), y se acomodó en el sillón que había frente al televisor.

Estaba sola. Y a salvo. Por fin a salvo. Feliz y satisfecha. Descansada por primera vez en su vida y a punto de embarcarse en un maravilloso crucero por todo el mundo tras años de trabajo sin vacaciones. Solo quedaban unas pocas semanas, el tiempo suficiente para ver asomar la hierba recién plantada, sabiendo que a su regreso, varios meses después, estaría alta y hermosa. Nunca se había sentido tan contenta e ilusionada, ni siquiera de niña. Los años amargos quedaban atrás; comenzaban los años de diversión.

Se hartó rápido de la televisión porque en aquel rincón montañoso solo había dos canales, y en uno tocaba un grupo de rock moderno, cuyos berridos invadieron el salón, mientras que en el otro daban un viejo wéstern, que también emitía sonidos insoportables, esta vez del pasado: disparos, gritos y el galopar frenético de caballos.

Apagó el aparato, se dirigió al escritorio y abrió un cajón. Apartó el pequeño revólver que guardaba allí por si las moscas (al fin y al cabo, vivía sola), y cogió un montón de folletos de colores para mirarlos otra vez e imaginar su vida futura: el magnífico barco en el que dispondría de un camarote exterior, todo para ella, donde disfrutaría de días y noches de puro ocio; Inglaterra, con su magnífica historia; el continente, París, Venecia y muchos sitios más, incluida Creta... El crucero duraría casi un año. Pero, sobre todo, estaba el hecho de que aquellas serían sus primeras vacaciones en muchos años, tantos que había perdido la cuenta.

Se recreó contemplando las imágenes y las descripciones llamativas, casi disparatadas, y una vez más, igual que había hecho una docena de veces antes, cogió el voluminoso billete, las direcciones, el recibo, los folletos que aconsejaban el tipo de ropa que debía llevar... Todo lo que hasta hace poco no había sido más que un sueño. ¡Y pensar que ya estaba todo acordado! Samuel se encargaría de cortar y regar el nuevo césped, y cuidaría de Nemo; la oficina de correos le guardaría la correspondencia (¿qué correspondencia?), y el señor Prescott, el único policía del pueblo, pasaría por su casa periódicamente.

Todo estaba en orden, todo estaba listo. Finalmente —¡qué alegría!—, bajaría de la montaña en el viejo y destartalado autobús diario, tomaría un vuelo a la ciudad, pasaría la noche en uno de los grandes hoteles y, a la mañana siguiente, un taxi la llevaría hasta el gigantesco barco blanco repleto de promesas...

Al principio no oyó los golpes en la puerta. La casa estaba en silencio (el único sonido era el ronroneo de Nemo a sus pies), pero ella estaba tan absorta en ese otro mundo que no se enteró.

Volvieron a llamar y, en esa ocasión, lo oyó. Aún un poco desorientada, sin preguntarse siquiera quién podría estar llamando pasado el anochecer, se dirigió a la puerta y la abrió. Ante ella apareció un hombre pequeño.

—¿Sí? —preguntó, sorprendida, pero sin sentir aún sospecha alguna.

—¿La señorita Kendrick?

Preparada o no, consiguió mantener la más completa compostura. No vaciló, y su rostro permaneció impasible.

—No —dijo tranquilamente—. Debe de haberse equivocado.

—No creo —repuso el hombre. Tenía un aspecto totalmente anodino: metro setenta de estatura, pelo pajizo y escaso, traje del mismo color y ojos azul pálido.

—Mi nombre es Stella Nordway —dijo ella—. Señora Stella Nordway.

—¡Ah! —exclamó el hombre, sonriendo—. ¿Se ha casado hace poco?

—Soy viuda desde hace diez años —contestó—. ¿Lo ve? Se ha equivocado.

—¿Podría pasar?

—No. —La mujer empezó a cerrar la puerta.

El semblante del hombre cambió ligeramente. Hubo un atisbo de furia, pero casi al instante lo sustituyó una máscara de pasividad que podría haberle hecho pasar inadvertido entre una multitud.

—Soy detective privado —añadió—, para la compañía de seguros Halmut. Me han contratado para atrapar a una mujer llamada Norma Kendrick que desfalcó más de cien mil dólares a la empresa en la que trabajó los últimos siete años. La están buscando, señorita Kendrick. Y quieren el dinero.

—Puede pasar —dijo ella, y abrió la puerta un poco más.

El hombre se coló en la casa, enseguida identificó la silla más incómoda de la habitación (baja y con el respaldo recto) y se sentó en el borde, como si ponerse cómodo en el sofá significase bajar la guardia.

—Se equivoca —insistió ella, con gesto de impotencia—, No soy...

—Soy detective profesional —le interrumpió él—. Desde hace veintitrés años. Y esto es lo que sé: usted trabajaba como contable para Sharpe, una empresa de ventas al por mayor. Un establecimiento grande y próspero. Usted era una empleada competente y de fiar. Solo tenía una pequeña extravagancia: durante los últimos siete años se negó a coger las tres semanas de vacaciones que le correspondían por contrato.

—Bueno, yo... —empezó ella, pero se mordió la lengua. Un poco más y hubiera admitido lo que decía el hombre. Se corrigió rápidamente—: Yo no tengo nada que ver con eso, así que, por favor...

—Es usted Norma Kendrick —continuó él—. Debo confesar que siento una gran curiosidad por saber qué la llevó a convertirse de repente en una desfalcadora. Se pasó años cuidando de su padre inválido y cumpliendo sus horas en la oficina. La misma rutina cada día. Y entonces, una buena mañana, decidió llevarse parte del dinero de la empresa. Al final del primer año, sin embargo, se dio cuenta de que no podía separarse de los libros de cuentas... Si se ausentaba, aunque fuera un par de semanas, el contable que la sustituyera descubriría el engaño. La verdad es que me asombró mucho que el señor Sharpe no quisiese saber por qué renunciaba a las vacaciones cada año, pero él mismo me explicó que había confiado plenamente en usted porque era hija de un viejo amigo y siempre había demostrado sensatez y responsabilidad. Es más, usted justificó su renuncia a las vacaciones aduciendo que no podía abandonar a su padre enfermo para ir a ningún sitio, y que necesitaba el dinero para pagar las facturas médicas, por lo que si el señor Sharpe, aparte de su salario habitual, le pagaba lo que le hubiera pagado al contable sustituto, usted le estaría muy agradecida...

La mujer permaneció quieta, temerosa de hablar, pero también de quedarse callada. Optó por seguir escuchando. Tenía que haber algún tipo de escapatoria.

—¿Y? —le instó a continuar. El hombre pareció sorprendido, quizá porque había esperado otra negativa por su parte.

—En lugar de vacaciones empezó a tomarse fines de semana largos, por ejemplo, de jueves a lunes, o de viernes a martes.

Aprovechaba esos periodos para crear su segunda identidad, la de Stella Nordway. Se ponía una peluca rubia, gafas oscuras y ropa más juvenil. Y se compró esta casa. También compró un billete para un crucero por todo el mundo. Todo esto lo hizo con prisas, tras siete años chupando del bote, no solo porque su padre había muerto por fin, sino también porque el propietario de la empresa estaba a punto de retirarse y venderla. Y esa venta, desde luego, conllevaría un examen minucioso de las cuentas. ¿Qué me dice, señorita Kendrick?

Su mente era un torbellino.

—¿Me persigue la policía? —preguntó, tirando la toalla y aceptando lo inevitable.

El hombre sonrió.

—No, todavía no. Como ya le he dicho antes, trabajo, en primer lugar, para la compañía de seguros y, en segundo, para su antiguo jefe, aunque, por supuesto, en cuanto la localicen tendrá que intervenir la ley. Perderá su preciosa casita...

El hombre echó una ojeada a la pulcra y acogedora habitación y miró al cielo nocturno a través de la ventana. Las estrellas se veían con total nitidez sobre las montañas. Suspiró con placer. Aquel sería un maravilloso lugar de retiro para él después de toda una vida trabajando en la ciudad.

—Respecto a su viaje alrededor del mundo... y no sabe lo mucho que la envidié por eso... también tendrá que olvidarse de él.

Estaba cada vez más confundida. ¿Por qué no estaba allí la policía? ¿Por qué aquel hombre no le había dicho al señor Prescott, el único policía del lugar, que en el pueblo se escondía una fugitiva? ¿Qué hacía allí aquel tipo, contándole todas esas cosas sin hacer nada al respecto? La mujer sabía que había perdido la partida, era un riesgo que había contemplado desde el principio. Con todo, el sabor era amargo.

El pequeño hombre volvió a hablar, medio sonriendo.

—Señora Nordway...

—¿Señora Nordway? —repitió ella—. Pero si usted... usted insiste en que soy Norma Kendrick.

—Oh, puede ser quien prefiera —repuso tranquilamente—, Usted decide.

Se dejó caer sobre el sillón más cercano, totalmente confundida. La confusión era, de hecho, mayor que su miedo.

—¿Qué quiere decir? —balbuceó.

—Bueno, verá. Usted es más valiente que yo. Y más ingenua. O sea, está más dispuesta a jugársela. He estado atado a una mujer enferma durante muchos años, igual que usted a su padre, y cuanto más me preocupaba por ella, peor era su carácter. Odiaba tener que depender de mí. Y yo no tenía forma de ganar suficiente dinero como para escapar. Soy lo que soy. Le he ahorrado a mi empresa miles de dólares, quizá millones, pero mi sueldo sigue siendo insignificante... Así que, ¿cuánto vale su libertad, señora Nordway? ¿O debería llamarla señorita Kendrick? ¿Qué queda del dinero que robó?

Se quedó helada.

Esta vez no sintió miedo, sino rabia. Podía entender que la ley le hiciera pagar por lo que había hecho. Ésa era, al fin y al cabo, la consecuencia de haber perdido el juego. Pero asistir impasiblemente al robo de todo lo que había soñado, de todo aquello por lo que había trabajado, poniendo en riesgo su libertad, a manos de aquel oportunista de poca monta... Eso sí que no.

Se levantó.

—No queda mucho dinero —dijo procurando que la voz no le traicionara—. Se fue casi todo en la compra de la casa y el crucero. Me quedaría en la miseria...

—Aceptaré la casa —respondió él con ligereza. Iba ganando y se le notaba confiado—. Y puede devolver el billete. O mejor, démelo a mí...

—No creo que sea transferible —dijo ella en tono distraído—. Espere un minuto, lo tengo aquí mismo...

Al dirigirse hacia el escritorio, se detuvo un momento ante la ventana y miró al exterior.

—¿Cómo ha venido hasta aquí? —preguntó en el mismo tono despreocupado—. No veo su coche fuera.

—Lo aparqué unas calles más abajo, lejos de aquí —dijo él—, frente a la iglesia. Dadas las circunstancias, no me pareció buena idea que la gente supiera que tenía usted visita.

—Comprendo —dijo ella.

Se acercó al escritorio y rebuscó algo durante unos instantes. Cogió lo que quería y lo escondió entre los pliegues de su bata. Entonces recordó, casi por casualidad, que había vecinos no muy lejos, por lo que se dirigió con disimulo hacia el televisor.

—¿Le gustan las películas del Oeste, señor...?

—Jordan —dijo él automáticamente—. Pero, yo...

Parecía desconcertado. ¿Televisión? ¿En esos momentos?

Ella subió el volumen al máximo, y el estruendo de los *cowboys*, que no paraban de gritar, cabalgar y disparar, inundó la habitación. Alzó el pequeño revólver que tenía en la mano y en el brevísimo instante en que el hombre la miró y comprendió su desenlace fatal, ella apuntó y le encajó un tiro entre los ojos.

No había donde ocultar el cuerpo. Así de simple era el problema. La minúscula casa no tenía sótano; el suelo era demasiado duro y rocoso como para cavar una fosa; no tenía coche, puesto que nunca había aprendido a conducir... En definitiva, no había lugar donde ocultar aquel pequeño cadáver con un precioso agujerito en mitad de la frente.

Se sentó. No se arrepentía de lo que había hecho, hubiera disparado a ese hombre aun a sabiendas de las complicaciones para ocultar el crimen. Lo había hecho movida por la rabia, no la avaricia, ni el miedo, ni un impulso ciego; solo había sentido una rabiosa necesidad de matar a esa persona, a esa cosa, que pretendía destruir toda su vida y su futuro en beneficio propio.

Lo dejó allí, sobre la alfombra del salón, donde había caído tras escurrirse de la silla. Había muy poca sangre. Se dirigió a la cocina, mirando, a través de la ventana de atrás, su querido jardín, con la tierra preparada para el nuevo césped en el que tantas esperanzas había depositado. Apenas podía soportar la idea de que todos sus brillantes planes de futuro hubieran quedado destruidos para siempre. Se sentía desconsolada. Hecha polvo. Muerta, como el pequeño hombre en la otra habitación.

Se quedó mirando fijamente a través de la ventana, hacia la negrura de la noche, inmóvil.

El césped. El suelo. Cuarenta y cinco centímetros de tierra negra pulverizada sobre la roca. Casi medio metro. Más profundo de lo que realmente era necesario. ¿Pero bastaría ahora? ¿Sería suficiente para un hombre tendido en horizontal? ¿Con las semillas de hierba plantadas sobre él, creciendo hasta convertirse en un buen manto de césped?

La tierra estaba muy blanda y humedecida. Esperó junto a la ventana, en la oscuridad, para que los vecinos pensaran que ya se había acostado, y observó cómo las pocas luces que quedaban se iban apagando una a una. Era un pueblo donde la gente se acostaba pronto para levantarse temprano, así que no tuvo que esperar demasiado.

La noche se volvió oscura y silenciosa. Tan silenciosa como la muerte. Entonces se dirigió a la parcela del fondo y excavó un agujero en la tierra removida, del tamaño justo para un hombre pequeño (aunque, por supuesto, el agujero no tenía más de cuarenta y cinco centímetros de profundidad). Tuvo mucho cuidado de que la pala no hiciera ruido contra la roca del fondo.

Sus ojos ya se habían acostumbrado a la semioscuridad, pues la única luz provenía de las pálidas estrellas, y sus movimientos eran tan silenciosos como la noche.

Arrastró al pequeño hombre hasta el jardín, lo metió en su tumba con los brazos decorosamente pegados al cuerpo y empezó a cubrirlo con tierra. Se detuvo. Debía quedar plano, lo más plano posible, porque Samuel podría querer rastrillar o remover la tierra de nuevo, y no debía existir la posibilidad de que sus herramientas chocaran contra algo sólido. Le pareció que, tal y como lo había colocado, los hombros del pequeño hombre sobresalían un poco. Debía quedar más plano.

La tumba que había cavado era ancha pero poco profunda; había más espacio a los lados del cadáver que sobre él. Hizo un segundo intento, esta vez colocándolo con los brazos extendidos en ángulo recto respecto al cuerpo. Ah. Mucho mejor. Ya estaba todo lo plano que podía estar. Ya podía cubrirlo y olvidarse. La hierba no tardaría en crecer sobre él, infinidad de raíces se enredarían sobre sí mismas y lo cubrirían por completo. Su identidad, la totalidad de su ser, perdida para siempre en otros lugares. Pero no allí.

No allí.

Regresó a la casa y se echó a dormir. Su futuro estaba a salvo de nuevo...

Pasó algún tiempo antes de que comprendiera que sus planes carecían de sentido. Día tras día observó el jardín trasero, y esperó ansiosa a que asomaran las primeras briznas verdes (casi había olvidado lo que yacía debajo). Y, en efecto, la hierba creció. Pero no demasiado bien. «Es tal y como dijo Samuel», pensó con desesperación. No había césped que pudiera crecer decentemente en aquellas montañas de roca, tierra infértil e inviernos gélidos. Aun así, brotaron algunas briznas, que luchaban por alcanzar los rayos del sol. Un parche de verde aquí, otro allá... Tal vez, después de todo, hubiera alguna esperanza.

Una mañana, tras una noche de suave lluvia de verano, miró por la ventana y vio que se había producido un cambio. En el centro del jardín había una gran mancha de hierba verde y brillante, muy hermosa, alta y gruesa, que crecía con fuerza en forma de cruz y destacaba sobre el resto de los penachos mustios y pálidos. Sí, aquella mancha de hierba crecía con fuerza al cálido sol de la mañana, mecida por una leve brisa veraniega.

Y así fue como la gente del pueblo empezó a preguntarse por la vieja loca que cortaba el césped de su patético jardín dos veces a la semana. No había abandonado la casa ni una sola vez desde que afloraron las primeras briznas, ni siquiera para tomarse unas pequeñas vacaciones. Y en los largos años que siguieron, hiciera sol, lloviera o tronara, jamás faltó a su cita con el césped.

3

Nuestros amigos los pájaros

Philip MacDonald

El tórrido sol de agosto se derramaba sobre la campiña como oro líquido, implacable y abrasador. En la cima de la colina, desde donde se divisaba prácticamente todo el condado, el diminuto coche, parado a un lado de la polvorienta carretera que, como una cinta blanca, rodeaba el cerro, se parecía más a un insecto que a una máquina. Parecía una enorme abeja que hubiera decidido parar y, con las alas plegadas, echarse un sueñecito al sol.

Junto al coche, de pie, había un hombre y una mujer. Entre los dos no sumarían más de cuarenta y cinco años. El vestido de la chica, de vaporosa seda, combinaba mejor con un coche de mucha más categoría que aquél, diminuto y barato. La ropa del chico, en cambio, pese a que estaba perfectamente cuidada y era elegante, tenía el sello inconfundible de las tiendas de segunda mano de Norwood. Seguramente, aquel viejo coche parecido a una abeja se había adquirido por mucho más dinero del que costaba, en pequeños pero casi eternos plazos.

La chica no llevaba sombrero y su cabello corto y dorado brillaba con los rayos del sol. Parecía estar a gusto —y así era—, pese al sofocante calor del mediodía. El chico, con chaqueta de tweed, pantalones de gruesa franela y el cuello almidonado, en el que lucía una corbata que imitaba el estilo de los colegios y universidades prestigiosos, tenía calor. Mucho calor. Se quitó el sombrero, dejando al descubierto su pelo negro, y se enjugó la frente con un pañuelo de vivos colores.

—¡Buf! —dijo—. ¿No te mueres de calor, Vi?

Ella se encogió de hombros. El vestido le dejaba el cuello y las clavículas al descubierto.

—¡Es una gozada! —exclamó. Sus grandes ojos azules miraban alrededor, contemplando el campo que se extendía a sus pies—. ¿Dónde estamos exactamente, Jack?

El chico, que continuaba resoplando y limpiándose el sudor, respondió:

—¡Ni idea! Tras pasar por aquel pueblo grande me he perdido por completo... ¿Cómo se llamaba?

—Greyne o algo así —dijo la chica con aire ausente.

Tenía la mirada fija en la ladera de la colina que había a su derecha, donde refulgía, bañado por el oro del sol, el techo esmeralda de un tupido bosque. No corría ni una pizca de aire, ni siquiera a esa altura, y el verde de las hojas se veía liso e ininterrumpido.

El chico volvió a ponerse el sombrero.

—Habrá que ir tirando, supongo. Ya hemos estirado las piernas como querías.

—¡Oooh! ¡Todavía no, Jack! ¡Vamos a quedarnos un rato!

Ella puso la mano izquierda sobre el brazo del chico. En el dedo corazón de esa mano llevaba una sortija resplandeciente, pero de dudosa calidad.

—¡No nos vayamos todavía! —insistió ella.

Luego lo miró a la cara e hizo unos pucheros con cara de diversión. Él recordó el día en que le regaló el anillo y sonrió. Le pasó el brazo por los delgados hombros, inclinó la cabeza y la besó en la boca.

—Vale, Vi... ¿pero qué quieres hacer? —El chico miró alrededor frunciendo el ceño—. ¿Sentarnos aquí, en esta hierba polvorienta, y achicharrarnos?

—¡No seas tonto! —dijo ella, apartándose de él. Con un dedo señaló las copas verdes de los árboles—. Quiero bajar allí, a ese bosque. Solo para ver cómo es. No he estado en un bosque de verdad desde las vacaciones de verano de hace dos años, cuando Effie y yo fuimos a Hastings. ¡Venga, vamos! Seguro que allá abajo se está superfresco.

El chico apenas pudo oír la última frase porque ella ya se había alejado de la carretera y comenzaba a bajar por la resbaladiza pendiente de hierba que cubría los diez primeros metros de ladera.

Fue tras ella a trompicones, pero no pudo alcanzar la grácil figurilla que descendía a toda velocidad sin mirar atrás. Tenía algo de hechizante: una voluta de seda azul sobre el paisaje. Las suelas de sus zapatos, que eran de cuero, tampoco jugaban a su favor. Con el roce de la espesa y áspera hierba fueron volviéndose resbaladizas y el chico corría el riesgo de caerse. La alcanzó finalmente veinte metros más abajo, donde el terreno se aplanaba con brusquedad y empezaba el bosque. Acabó su torpe y desmañada carrera con un tropezón y una imperfecta voltereta, que lo dejaron en el suelo, despatarrado, a los pies de la chica.

Se sentó y rio a carcajadas. Su sorpresa fue mayúscula cuando recibió un furioso puntapié en el brazo.

—¡Chist! —le amonestó ella en voz baja.

Se puso de pie y vio que la chica, inmóvil, miraba a los árboles. Su dorada cabeza se inclinaba hacia delante y tenía todo el cuerpo en tensión, como el de un corredor que espera el disparo de salida. Cuando, intrigado, se situó junto a ella sin hacer ruido, la oyó decir:

—¡Escucha!... ¡Pájaros! ¿Alguna vez has oído una cosa igual?

Su voz era apenas un susurro, pero muy claro. Nunca la había oído hablar así.

Él no dijo nada. Se quedó mirando la hierba que tenía a sus

pies, enfurruñado, mientras se frotaba el brazo en el lugar donde ella lo había pateado.

Le pareció que transcurría una hora hasta que ella se giró al fin para mirarle. Él aún tenía la mano sobre el brazo, como si de verdad hubiera sufrido un daño tremendo. Había estado observando a la chica con disimulo y estaba receloso. No obstante, vio que la extraña y embelesada expresión de su rostro se desvanecía y que volvía a ser la misma de antes; vio que sus ojos azules se abrían como platos al recordar lo que había hecho...

Unos brazos suaves y cálidos lo abrazaron por el cuello. La chica se apretó contra él y, poniéndose de puntillas, le llenó la cara de besos de arrepentimiento.

Él, en respuesta a las súplicas de perdón y los mimos, dijo:

—¡Ay, es que ha sido muy raro, Vi! ¡Nunca te había visto así!

—No... —respondió ella—. ¡Y no se volverá a repetir! En serio, Jack... —Frunció el ceño con preocupación—. No sé qué me ha dado. Estaba escuchando a los pájaros... Nunca había oído nada igual y... y se me olvidó que estabas aquí hasta que escuché tu carcajada... y, no sé muy bien por qué, me parecía muy importante oír lo que decían los pájaros..., como si... como si todo lo demás sobrara... ¡Ay, de verdad que no lo sé!

Se notaba que le frustraba no poder explicarlo y su gesto era de disgusto. Sus labios dibujaron una mueca triste. Él los besó, se rio y recuperó el tono jovial:

—Pero ya ha pasado. ¡Y ha tenido su gracia! —La tomó del brazo y se encaminó hacia la primera línea de árboles. Con la mano que le quedaba libre se tocó la nuca y añadió—: ¡Nos vendrá bien un poco de sombra! Ya me estoy quemando el cuello...

Continuaron andando. Les sorprendió descubrir que los árboles estaban más lejos de lo que parecía. No hablaban, pero de tanto en tanto se apretaban uno contra el brazo del otro.

A unos diez pasos de la linde del bosque, la chica se detuvo. Él la miró y observó que, una vez más, tenía todos los músculos en tensión y echaba la cabeza hacia delante como si quisiera oír mejor. El chico frunció el ceño. Se daba cuenta de que, en alguna parte, había algo raro que él no llegaba a comprender. Esa sensación le hizo sentirse inseguro y asqueado. Hasta que notó que él también se tensaba para escuchar.

Supuso que aquello que quería captar era el sonido de los pájaros. De pronto se echó a reír. Acababa de comprender que estaba tratando de escuchar algo que, durante los últimos minutos, había sonado tan incesantemente en sus oídos que se había olvidado de que el ruido estaba allí. Se lo quiso explicar a la chica, que parecía escucharle solo a medias, y, por un instante, estuvo a punto de perder los nervios. Se contuvo, no tenía sentido enfadarse por algo así.

Sintió un ligero tirón en el brazo y echó a andar junto a la chica, que se había puesto en marcha de nuevo. Él continuó con su tema, obviando el hecho de que ella apenas le atendía.

—Como en una fiesta donde la gente baila, ¿sabes? —decía—. No oyes el ruido que hacen los pies de los bailarines contra el suelo a menos que prestes atención y, cuando te paras a escucharlo, tienes la impresión de que no lo habías oído nunca antes, pero que en realidad ha estado ahí todo el rato... ¿Sabes lo que quiero decir, Vi? Es lo que nos está pasando con los pájaros...

De repente se dio cuenta de que, para hacerse oír por encima del incesante gorjeo de los pájaros, estaba hablando a un volumen el doble de alto de lo normal.

—¡Joder, Vi!... ¡Tienes razón! —exclamó—. ¡Nunca había oído nada igual!

Ahora cruzaban la primera línea de árboles. Para el chico, que estaba un poco preocupado por el extraño comportamiento de su pareja y francamente harto de aquel calor y aquel sol tan inusuales, fue como pasar del infierno al paraíso en un solo paso. Se acabó el implacable azote del sol sobre sus cabezas:

allí, bajo el techo verde de hojas, no los alcanzaba ningún rayo. Solo se filtraba una acogedora y suave claridad. La atmósfera le resultó tan fresca y apacible que fue como si se sumergiera en un reparador baño.

La chica, sin embargo, se estremeció ligeramente.

—Aquí hace un poco de frío... —dijo.

Él no captó toda la frase. El incesante canto de los pájaros que llegaba de todas partes parecía absorber el sonido de su voz.

—¡Joder con los pájaros! —exclamó él—. ¿Qué has dicho?

Vio cómo se movían los labios de la chica pero, aunque inclinó la cabeza en su dirección, no percibió sonido alguno. Justo sobre sus cabezas se oía el piar furioso y el revoloteo de una riña entre aves.

—¡Joder con los pájaros! —repitió.

Se habían adentrado bastante en el bosque. El chico miró en todas direcciones: ya no se veía la planicie bañada por el sol de la que venían. Notó un tirón en la manga. La chica le estaba señalando un lecho de espeso musgo, suavemente inclinado, que, como si fuera una alfombra, se extendía a los pies de un árbol viejo y retorcido.

Despacio, se dirigieron a aquella alfombra y se sentaron en ella. El chico se tumbó a sus anchas; la chica permaneció sentada, muy tiesa, con las manos fuertemente entrelazadas sobre las rodillas. Si él hubiera estado más pendiente de ella que del cigarrillo que estaba liando, se habría dado cuenta de que, una vez más, la chica adelantaba la cabeza para escuchar con atención.

No terminó de liar el cigarro. El atronador canto de los pájaros persistía. Tuvo la sensación de que aumentaba de volumen de tal forma que acabaría por invadir todos los rincones del mundo con su caótico piar. El chico sintió que, ahora que había escuchado el ruido de manera consciente, no dejaría de oírlo jamás. De hecho, aquel endiablado trino taladraba de tal modo su cerebro —todos los nervios de su cuerpo, en realidad— que pensó que no podría aguantar allí mucho más tiempo. Se guardó el tabaco y el papel con rabia en el bolsillo y se giró para decirle a la chica que cuanto antes se marcharan de aquel lugar enloquecedor, mejor.

No llegó a pronunciar palabra porque, mientras se volvía, notó que todo aquel jaleo estridente perdía intensidad. Asimismo, un poco más tranquilo porque el ruido ya no era tan molesto, observó que la chica seguía embelesada, pendiente de algo que a él se le escapaba.

Se contuvo. El canto de los pájaros disminuía poco a poco y empezó a sentirse soñoliento. Por un momento casi se quedó dormido, pero logró vencer al sueño y volvió en sí de una sacudida. Miró de reojo a su acompañante y vio que seguía sentada muy rígida. No se había movido ni un milímetro. El chico se llevó la mano al bolsillo para sacar el tabaco otra vez.

Mientras rebuscaba, se puso a escuchar de nuevo. La diferencia era que esta vez lo hacía porque quería escuchar. Ahora solo cantaba un pájaro. Al oír aquella fluida y única melodía, de una belleza casi intolerable, el chico se convenció de que su odio hacia el barullo discordante, que había estado a punto de hacerle huir de aquel maravilloso lugar, se debía únicamente a su incapacidad para discernir las notas de aquella canción que hasta entonces solo había percibido de modo subconsciente.

La sucesión de notas profundas y vibrantes cesó de repente, poniendo fin a aquel increíble y rápido gorjeo, casi como lo haría un cantante de ópera. El bosque quedó en completo silencio. Éste duró apenas unos instantes, pero al chico y la chica de ciudad —atrapados de pronto en aquel remoto paraje natural— les pareció eterno. A continuación, en aquella atmósfera muda y cargada de expectación surgieron, una tras otra, seis exquisitas piezas sonoras. Cada pausa entre estas delicadas melodías fue el doble de larga que la anterior.

Cuando se hubo extinguido la última nota —profunda, dominante y cristalina, aunque también misteriosa— se hizo el silencio otra vez. No fue como el anterior, vibrante, preludio de la magia que estaba por venir. Este nuevo silencio era estéril y no contenía más que la mísera quietud de lo muerto y de la nada.

El chico levantó el brazo y rodeó cariñosamente los delgados hombros de la chica. Las dos cabezas se volvieron y los ojos negros miraron a los azules, que estaban al borde de las lágrimas. La chica susurró:

—Era él a quien yo estaba escuchando todo el rato... Podía oírlo entre todos los demás...

Una lágrima rodó por su pálida mejilla. El brazo que rodeaba sus hombros la estrechó con fuerza y se relajó un poco. Su cuerpo perdió rigidez y se apoyó contra él.

—Tranquilízate... —dijo el chico. La voz le tembló ligeramente. Hablaba muy bajo, con el tono de quien teme profanar un lugar sagrado o encantado.

Más silencio. Un silencio asfixiante, pesado como una losa. Un silencio que los envolvía como una mortaja. Al chico le llegó, proveniente de su hombro, una vocecilla amortiguada que trataba de disimular el temor:

—Yo... todo el rato... todo el rato he tenido la sensación de que no deberíamos... no deberíamos estar aquí... no tendríamos que haber venido...

Aunque la chica hablaba bajo y despacio, se intuía cierto pánico en su voz.

Él respondió con palabras tranquilizadoras. Habló alto y con tono seguro para tratar de calmarla, pero lo cierto es que él también estaba nervioso y comenzaba a sentir en sus propias carnes la extraña inquietud que se había apoderado de su acompañante.

—Hace frío —murmuró ella de repente, y su cuerpo se pegó más al de él.

El chico se echó a reír. Aquél era un ruido discordante, ajeno.

—¿Frío? Pero ¿qué dices, Vi? —se apresuró a añadir.

—Sí, sí, frío —insistió ella. Sin embargo, su voz sonaba ahora más natural—. Mejor nos vamos, ¿no?

El chico asintió con la cabeza.

—Vámonos.

Se estiró como para ponerse en pie, pero, de repente, ella lo agarró del brazo y susurró:

—¡Mira! ¡Mira!

Lo dijo con su voz habitual, así que él, aunque se sobresaltó un poco al notar aquella mano que lo aferraba y notó la urgencia en las palabras, sintió también una oleada de alivio y que el vago temor que lo atenazaba se disipaba.

Miró hacia donde ella señalaba con el dedo. Sobre una alfombra de ramitas podridas y hojas secas, justo al final del lecho de musgo donde ellos se encontraban, había un pajarillo. Se mantenía erguido sobre sus patas, finas como palillos, y los miraba fijamente con sus diminutos ojos brillantes. Tenía la cabeza inclinada hacia un lado.

—¿Te das cuenta? —dijo la chica en un susurro—. ¡Es el primero que vemos!

El chico se quedó pensativo unos instantes.

—¡Joder! —respondió al fin—. ¡Es verdad!

Lo observaron en silencio. El pájaro se acercó dando saltitos.

—Es precioso, Jack —murmuró ella, riendo entre dientes.

—¡Mira qué pícaro! —exclamó el chico—. ¡Maldito granuja!

La chica le dio un codazo en las costillas y, sin apenas mover los labios, añadió:

—Estate quieto. Si no nos movemos igual viene hasta nosotros.

Como si hubiera entendido aquellas palabras, el pájaro se acercó aún más. Ya estaba sobre el musgo, a menos de cinco centímetros del pie izquierdo de la chica. Su insolente cabecita, de un vivo color verde y con un pico amarillo tan largo que le daba cierto aire cómico, seguía inclinada hacia un lado. Sus ojillos brillantes seguían vigilándolos atentamente.

La chica estaba fascinada y no podía apartar la mirada del pequeño animal. No tenía ojos para otra cosa. El chico, sin embargo, siguió pendiente del entorno. Esta vez fue él quien le propinó un codazo a ella.

—¡Mira allí! —susurró, señalando con el dedo—. ¡Y allí!...

Ella, de mala gana, levantó la vista del pequeño intruso y miró hacia donde él indicaba. Se le escapó una exclamación de sorpresa. Dijo con un susurro:

—¡Hala, han venido todos a vernos!

Había pájaros por todas partes. Se apiñaban entre los troncos de los árboles. Algunos estaban solos; otros, en pareja. También había grupos de cuatro o más. Algunos pertenecían, sin lugar a dudas, a la misma especie que el primer visitante, que seguía junto al zapato de la chica, mirándola. No obstante, los había de muchas otras especies. Había pájaros muy pequeños; algunos parecían gorriones, aunque con diferente plumaje; otros que eran un poco más grandes y algunos que eran dos o tres veces más grandes que los anteriores. Y todos miraban con sus ojos brillantes a los dos humanos que permanecían tumbados sobre la alfombra de musgo.

—Esto —dijo el chico— es la cosa más rara que he vis...

La chica lo mandó callar con otro codazo y le hizo gestos con la cabeza para que mirara hacia abajo. Entonces vio que su primer visitante se había posado sobre el empeine de ella. Parecía estar muy cómodo ahí. Ya no los miraba con sus ojillos centelleantes. Tampoco tenía la cabeza inclinada hacia un lado: la mantenía recta y parecía concentrado en la pierna enfundada en medias de seda.

El chico se quedó mirándolo fascinado, pero algo —quizás un rumor amortiguado, un leve crujido entre las hojas podridas que cubrían el suelo— rompió el embrujo e hizo que apartara la vista de aquella extraña escena. Se encontró con un espectáculo aún más extraño. Lo que vio seguía siendo fascinante, sin duda, pero no tenía nada de tranquilizador.

Los pájaros estaban más cerca. Muchísimo más cerca. Formaban una barrera sólida: un semicírculo sin fisuras, de tal anchura que el chico presentía más que veía su extensión. Durante unos breves instantes, una pequeña parte de su cerebro trató de calcular la cantidad de aves que habría allí reunidas, pero pronto desistió. Era una tarea imposible. El chico palideció y abrió los ojos como platos, presa del miedo. Vio cómo el semicírculo se iba estrechando a su alrededor; cada pájaro daba cuatro saltos, ni uno más ni uno menos, en perfecta sincronía. Ya habían llegado al borde del lecho de musgo.

Entonces le asaltó una duda terrible: ¿y si no era un semicírculo? Una aterrorizada mirada por encima del hombro confirmó que, en efecto, no se trataba de un mero semicírculo. Estaban completamente rodeados.

¡Pájaros y más pájaros! ¿Era posible que hubiera tantos pájaros en el mundo?

¡Y todos aquellos ojos! Infinidad de pequeños puntos brillantes, fijos en ellos.

Miró a la chica con pavor y descubrió que ella aún no se había dado cuenta de nada. Seguía absorta, cautivada por aquel primer pajarillo, que ahora estaba sobre su palma abierta. Ella se había acercado la mano a la cara para verlo mejor.

En aquel silencio sepulcral, el chico notaba que miles de ojos estaban clavados en él. Ojos diminutos, chispeantes, maliciosos...

Se le aceleró el pulso y le costaba respirar. Sudaba. Con gran esfuerzo, trató de recomponerse y contener el miedo. Lo consiguió en parte. No iba a quedarse sentado como si nada mientras el círculo... el círculo...

Una vez más, la quietud se vio interrumpida por el roce de muchas patas sobre las hojas. Otro saltito hacia delante. El círculo se había estrechado tanto que algunos pájaros estaban a apenas un centímetro de sus pies. Se levantó de un salto. Agitó los brazos, dio patadas al aire y lanzó un grito que se ahogó en su garganta.

No pasó nada. En el borde del musgo, derribado por una de sus patadas, yacía inerte un pajarillo.

Ninguno de los otros pájaros se movió. Sus ojos seguían fijos en él.

La chica estaba sentada, tan quieta que parecía una estatua de piedra. Había visto lo que ocurría y estaba paralizada por el terror. Aún mantenía la palma de la mano abierta, con el pajarillo inmóvil sobre ella, muy cerca de su cara.

Desde las alturas, por encima de sus cabezas, surgió de repente una nota de inefable belleza. Reverberó por unos instantes en la atmósfera enrarecida y luego se fundió en el silencio.

Y, entonces, la chica gritó. Fue un grito de dolor, repentino e incontenible. El pajarillo verde se había lanzado hacia delante y le había picoteado la cara. Su pico largo y amarillo era como un alfiler. Un hilillo rojo recorría la suave mejilla.

Por encima del eco de aquel grito se oyó, proveniente de las alturas, otra de esas notas únicas y prolongadas.

Se acabó el silencio. Se produjo un estruendoso batir de alas. El círculo se deshizo.

Dos bultos cubiertos de plumas gritaron, corrieron y dieron saltos, hasta que, por fin, quedaron tendidos en el suelo, en silencio.

4

Los veraneantes

SHIRLEY JACKSON

La casita de campo de los Allison, a siete millas de distancia del pueblo más cercano, se erguía elegante sobre una colina. Desde tres de sus fachadas se divisaba un paisaje de árboles frondosos y una vegetación que casi nunca, ni siquiera en pleno verano, aparecía agostada y seca. La cuarta fachada daba al lago, que llegaba hasta el embarcadero de madera que los Allison se veían obligados a reparar una y otra vez. La vista era espectacular desde el porche delantero, el lateral o cualquier punto de la rústica escalera que conducía hasta el agua. Aunque a los Allison les encantaba aquella segunda residencia —procuraban llegar siempre a comienzos de verano y odiaban tener que abandonarla en otoño—, nunca se habían preocupado de introducir mejoras, pues consideraban que la propia casita y el lago eran ya suficiente para lo que les quedaba de vida. No tenían calefacción, electricidad ni agua corriente. La poca agua que tenían la sacaban manualmente de una fuente situada en el jardín trasero. Janet Allison llevaba diecisiete veranos cocinando en un hornillo de petróleo, donde también calentaban toda el agua que necesitaban; Robert Allison, por su parte, la acarreaba en cubos desde el jardín a diario y, por las noches, leía el periódico a la luz de una lámpara de queroseno. Ambos, acostumbrados a la higiene de la ciudad, habían terminado por adoptar hábitos más acordes con el entorno rural. Los dos primeros años habían hecho muchas bromas sobre letrinas y la vida en el campo, pero ahora que había pasado el tiempo y apenas recibían visitas, su actitud era puramente práctica y se habían abandonado a la cómoda tranquilidad. El retrete externo, la fuente y el queroseno eran los bienes esenciales que conferían placidez a su rutina veraniega.

Los Allison eran gente normal y corriente. La señora Allison tenía cincuenta y ocho años y el señor Allison, sesenta. Habían visto a sus hijos crecer y huir de la casita de verano para formar sus propias familias y pasar las vacaciones en playas de moda; sus amigos, o estaban muertos o se habían instalado permanentemente en confortables viviendas, y de sus sobrinos no sabían nada. En invierno, los Allison se decían el uno al otro que la vida en el apartamento de Nueva York era soportable solo por la esperanza de que llegase el verano; en verano se decían que el invierno merecía la pena si se lo tomaban como una apacible espera hasta la vuelta del buen tiempo y el regreso al campo.

Dado que eran lo bastante viejos como para no avergonzarse de tener unas costumbres metódicas y regulares, los Allison siempre abandonaban su casa de verano el primer martes de septiembre, justo después del Día del Trabajo, y siempre se disgustaban cuando el mes de septiembre y la primera quincena de octubre eran demasiado calurosos y se hacían insufribles en la ciudad. Cada año reconocían que no había nada que los obligara a volver a Nueva York, pero hasta el momento les había costado mucho superar la inercia por la que se guiaban y decidir quedarse en la casa del lago más tiempo.

—La verdad es que no tenemos ninguna necesidad de volver a la ciudad —le dijo la señora Allison a su marido, como si la idea acabara de ocurrírsele.

Y él, como si nunca hubieran hablado del tema, respondió:

—Podríamos quedarnos más tiempo y disfrutar del campo todo lo posible.

Tomada esta decisión con gran regocijo y cierto ánimo aventurero, la señora Allison se dirigió al pueblo al día siguiente y, con el tono travieso de quien sabe que se está saltando una norma, les dijo a los lugareños con los que tenía trato que ella y su marido habían decidido quedarse al menos un mes más.

—Tampoco es que tengamos muchos motivos para volver a la ciudad —le dijo al señor Babcock, el dueño de la tienda de ultramarinos—. Mejor disfrutar del campo el máximo posible.

—Hasta ahora nadie se ha quedado en el lago pasado el Día del Trabajo —repuso el señor Babcock. Estaba poniendo las compras de la señora Allison en una gran caja de cartón y se quedó parado un instante, mirando pensativo un paquete de galletas—. Nadie.

—¡Ay, es que en la ciudad hace tanto calor! —La señora Allison siempre le hablaba de la ciudad como si el sueño del señor Babcock fuera a ir allí—. Es horroroso, no se lo puede usted ni imaginar. Siempre nos da una pena tremenda marcharnos de aquí.

—Una pena tremenda —repitió el señor Babcock. Una de las costumbres más exasperantes que la señora Allison había observado en los lugareños era la de convertir una frase trivial en otra más trivial todavía—. Yo también lo lamentaría mucho si tuviera que marcharme —dijo el señor Babcock tras pensarlo un momento, y los dos, tendero y clienta, sonrieron—. Pero nadie se suele quedar en el lago pasado el Día del Trabajo.

—Bueno, pues nosotros vamos a intentarlo —concluyó la señora Allison.

—Por supuesto, nunca se sabe, hay que intentarlo —respondió el señor Babcock con seriedad.

«Físicamente —pensó la señora Allison, como hacía cada vez que salía de la tienda tras una de sus vagas conversaciones con el dependiente—, físicamente el señor Babcock podría servir de modelo para una estatua de Daniel Webster, pero mentalmente..., madre mía, mejor no pensar en cómo han degenerado los habitantes de Nueva Inglaterra, tan chapados a la antigua.» Se lo comentó al señor Allison en cuanto subió al coche.

—Se debe a la endogamia —dijo él—. A eso y a la mala tierra.

Aquélla era la visita que hacían al pueblo cada dos semanas para adquirir las cosas que no les entregaban a domicilio y, como siempre, se quedaron allí todo el día. Pararían a comer un bocadillo en el quiosco de periódicos y refrescos cuando hubiesen terminado con las compras. Fueron amontonando los paquetes en la parte trasera del coche. Aunque la señora Allison podía pedir que le llevaran los comestibles a casa, le resultaba muy difícil hacerse una idea exacta de lo que el señor Babcock tenía en la tienda cuando hacía el encargo por teléfono y, si iba directamente, podía comprar cosas que no necesitarían de inmediato, hortalizas frescas que el señor Babcock vendía de vez en cuando o incluso algún paquete de dulces que acabase de llegarle. Esta vez, la señora Allison no pudo evitar comprar también una vajilla de platos de cristal que encontró por casualidad en el bazar, entre artículos de ferretería y prendas de ropa; los platos parecían haber estado esperándola, puesto que la gente del campo, con su instintiva desconfianza por todo aquello que no ofreciera un aspecto tan robusto como los árboles, las rocas y el cielo, desdeñaba el cristal y la cerámica y usaba menaje de hierro y aluminio.

La señora Allison pidió que le envolvieran los platos con cuidado, a fin de que no se rompieran durante el incómodo viaje de vuelta por el pedregoso camino que conducía hasta su casa. Charley Walpole regentaba el bazar junto a su hermano Albert (la tienda se llamaba Johnson's porque se encontraba en el lugar donde antaño se había alzado la cabaña de Johnson, destruida por un incendio cincuenta años antes de que naciera Charley Walpole). Mientras Charley Walpole desdoblaba unos periódicos para envolver los platos, la señora Allison dijo en tono casual:

—Podría haber esperado a comprar los platos en Nueva York, pero como este año volveremos más tarde...

—Algo de eso he oído —dijo Charley Walpole, mientras, con sus dedos arrugados, luchaba como un loco con las hojas de periódico para separarlas. Añadió sin levantar la vista—: No conozco a nadie que se haya quedado en el lago pasado el Día del Trabajo.

—Bueno, verá —replicó la señora Allison, como si el viejo Walpole mereciera una explicación—, todos los años nos dábamos mucha prisa en volver a Nueva York, pero este año hemos pensado que para qué. Ya sabe usted cómo es la ciudad en otoño. —Y sonrió a Charley Walpole con cierto aire de complicidad.

El tendero estaba terminando el paquete, que ató con un cordel, dándole varias vueltas. «¿Para qué diantres quiero tanto cordel?», pensó la señora Allison, y desvió la mirada rápidamente para que el otro no advirtiese su impaciencia.

—Quedarse después de que todo el mundo se haya ido hace que una se sienta más de aquí, de este lugar —dijo ella al rato—. Me alegro de que hayamos tomado esta decisión.

Como si quisiera confirmar sus palabras, la señora Allison sonrió con amabilidad a una mujer que acababa de entrar en el bazar y cuya cara le resultaba familiar: tal vez les vendió fresas el año pasado o ayudaba en la tienda de comestibles; probablemente fuese la tía del señor Babcock.

—Bueno —dijo Charley Walpole. Empujó el paquete por el mostrador con suavidad, para dar a entender que estaba terminado y que, tras una venta bien hecha y un paquete bien envuelto, estaba dispuesto a cobrar—. Los veraneantes no se suelen quedar en el lago pasado el Día del Trabajo.

La señora Allison le dio un billete de cinco dólares y él le devolvió el cambio meticulosamente, deteniéndose incluso en las monedas de un centavo.

—Pasado el Día del Trabajo nunca se quedan —repitió, antes de despedirse de la señora Allison con una inclinación de cabeza e ir a atender a dos mujeres que miraban vestidos de algodón.

Antes de salir de la tienda, la señora Allison oyó que una de las mujeres decía:

—¿Por qué este vestido vale un dólar y treinta y nueve centavos y este otro solo noventa y ocho centavos?

—Son buena gente. Muy sensatos y honestos, de fiar —le dijo la señora Allison a su marido cuando se reunió con él frente a la puerta del bazar. Juntos caminaron por la acera.

—Menos mal que todavía hay pueblos como éste —comentó el señor Allison.

—En Nueva York podría haber comprado los mismos platos un pelín más baratos, pero el trato personal lo vale.

—Entonces, ¿van a quedarse en el lago? —les preguntó la señora Martin en el quiosco de periódicos y bocadillos—. Eso he oído.

—Hay que aprovechar que este año hace bueno —repuso el señor Allison.

La señora Martin era relativamente nueva en el pueblo. Vivía en una granja cercana, se había casado con el dueño del quiosco de periódicos, éste había fallecido y ella regentaba ahora el negocio. Servía botellas de refrescos y sándwiches con huevo frito y cebolla que preparaba en la cocinita que tenía en la trastienda. A veces, los sándwiches se impregnaban del rico olor del estofado o las costillas de cerdo que la señora Martin cocinaba para ella en un fogón cercano.

—Que yo sepa, hasta ahora nadie se ha quedado tanto tiempo por allá —dijo la señora Martin—. Pasado el Día del Trabajo, nadie.

—Por lo general, todos los veraneantes se marchan el Día del Trabajo —les comentó más tarde el señor Hall, su vecino más próximo, cuando se encontraron frente a la tienda del señor Babcock, mientras los Allison se subían al coche para regresar a casa—. Me sorprende que ustedes se queden.

—Nos daba pena irnos tan pronto —respondió la señora Allison.

El señor Hall vivía a tres millas de su casa y les vendía mantequilla y huevos. De vez en cuando, desde la cima de la colina, los Allison podían ver las luces de la casa de los Hall antes de que las apagaran para acostarse.

—Por lo general se marchan el Día del Trabajo —repitió el señor Hall.

El trayecto de vuelta a casa fue largo y dificultoso; estaba oscureciendo y el señor Allison se vio obligado a conducir despacio y con cautela por el camino de tierra que bordeaba el lago. La señora Allison iba recostada en su asiento, cómoda y relajada tras un día de compras que se le antojaba agitadísimo en comparación con la vida tranquila que habitualmente llevaban. Estaba muy contenta con algunas de las cosas que había comprado, sobre todo los platos de cristal, un kilo de manzanas rojas y un paquete de folios de colores con los que pensaba decorar los estantes de la cocina.

—Hogar, dulce hogar —murmuró cuando faltaba poco para llegar y divisaron la silueta de su pequeña vivienda recortada contra el cielo.

—Me alegro de que hayamos decidido quedarnos —asintió el señor Allison.

La señora Allison invirtió la mañana del día siguiente en lavar cuidadosamente los platos nuevos y descubrió que el bueno de Charley Walpole no se había dado cuenta de que uno de ellos estaba un poco descascarillado. Decidió hacer una tarta para el postre con las manzanas, y mientras ésta crecía en el horno y el señor Allison iba a por el correo, se sentó en el pequeño trozo de césped que cultivaban y contempló cómo la luz reflejada en el lago mudaba de colores que iban del gris al azul según la rapidez con la que las nubes pasaban por delante del sol.

El señor Allison estaba un poco enfadado al volver. Aunque sabía que andar era bueno para su salud, le ponía de mal humor tener que caminar una milla hasta el buzón de la carretera para regresar luego con las manos vacías. Aquella mañana solo había un folleto de unos grandes almacenes de Nueva York y el periódico, también neoyorquino, que solía llegar con una frecuencia irregular y un retraso de entre uno y cuatro días. A veces les llegaban tres ejemplares en un mismo día, aunque lo más frecuente era no recibir ninguno. La señora Allison, pese a que compartía con su marido la decepción de no tener correo, hojeó con agrado el folleto de los grandes almacenes y, mentalmente, se propuso visitarlos a su regreso a Nueva York para comprar mantas de lana; estaban rebajadas y no era tan fácil encontrar mantas de lana de calidad y de colores bonitos. Se planteó guardar el folleto para no olvidarse de esto, pero eso suponía levantarse y entrar en la casa, así que lo dejó caer en el césped, junto a su silla, y permaneció sentada con los ojos medio cerrados.

—Parece que va a llover —comentó el señor Allison, mirando al cielo.

—Ideal para las plantas —respondió la señora Allison lacónicamente, y ambos se echaron a reír.

A la mañana siguiente vino el hombre del queroseno, justo cuando el señor Allison había salido a por el correo. Estaban bajo mínimos de combustible y la señora Allison recibió al hombre con alegría. También vendía hielo y, durante el verano, incluso recogía la basura de los veraneantes. Este servicio solo era necesario para la desastrosa gente que venía de la ciudad; los lugareños no acumulaban basura.

—Me alegro de verle —dijo la señora Allison—. Nos queda muy poquito queroseno.

El hombre, cuyo nombre la señora Allison desconocía, usaba una manguera de goma para llenar el bidón de setenta y cinco litros de los Allison, pero aquel día, en lugar de dirigirse a la parte trasera de su camioneta y desenroscar la manguera, sencillamente dejó el motor en marcha y miró a la señora Allison desde el asiento con gesto apurado.

—Creía que se marchaban —dijo.

—Nos quedamos otro mes —explicó la señora Allison animadamente—. El tiempo es muy bueno y...

—Algo me habían dicho —dijo el hombre—. No puedo surtirles.

—¿Qué quiere decir? —La señora Allison arqueó las cejas—. Hasta ahora siempre...

—Pasado el Día del Trabajo ando escaso de existencias.

La señora Allison recordó, como hacía siempre que estaba en desacuerdo con alguno de sus vecinos, que las maneras de la ciudad no servían para tratar con la gente del campo; no se podía contradecir a un trabajador rural igual que a uno de la ciudad y por eso la señora Allison sonrió con amabilidad al preguntar:

—¿Y no puede usted comprar más mientras nosotros estemos aquí?

—Verá —dijo el hombre con tono exasperado. Tamborileó con los dedos en el volante y continuó hablando lentamente—: yo encargo este petróleo. Mis proveedores están a unas cincuenta o sesenta millas. Hago un pedido en junio calculando lo que necesitaré para el verano. Luego llevo a cabo otro encargo... más o menos en noviembre. Así que ahora mismo no me queda demasiado.

Y como si el tema hubiera quedado zanjado con sus palabras, dejó de dar golpecitos con los dedos y agarró el volante con las manos, dispuesto a marcharse.

—Pero ¿no puede darnos nada? —insistió la señora Allison—. ¿Hay alguien más que venda?

—No creo que puedan conseguir petróleo en ninguna parte —respondió el hombre tras pensarlo un rato—. Yo no puedo dárselo.

Antes de que la señora Allison atinase a responder, la camioneta comenzó a moverse; luego se detuvo un instante y el hombre se asomó por la ventanilla.

—¿Hielo? —gritó—. Puedo venderles hielo.

La señora Allison negó con la cabeza; aún les quedaba hielo. Estaba muy enfadada. Corrió unos metros hasta alcanzar la camioneta, chillando:

—¿Podrá conseguirnos un poco? ¿La semana que viene?

—No creo —respondió el hombre—. Pasado el Día del Trabajo, es difícil.

La camioneta se alejó y la señora Allison la siguió con la mirada, iracunda. Solo le consolaba la idea de que podría comprar queroseno en la tienda del señor Babcock o, si fuera necesario, a los Hall. «Ya verás el verano que viene —pensó para sus adentros—, ya verás cuando vuelvas el verano que viene a vendernos petróleo. ¡Te vas a enterar!»

Aquel día tampoco habían recibido correo, solo el periódico, que últimamente llegaba con pasmosa puntualidad, y el señor Allison volvió de mal humor. Cuando su mujer le contó lo del hombre del queroseno, no se sorprendió demasiado.

—Seguro que se lo guarda para venderlo más caro en invierno —concluyó—. ¿Crees que pasa algo con Anne y Jerry?

Anne y Jerry eran sus hijos, ambos casados; él vivía en Chicago y ella en el Oeste. Solían escribir a sus padres cada semana, pero ahora las cartas empezaban a demorarse, tanto que el enfado del señor Allison comenzaba a ser justificado.

—Deberían darse cuenta de lo mucho que esperamos sus cartas —dijo—. Menudos egoístas hemos criado.

—No te lo tomes así, cariño —repuso la señora Allison en tono conciliador. Para ella, el enojo con Anne y Jerry no era nada comparado con lo del petróleo. Tras unos minutos, añadió—: El ansia no hará que las cartas lleguen antes, Robert. Voy a llamar al señor Babcock para que añada queroseno a mi pedido.

—¡Ni una maldita postal! —exclamó el señor Allison mientras ella salía de la habitación.

Los Allison, que ya no se preocupaban mucho por las incomodidades de la casa, tampoco prestaban demasiada atención a las complicaciones del teléfono, sino que las aceptaban sin darles muchas vueltas. Era un teléfono de pared, de los que ya casi no quedaban. Para contactar con la operadora, la señora Allison tenía que girar una manivela y, después, llamar una vez. Por lo general había que hacer dos o tres intentos para que funcionara y la señora Allison, cada vez que tenía que llamar, se armaba de paciencia y levantaba el auricular con resignación. Aquella mañana tuvo que telefonear tres veces antes de que la operadora la atendiera y el señor Babcock tardó aún más tiempo en coger el teléfono que tenía en un rincón de la tienda, justo detrás del mostrador de la carne.

—¿Diga? —respondió con recelo.

—Hola, señor Babcock, soy la señora Allison. Le hago el pedido un día antes porque necesito recibirlo pronto y quisiera añadir un poco de...

—¿Señora Allison? No la oigo bien.

Ella alzó un poco la voz. Por la ventana vio cómo su marido, que estaba en el jardín, se giraba en su silla y le sonreía para darle ánimos.

—Decía, señor Babcock, que le hago el pedido un día antes porque...

—¿Vendrá usted a recogerlo?

—¿Ir a recogerlo? —La sorpresa hizo que la señora Allison volviera a bajar el tono de voz y el señor Babcock tuvo que gritar.

—¿Qué dice? No la oigo.

—Pensé que me lo enviaría a casa como otras veces.

—Verá, señora Allison —dijo el tendero, y se produjo una pausa durante la cual la señora Allison miró a lo lejos, más allá de la ventana y de la cabeza de su marido, hacia el cielo. El señor Babcock continuó al fin—: Es mi hijo el que me ayuda, pero ayer volvió a la escuela y ya no tengo a nadie que entregue los pedidos. Solo tengo repartidor en verano, ¿comprende?

—Pensaba que repartía todo el año —dijo la señora Allison.

—Pasado el Día del Trabajo no hay repartos —respondió el señor Babcock con firmeza—. Es el primer año que ustedes se quedan, así que es normal que no lo supiera.

—En fin —musitó la señora Allison con expresión de impotencia. Se contuvo, repitiéndose una y otra vez que los modales de la ciudad no servían en el campo y que si se enfadaba no ganaba nada—. ¿No podría enviarnos un último pedido hoy, señor Babcock? —preguntó finalmente.

—Me da que no —respondió él—. Imposible. Tampoco me resultaría muy rentable, teniendo en cuenta que ya no queda nadie más en la zona del lago.

—¿Y el señor Hall? —se apresuró a decir la señora Allison—. Vive cerca de aquí, a unas tres millas. ¿No podría traerlo él cuando venga?

—¿Hall? ¿John Hall? Se ha ido de viaje a visitar a unos familiares.

—¡Pero él es quien nos vende mantequilla y huevos! —exclamó la señora Allison, consternada.

—Pues se marchó ayer. Seguramente no sabía que ustedes iban a quedarse.

—Pero si le dije que... —empezó a replicar la señora Allison, que no acabó la frase. Luego añadió—: Le diré a mi marido que pase mañana por la tienda.

—Hasta entonces tiene todo lo que necesita —dijo el señor Babcock, satisfecho. Aunque no era ninguna pregunta, sino una afirmación.

La señora Allison colgó el teléfono y, caminando despacio, fue a sentarse otra vez junto a su marido.

—No hace repartos —le dijo—. Tendrás que ir tú mañana. Nos queda el queroseno justo para aguantar hasta entonces.

—Debería habernos avisado —repuso el señor Allison.

Por suerte, ese día costaba enfadarse: hacía un tiempo estupendo, el campo estaba hermoso como nunca y, allá abajo, las aguas del lago se movían silenciosas, entre los árboles. La escena era digna de una postal de verano. La señora Allison inspiró hondo. Poder disfrutar de aquel plácido paisaje era todo un privilegio. Más allá del lago se extendían las verdes colinas y una leve brisa acariciaba las copas de los árboles.

El tiempo continuaba siendo magnífico al día siguiente. Por la mañana, el señor Allison, lista de la compra en mano —la primera anotación era «queroseno», escrito en letras grandes—, bajó por el sendero hasta el garaje. La señora Allison empezó a preparar otra tarta. Ya tenía hecha la masa y estaba a punto de pelar las manzanas cuando el señor Allison subió corriendo por el sendero, abrió la puerta de golpe y entró en la cocina.

—¡Joder! ¡El coche no arranca! —anunció con el tono desesperado de quien sabe que depende del automóvil tanto como de su brazo derecho.

—¿Qué le pasa? —preguntó la señora Allison, que se quedó quieta con el cuchillo de pelar en una mano y una manzana en la otra—. El martes iba perfectamente.

—Bueno, pues hoy es viernes y no arranca —replicó el señor Allison entre dientes.

—¿Puedes arreglarlo?

—No, no tengo ni idea de mecánica. Habrá que llamar a alguien.

—¿A quién?

—Al tipo que lleva la gasolinera —el señor Allison se dirigió al teléfono con actitud decidida—. Ya lo reparó una vez el año pasado.

La señora Allison, un poco nerviosa, siguió pelando manzanas mientras oía cómo su marido se peleaba con el teléfono: llamó, esperó, volvió a llamar, logró darle el número a la operadora, aguardó de nuevo, repitió el número una segunda vez... Tras el tercer intento, colgó el auricular con estrépito.

—No hay nadie —informó al volver a la cocina.

—Habrá salido un momento —dijo la señora Allison algo inquieta; no sabía qué era exactamente lo que la ponía tan nerviosa, tal vez fuera la posibilidad de que su marido acabara perdiendo la cabeza—. Supongo que está él solo, así que si sale de la gasolinera no hay nadie que coja el teléfono.

—Sí, será eso —replicó el señor Allison con ironía.

Luego se dejó caer sobre una de las sillas de la cocina y se puso a mirar cómo su mujer pelaba las manzanas. Al cabo de un rato, la señora Allison le dijo con dulzura:

—¿Por qué no vas a buscar el correo y luego llamas otra vez?

—Vale —dijo él tras meditarlo unos instantes. Se levantó con esfuerzo y, justo antes de salir por la puerta de la cocina, se dio la vuelta y añadió—: Pero como no haya cartas...

Y se marchó sendero abajo dejando un horrible silencio tras de sí.

La señora Allison se dio prisa con la tarta. Se asomó un par de veces a la ventana y miró al cielo para ver si había nubes. La cocina le parecía más oscura de lo habitual y ella misma se sentía en tensión, como cuando está a punto de desatarse una tormenta. Sin embargo, las dos veces que había mirado al cielo, éste lucía claro y sereno, sonreía, indiferente a la casa de campo de los Allison tanto como al resto del mundo.

Cuando tuvo la tarta lista para meterla en el horno, fue por tercera vez a mirar afuera y vio a su marido subiendo por el sendero. El señor Allison parecía más alegre y, cuando vio a su mujer, la saludó con la mano, en la que traía una carta que agitó en el aire.

—¡De Jerry! —gritó cuando estuvo lo bastante cerca como para que ella lo oyera. La señora Allison observó con preocupación que su marido ya no podía subir la suave pendiente del sendero sin respirar con dificultad. Cuando llegó al umbral, el señor Allison le mostró la carta—. No he querido abrirla hasta llegar aquí.

La señora Allison miró el sobre con un anhelo que le sorprendió; no entendía por qué aquella carta y la letra de su hijo la alteraban de aquel modo, tal vez fuera porque era la primera que recibían en mucho tiempo. Seguro que se trataba de una carta cariñosa y alegre, llena de referencias a Alice y los niños, con novedades sobre el trabajo y comentarios sobre el tiempo de Chicago, y que terminaría con muchos abrazos y besos de parte de todos. Tanto ella como su marido hubieran podido recitar, sin esfuerzo, la típica carta de cada uno de sus hijos.

El señor Allison abrió el sobre con mucho cuidado y extendió la carta sobre la mesa de la cocina para poder leerla juntos.

Queridos papá y mamá:

Me alegro de que sigáis en el lago, siempre nos parecía que volvíais muy pronto. Hacéis bien en quedaros todo lo posible. Alice dice que ahora que no sois tan jóvenes y tenéis menos responsabilidades y menos amigos en la ciudad, lo mejor es divertirse y disfrutar del campo mientras podáis. Sabemos que estáis muy a gusto en el lago, quedarse es una idea genial.

La señora Allison, intranquila, miró por el rabillo del ojo a su marido; él seguía leyendo atentamente y ella cogió el sobre vacío sin saber muy bien qué buscaba. El remite era el de siempre, escrito en la caligrafía algo infantil de Jerry, y el matasellos era de Chicago. «De Chicago, claro, ¿de dónde si no? —pensó enseguida—. ¿Por qué iba a mandarla desde otro sitio?» Cuando volvió a mirar la carta, su marido ya le había dado la vuelta al folio y continuó leyendo a la vez que él:

... y si cogen el sarampión o lo que sea, pues mira, ya se recuperarán. Alice y yo estamos bien. Últimamente estamos jugando mucho al bridge con una pareja que no conocéis, los Carruthers. Son jóvenes, más o menos de nuestra edad, y muy simpáticos. Bueno, acabo la carta ya porque me imagino que para vosotros es muy aburrido que os cuente cosas de tan lejos. Papá: ha muerto el viejo Dickinson, el de la oficina de Chicago, el que siempre me preguntaba por ti. Disfrutad del lago y no tengáis prisa en volver.

Muchos abrazos y besos de todos,

JERRY

—Es raro —dijo el señor Allison.

—No parece de Jerry —respondió la señora Allison con un hilo de voz—. Nunca ha escrito nada como...

No acabó la frase.

—¿Como qué? —quiso saber el señor Allison—. ¿Nunca ha escrito nada como qué?

La señora Allison volvió a mirar la carta, frunciendo el ceño. Lo cierto es que no había una sola frase, o palabra, que no fuera como las que Jerry usaba en sus cartas. Quizá la sensación se debía solo a que la carta había tardado mucho en llegar o a que el sobre estaba inusualmente lleno de marcas de dedos.

—No lo sé —respondió ella con impaciencia.

—Voy a intentar llamar por teléfono otra vez —dijo el señor Allison.

La señora Allison leyó la carta dos veces más, tratando de identificar una frase que sonara diferente o extraña. Al rato regresó el señor Allison y afirmó muy bajito:

—El teléfono no funciona.

—¿Qué? —preguntó la señora Allison, dejando caer la carta.

—El teléfono no funciona.

El resto del día pasó rápido. Tras merendar leche con galletas, los Allison salieron a sentarse en el césped, pero su plan se vio interrumpido a causa de unas nubes agoreras que, desde el lago, se acercaban hacia la casa de campo. Eran las cuatro de la tarde y estaba tan oscuro como si fuera de noche. No obstante, la tormenta se contenía, como si esperase a estallar justo sobre la casita. De tanto en tanto se veía un relámpago, pero nada de lluvia. Por la noche, los Allison, sentados muy juntos dentro de la casa, encendieron la radio a pilas que se habían traído de Nueva York. Todas las lámparas estaban apagadas y la única luz provenía de fuera, de los relámpagos, y del pequeñísimo botón de encendido de la radio.

La frágil estructura de la casa de campo no era capaz de contener los sonidos de la ciudad, la música y las voces que surgían de la radio, y los Allison oían cómo todos aquellos ruidos resonaban fuera, en el lago; los saxofones de la orquesta de Nueva York sollozaban sobre las aguas y la voz desafinada de una cantante se perdía en el aire frío de la campiña. Incluso el locutor, que elogiaba las virtudes de cierta marca de cuchillas de afeitar, no era más que una voz extraña e inhumana que salía de la casa de los Allison y regresaba después distorsionada, como si el lago, las colinas y los árboles la rechazaran y la enviaran de vuelta.

Durante una pausa entre anuncios, la señora Allison miró a su marido y le sonrió débilmente.

—Me pregunto si deberíamos hacer algo —dijo.

—No —respondió el señor Allison tras pensarlo un momento—. Nada. Solo esperar.

La señora Allison suspiró y el señor Allison, con una ligera melodía sonando de fondo, añadió:

—La avería del coche es intencionada. Alguien lo manipuló. Hasta yo puedo darme cuenta.

La señora Allison titubeó un instante y luego habló en voz baja:

—Y también habrán cortado los cables del teléfono.

—Supongo.

Poco después, cesó la música y arrancaron las noticias; la voz del locutor les hablaba sin parar de una boda en Hollywood, de los últimos partidos de béisbol y de la subida de precios prevista para la semana que viene. Les hablaba a ellos, que estaban en la casa de campo, como si aún fueran merecedores de oír noticias de aquel mundo que ahora solo llegaba hasta ellos por medio de las pilas de la radio, las cuales ya empezaban a agotarse, como si, de algún modo, quisieran unirse al resto del mundo y dejarlos solos.

La señora Allison se acercó a la ventana y miró la superficie lisa del lago, la negra masa de árboles y la inminente tormenta, y trató de entablar una conversación:

—Ahora entiendo lo de la carta de Jerry.

—Yo lo intuí anoche, cuando vi luces en la casa de los Hall —dijo el señor Allison.

El viento sopló de repente desde el lago, rodeó la casa y azotó con fuerza las ventanas. Los Allison, con un movimiento involuntario, se sentaron todavía más cerca uno del otro y, cuando oyeron el fragor del primer trueno, el señor Allison agarró la mano de su mujer. Así, mientras en el exterior caían los rayos y la radio iba enmudeciendo, la pareja se abrazó en su casita de verano y esperó.

5

La diosa blanca

IDRIS SEABRIGHT

—Estoy segura de que no necesitas mis viejas cucharillas de té para nada —dijo la señora Smith en tono severo.

El tono era severo, sí, pero su voz encerraba muchos otros matices. Era un poco ronca, pero también aterciopelada, y aunque resultaba algo temblorosa, se notaba que estaba perfectamente modulada, como la de una actriz de la BBC representando el papel de una anciana. Una actriz joven haciendo de vieja. Carson, además de sentirse indignado por haber sido descubierto y haber perdido su pequeño botín —¡la mujer debía de tener ojos en la nuca!—, alimentó la esperanza de que, en realidad, la señora Smith fuera una joven que, por algún inexplicable motivo personal, hubiese decidido vestirse y actuar como una vieja. En cierto modo, resultaba mucho más reconfortante pensar en ella como una mujer joven disfrazada que como una anciana que se movía y hablaba como una veinteañera.

Quienquiera que fuese, desde luego no era la dulce, adorable y despistada víctima que él había supuesto, sino todo lo contrario. La había conocido en el paseo marítimo, uno de sus lugares favoritos para entablar contacto con simpáticas señoras de bien. Carson no había tenido que esforzarse más de lo habitual para que lo invitara a tomar el té. Ahora veía que aquella mujer no era ni anciana ni de bien. Y el nombre que le había dado era un insulto. ¡Mary Smith! El anonimato no podía ir más allá.

—¿Por qué sonríes así? —preguntó la mujer—. Devuélveme mis cucharillas.

Sin decir palabra, Carson metió la mano en el bolsillo de su abrigo y extrajo cinco cucharillas de té. La mujer tenía razón: él no necesitaba el dinero. Casi nunca lograba vender las cosas que robaba a las viejas y, cuando lo conseguía, el dinero iba a una cuenta aparte que nunca tocaba. Eran hurtos compulsivos, una actividad no muy loable, pero se le ocurrían mil adicciones peores. Disfrutaba demasiado de ello como para parar.

Puso las cucharillas sobre la mesa, frente a la mujer, y se recostó en su asiento. Ella las contó. Luego comenzó a dar patraditas en el suelo (no tenía juanetes, pero llevaba unos zapatos anchos de color negro, algo pasados de moda).

—Solo hay cinco y eran seis. Dame la que falta.

Le entregó la última cucharilla con reticencia. Era la más bonita de todas, de plata fina y antigua, pero tan pequeña que seguramente hoy en día no valdría mucho más de lo que costó cuando se fabricó. La cabeza de la cucharilla estaba llena de minúsculas melladuras, como si un niño —de hace dos o tres siglos— la hubiera usado como mordedor. Pobre pequeñín, seguro que había salido bastante malparado, los agudos bordes de la cuchara debían de haberle dañado las encías.

La mujer se apresuró a cogerla y la frotó enérgicamente con uno de los extremos del mantel. Después se la devolvió con estas palabras:

—Mira en la parte cóncava.

Carson hizo lo que le pedía. Estaba claro que la tal «señora Smith» no iba a llamar a la policía y, aunque se sentía molesto e incómodo, no tenía miedo.

—¿Y bien? —dijo Carson, volviendo a dejar la cucharilla sobre la mesa.

—¿No has visto nada?

—Solo a mí mismo, del revés. Lo normal.

—¿Eso es todo? —Su tono era cansado—. Devuélveme mi acuarela mientras pienso qué hacer contigo. Tiene aún menos valor que las cucharillas.

Era del todo imposible que lo hubiera visto coger la acuarela. Ella estaba preparando el té en ese momento, de espaldas a él, y no había espejos ni superficies brillantes a su alrededor. Tampoco podía haber notado el hueco, ya que el cuadrito estaba semioculto detrás de otros tres o cuatro objetos decorativos de pésimo gusto.

—Tomemos el té de todas formas —dijo la mujer, colocando la recién recuperada acuarela sobre la mesa, junto a ella.

Incluso con el marco, el cuadrito no era mayor que una postal. En él se veían unas palmeras, una isla y el agua, todo en tonos azulados, imitando el estilo de Winslow Homer. No era raro que Carson le hubiera echado el ojo.

—¿Querrás un poco de ginebra con el té? A veces ayuda.

—Sí, por favor.

Ella alcanzó una botella cuadrada y sirvió un chorro en la tetera. Luego dejó la botella en la mesa. Ambos bebieron un sorbo. El té estaba ardiendo y lo único que Carson pudo hacer para rebajar la carga de alcohol fue echarle un montón de azúcar.

Al rato, la señora Smith dejó su taza sobre el platillo, tosió y se sonó la nariz con un pañuelo de algodón.

—Ya va siendo hora de que entres aquí —dijo mientras daba golpecitos con el dedo en la acuarela—. A ver qué tal te sienta.

Mareo, un zumbido en los oídos y, ¡clonc!, un golpe seco.

Carson estaba dentro del cuadro, sentado en la isla, entre las palmeras.

La hierba era horriblemente pegajosa y por todas partes el ruido era infernal. Las olas, unos bloques pastosos de un azul intensísimo, rompían contra la orilla con el estrépito que causarían mil platos de cerámica al partirse; las gaviotas emitían unos sonidos que parecían gaitas y las hojas de las palmeras, a juzgar por el ruido, parecían estar hechas de hojalata.

Con todo, Carson no estaba tan confuso como para no darse cuenta de que, en cierto sentido, la isla le sentaba bastante bien. El ruido lo aislaba de todo lo demás. Ya no le importaba que sobre la repisa de una anciana hubiera una acuarela lo bastante pequeña como para caber en su bolsillo. Se sentía aletargado y muy cómodo, como si la señora Smith lo hubiera arropado entre los pliegues de su chal de lana.

Ufff... Debía de ser la ginebra. Se quedó dormido.

Cuando despertó, todo seguía igual. Las gaviotas, las olas y las palmeras producían sus respectivos sonidos. A lo lejos, donde se formaban las grumosas olas, vio una especie de turbulencia azul oscuro. ¿Estaba allí desde el principio? Probablemente. Carson no estaba seguro.

Podía deberse a un montón de cosas: un tiburón, una tortuga gigante, un descomunal pulpo como los imaginados por Verne... Podía ser. Pero no. No era eso. Carson dejó escapar un débil gemido de terror.

¡Paf! Ahora volvía a estar sentado frente a la señora Smith, ante la mesa de té. La mujer había puesto una tapa sobre la tetera, pero por lo demás todo parecía igual que antes.

La señora Smith untó un bollo con mantequilla y se lo metió entero en la boca.

—¿Te ha gustado la isla? —le preguntó mientras masticaba.

—Al principio estaba muy bien —replicó él, de mala gana—. Luego intuí algo que nadaba bajo el agua y eso no me gustó nada.

—Qué interesante. —La mujer sonrió—. No te importaron el ruido ni la soledad. Fue algo que nadaba bajo el agua y que no podías ver lo que te hizo sentirte mal.

¿Qué pretendía aquella señora? ¿Quería hacerle algún tipo de psicoanálisis? ¿Trataba de averiguar, mediante técnicas psiquiátricas, qué cosas le daban miedo para liberarlo de sus manías y fobias? Nah. Lo más seguro es que estuviera tratando de identificar y comprender sus temores para usarlos mejor contra él.

—¿Qué es lo que te interesa tanto?

Intentó untar mantequilla en uno de los bollitos, pero le temblaban tanto las manos que tuvo que dejar el cuchillo sobre la mesa.

—No es muy habitual que alguien intente robarme.

No, no debía serlo. Y tenía que ser Carson quien, entre todas las ancianas del mundo, tuviera que ir a dar con una que era Isis, Rea, Cibeles —había un montón de identidades mitológicas entre las que elegir—, Anat, Dindímena, Astarté. O Neith. Neith.

Carson se humedeció los labios.

—¿Y si tomamos un poco más de té? —sugirió—. ¿Con un poco más de ginebra? Es una bebida muy refrescante.

—Ya lleva bastante ginebra.

No obstante, la mujer no protestó cuando él cogió la botella y levantó la tapa de la tetera. No parecía estar mirándole, pero como antes ya le había engañado de esa forma, Carson pensó que, probablemente, seguía observándole. Aunque, quién sabe, tal vez fuera posible emborrachar a una divinidad.

Dejó la botella con la etiqueta de cara a ella, para que no pudiera ver cuánta ginebra había echado.

—Sirve tú —le pidió él.

¿Le temblaba la mano cuando le sirvió el té? Carson no estaba seguro.

—¡Dioses! —exclamó ella—. Lo has cargado mucho.

—¡Es muy refrescante! —Forzó una sonrisa—. Come un bollo. A esta hora de la tarde es bueno tomar un tentempié.

—Sí.

A la mujer le dio un ataque de tos. Se había atragantado con un trozo de miga. Él deseó que se asfixiara hasta morir.

Ella se tragó la miga con un último sorbo de té.

—Y ahora devuélveme el pisapapeles.

Era lo único que le quedaba del botín. Y lo que más le gustaba. Apenado, sacó la esfera del bolsillo y se la tendió.

Ella la agitó. En el interior de la bola se levantaron unos diminutos copos de nieve que luego comenzaron a caer suavemente sobre la escena invernal de la base.

—Muy bonito —dijo la mujer con aprobación—. Una nieve muy bonita.

—Sí. Por eso me llamó la atención.

—... igual es un poco tarde para probar otras cosas. Además, ya te conozco bastante bien. Eres la típica persona que no sabe enfrentarse a nada mínimamente desagradable.

Volvió a llenarse la taza hasta arriba. Cada vez arrastraba más las palabras. Al servirse el té había derramado varias gotas sobre el mantel. Carson vio su oportunidad: era ahora o nunca.

—Muchas gracias por este rato tan agradable —dijo, empujando su silla hacia atrás y levantándose—. Tal vez podamos repetirlo algún otro día.

Ella abrió la boca. Entre sus labios se formó una pompa de saliva que luego estalló.

—Menuda gilipollez. ¡Para adentro que vas, imbécil!

El pisapapeles lo recibió. Estar allí era un poco como caminar contra el viento, o como nadar, pero podía respirar sin dificultad. Con gran esfuerzo, se abrió paso a través del líquido —¿glicerina?— hasta la pared de cristal y miró hacia fuera.

Vio cómo la señora Smith chasqueaba los dedos y cómo sus labios se movían. Comenzó a levantarse de la silla, pero se derrumbó sobre el asiento. Sus dedos se quedaron sin fuerza y dejaron caer la tetera, que fue a parar al suelo, junto a ella.

La señora Smith había bebido demasiado. Al cabo de un rato, Carson empezó a preguntarse si solo sería eso. Aquel cuerpo no se había movido ni un milímetro desde el desvanecimiento. Al fin, comprendió que la señora Smith no se había desmayado. Estaba muerta.

A eso de las ocho llegó alguien y la encontró. Durante un buen tiempo, hasta que llegaron los de la camilla, hubo un gran ajetreo en la casa. La tetera seguía en el suelo.

Asimismo, nadie se había preocupado de bajar las persianas. Los rayos de luna llegaban hasta la vítrea prisión de Carson e iluminaban la nieve de la base. ¡Si al menos fuera nieve de verdad! Con cierto ánimo melancólico, se imaginó el exquisito agujero que podría haber preparado en la nieve y el dulce y cálido sueño del que habría disfrutado en esa mullida madriguera. En vez de eso, se pasó la noche flotando en vertical, atormentado por el insomnio y tan incómodo como un espárrago en una cacerola.

Al fin se hizo de día. Carson no estaba seguro de si lamentaba o no la muerte de la señora Smith. ¿Acaso creía aún en la posible benevolencia de la diosa? ¿Después de lo de la isla y de aquello?

Bien entrada la mañana apareció una mujer de la limpieza. Era joven, con labios rojísimos y una llamativa melena rubia.

Enchufó el aspirador y lo pasó por el suelo. Luego recogió la mesita de té y lavó las tazas. Por último, levantó el pisapapeles.

Lo agitó con violencia. La nieve empezó a caer en torno a Carson. La mujer pegó la nariz al cristal en un esfuerzo por enfocar la vista a tan corta distancia. Sus ojos eran enormes. Parecía imposible que no lo viera.

La mujer sonrió. Él la reconoció: la señora Smith.

Debería haber comprendido que Neith no iba a quedarse muerta.

La diosa agitó la esfera una vez más. Después la dejó sobre la repisa de un golpe.

Por unos instantes Carson creyó que iba a estrellar el pisapapeles contra los ladrillos de la chimenea. Pero eso ocurriría más adelante.

Tal vez lo dejaría vivir unos cuantos días. Podía poner la esfera al sol, meterla en el congelador, sacudirla una y otra vez hasta que él estuviera medio muerto del mareo... Las posibilidades eran infinitas. Y al final llegaría la rotura, el golpe definitivo.

Con expresión juguetona, la mujer se pasó el dedo índice por la garganta. Luego desenchufó el aspirador y se marchó.

6

La tumba circular

Andrew Benedict

—Hay crímenes peores que el asesinato —dijo el hombrecillo del traje gris—. Y condenas peores que la silla eléctrica.

No sé por qué la gente me cuenta historias, pero lo hace: en bares, trenes, restaurantes... Aquel hombrecillo parecía más bien reservado, no tenía pinta de conversar con extraños habitualmente. Lucía un tupido bigote gris que ocultaba unos labios finos y sus ojos miopes me miraban desde detrás de unas gruesas lentes. Estaba de pie en la barra del bar. Yo no había cruzado palabra con nadie. Lo único que había hecho era pedir otra cerveza justo cuando en la tertulia de la televisión se pusieron a debatir sobre la pena de muerte. Uno de los colaboradores del programa decía que la pena de muerte era algo indigno de nuestra civilización.

—¿Civilización? —cuestionó el hombrecillo mientras el camarero me servía la cerveza—. ¿Y eso qué es? La civilización no es más que un mito cuidadosamente cultivado. En realidad, somos salvajes, aunque ahora vivamos en cuevas con moqueta. Si se provoca lo suficiente a una persona, emergerá la bestia que lleva dentro.

Dio un trago a su whisky con hielo.

—Mira a Morton, por ejemplo —prosiguió—. Ése no es su verdadero nombre, claro, tú ya me entiendes. El caso es que, si alguna vez hubo alguien que pudiéramos considerar civilizado, ése era Morton. Le gustaban la música y el arte, donaba dinero a varias organizaciones benéficas y siempre respetaba la ley. Jamás en su vida había hecho daño a nadie y confiaba en la justicia, o eso creía. Tenía el típico carácter inglés, así que no era muy emocional, pero amaba con locura a su hija Lucy. Y un día, Lucy murió. Suicidio, dijeron.

Al principio, Morton estaba destrozado por la pena. Luego descubrió que la muerte de Lucy era culpa de un hombre. La pena se convirtió en un odio atroz, como no lo había sentido nunca.

El blanco de aquel odio era un tipo llamado Davis. Era un deportista, jugaba al fútbol, participaba en carreras y hacía natación. Metro ochenta y cinco de estatura, lleno de energía y vitalidad. No era extraño que Lucy se hubiera fijado en él. Se conocieron en la universidad, cuando ella acababa de empezar y él estaba en el último curso. La relación no había ido bien y Morton estaba seguro de que Davis tenía algo que ver en la muerte de Lucy.

Así, el dolor de Morton se convirtió en un odio que no le permitía descansar. No paraba de darle vueltas al asunto. Se decía a sí mismo que debía ser civilizado y no perder la cabeza, y que no tenía pruebas sólidas contra Davis. Sin embargo, cuando se enteró de que Lucy no había sido la única chica a la que Davis había maltratado —afloró la historia de otra compañera de clase que había denunciado un intento de envenenamiento— decidió tomarse la justicia por su mano y vengarse.

Si hubiera tenido un carácter más impulsivo, Morton se habría plantado en casa de Davis y le habría pegado un tiro, pero sus intenciones eran otras. Aquel odio se había cocinado a fuego lento y exigía un desenlace mucho más sofisticado.

En consecuencia, dedicó un buen tiempo a planear el castigo de Davis y a buscar un lugar que se ajustara a sus necesidades. Viajó por varias ciudades hasta encontrar lo que quería: un apartamento amueblado, de alquiler, que anteriormente había ocupado un artista.

Era un ático, el último piso de un gran edificio, y lo alquiló bajo un nombre falso. Se hizo pasar por un importador que, debido a sus negocios, estaba mucho tiempo en el extranjero. Iba y venía de allí, y en ocasiones desaparecía a lo largo de meses. Durante aquellos períodos de ausencia estaba, por supuesto, en su verdadera casa, ultimando los detalles. Además, se encargó de instalar unos fuertes cerrojos y de dejar siempre el apartamento cerrado a cal y canto. Le dijo a la administradora de la finca y al agente inmobiliario que dentro guardaba varios objetos exclusivos y de gran valor, por lo que nadie debía entrar en la casa bajo ninguna circunstancia, sin importar el tiempo que él estuviera ausente.

Durante el primer año, cada vez que Morton iba allí, antes de marcharse pegaba unos pequeños sellos en las rendijas de todas las puertas, para comprobar que nadie desobedecía sus instrucciones y entraba en el piso. Pero esto nunca ocurrió. En un complejo de apartamentos de lujo, un inquilino que paga puntualmente y por adelantado obtiene toda la discreción y privacidad que desee. Solo en caso de emergencias poco probables —un incendio o una explosión— entraría alguien en el piso, por lo que Morton se sintió seguro para pasar a la siguiente fase del plan.

Consiguió algunos folios con un membrete falso y escribió una carta a Davis en la que le ofrecía un buen puesto muy bien pagado en una empresa inexistente. También le indicaba un apartado de correos al que debía responder.

Éste no tardó en contestar diciendo que estaba interesado en la oferta y, entonces, Morton le llamó por teléfono. Le propuso encontrarse a la tarde siguiente en un famoso restaurante a las afueras de la ciudad donde tenía alquilado el apartamento.

Davis tendría que conducir hasta allí, pues vivía a unos ciento cincuenta kilómetros. Asimismo, Morton le rogó que mantuviera la cita y la oferta de trabajo en secreto y que llevara la carta original consigo. Le dijo que ciertos jefes de la compañía no estaban de acuerdo con su iniciativa y, por lo tanto, el asunto debía llevarse con la máxima discreción hasta que todo estuviera acordado. Nada de esto le sonó especialmente extraño a Davis; ese tipo de intrigas y tejemanejes eran muy habituales en las grandes empresas.

Si Davis no se hubiera tragado el anzuelo, Morton tendría que haber pensado en otra estrategia. Pero, por supuesto, un tipo como aquél no iba a retroceder ante la perspectiva de un cargo prestigioso y un salario elevado. Davis apareció en el restaurante a la hora acordada. Era grande y rubio e irradiaba optimismo y vitalidad; llamaba la atención. Morton, desde su mesa, situada en un discreto rincón, observó que varias cabezas se volvían en dirección a Davis cuando éste cruzaba el comedor.

Morton lo reconoció enseguida, claro. Había visto su rostro en la pequeña colección de fotos de Lucy. Davis, sin embargo, jamás había visto al padre de Lucy, por lo que se encontró ante un perfecto desconocido. Morton se presentó, tomaron un par de copas y quince minutos después se dirigían a la ciudad en el coche de Davis. Aparcaron a dos manzanas del edificio del apartamento e hicieron el resto del camino a pie. Era bastante tarde y el vestíbulo estaba desierto.

Morton condujo al joven por una entrada lateral y subieron directos al ático. Tampoco se cruzaron con nadie en el ascensor. Una vez allí, Morton, que hasta entonces había estado bastante nervioso, se relajó. Contó unos cuantos chistes y sirvió unas copas. Davis, que realmente tenía un aguante sensacional, se bebió tres antes de que la droga disuelta en el whisky surtiese efecto. Solo al final, cuando Davis empezó a notar que algo iba mal, las cosas se pusieron un poco tensas. Sin embargo, el joven cayó inconsciente antes de que sus sospechas fueran a más. Es increíble lo inofensivo que puede parecer un hombrecillo amable y bien vestido, en especial cuando le promete a uno un buen futuro.

Cuando Davis quedó tendido en el sillón, profundamente dormido por los narcóticos y con la cabeza colgando, Morton se entretuvo estudiándolo. El tipo era atractivo, sin duda, y, aun inconsciente, seguía teniendo cierto carisma. Por un instante, Morton dudó de su decisión. Entonces recordó la serie de horribles informes sobre Davis que le había proporcionado una agencia de detectives privados y sacó de su cartera una foto de carnet de Lucy. La miró y ya no volvió a flaquear.

Davis era corpulento y pesaba mucho, pero Morton logró arrastrarlo por la escalera que conducía a un pequeño estudio en la parte de arriba del apartamento. Era un cuarto poco común. Para empezar, era circular. Antaño había sido un depósito de agua y lo habían convertido en habitación cuando se construyó otro mayor.

Además, estaba insonorizado. Si el inquilino anterior, un artista, no se hubiera encargado ya de ello, el propio Morton hubiera mandado insonorizar el cuarto.

No tenía ventanas, solo un tragaluz. Éste era de cristal opaco y estaba abierto menos de un palmo. Un aparato de aire acondicionado sujeto a la pared suministraba aire fresco y en el techo había un conducto para la ventilación.

Morton vació los bolsillos de Davis y le quitó los zapatos y el cinturón. Se ocupó también de otros detalles como, por ejemplo, quemar la carta original que él había escrito y Davis había traído tan obedientemente. Luego salió del pequeño estudio y bajó al piso principal, no sin antes cerrar con llave la pesada puerta, que era la única entrada al cuartito.

Ahora solo le faltaba solucionar lo del coche de Davis. Si alguien lo encontraba, sería una pista sobre el paradero del joven, y no le interesaba que se supiera que había estado en aquella ciudad. Morton no tenía dónde esconder un coche, pero no estaba muy preocupado. Tenía las llaves, así que condujo hasta un casino de mala muerte y dejó el vehículo en el parking de detrás del establecimiento. Creía que si dejaba el coche allí con las llaves puestas, desaparecería en uno o dos días, y no se equivocaba. La verdad es que fue fácil: tenía imaginación y sabía usar los recursos a su alcance, en este caso, los ladrones de coches. Una gran metrópolis ofrece una increíble cantidad de recursos a quien los necesita. Pero volvamos a Davis.

Al cabo de unas horas, Davis se despertó. Sus ropas estaban arrugadas, le dolía la cabeza como nunca antes y algo le molestaba en el tobillo izquierdo. Medio atontado, se sentó y miró a su alrededor. Se hallaba en una habitación circular de unos seis metros de diámetro, decorada con gusto. Se oía el zumbido de un aire acondicionado. Frente al diván en el que Davis se había despertado había un televisor encendido con un programa de cocina en esos momentos. La puerta estaba cerrada y no había nadie más en la habitación.

Davis intentó ponerse en pie. Entonces descubrió por qué le molestaba el tobillo. Alguien le había puesto un grillete, y una fina pero sólida cadena lo ataba a una argolla situada en la pared, junto al diván.

Cuando se dio cuenta de que estaba encadenado a la pared, Davis se sentó y trató de pensar durante varios minutos. Tenía muchísima sed y, cuando su mente por fin estuvo un poco más despejada, vio que había una jarra de plástico con agua sobre una mesa situada a unos dos metros de él. Fue renqueando hasta ella y, estirándose tanto como pudo, logró coger el asa de la jarra con los dedos. Bebió agua, casi un litro, en varios tragos largos y luego lanzó la jarra sobre la mesa sin miramientos. Vio que en ella también había unas cuantas hogazas de pan, pero no tenía hambre. Una vez calmada la sed, volvió a sentarse en el diván y trató de comprender la situación.

Recordaba a la perfección la noche anterior y supuso que aún debía estar en el apartamento de Morton. Estaba claro que aquel hombre lo había drogado y, después, lo había encadenado a la pared. Lo que no entendía eran los motivos que podría tener Morton para hacer aquello, así que decidió que debía tratarse de una broma, algún tipo de novatada.

Si se trataba de una broma, lo más seguro es que la cadena no pudiese retenerlo. Dio unos cuantos tirones: era tan sólida como la de un ancla. Examinó el modo en que el grillete le aprisionaba el tobillo. El cierre era pequeño, pero parecía resistente e imposible de forzar.

Davis se levantó y recorrió la cadena hasta su otro extremo. Estaba sujeta a una anilla clavada en la pared y, cuando Davis tiró de ella con las dos manos, oyó un ruido metálico que le hizo pensar que la anilla estaba asegurada, al otro lado del yeso, a algo férreo.

Puesto que la cadena no se podía arrancar y el grillete estaba tan prieto que era imposible deslizarlo más abajo del tobillo, estudió los eslabones. No eran muy grandes, pero estaban perfectamente soldados y parecían hechos de algún acero especial (y, en efecto, así era, se trataba de una aleación sueca resistente a cualquier tipo de lima).

Con los dedos torpes a causa de la resaca de la droga, hurgó en sus bolsillos en busca de un cigarrillo. Estaban vacíos: no tenía cigarros, ni cerillas, ni monedas, ni billetero, ni bolígrafo... ni su navaja de bolsillo. Se le había ocurrido que con un cuchillo tal vez podría romper alguno de los eslabones, pero comenzaba a pensar que, aunque hubiera tenido su navaja, ésta no le habría servido de nada. Entonces gritó:

—¡Morton! ¡Morton!

Esperó. En la televisión, una atractiva mujer con un vestido de nailon blanco daba instrucciones. «Ahora añadiremos los tres huevos, bien batidos.» El aparato de aire acondicionado seguía zumbando. No obtuvo respuesta a sus gritos, aunque se alargaron durante un rato.

Davis no era un tipo imaginativo, pero entonces, por primera vez en su vida, empezó a imaginar y a sentir pánico. ¿Es que Morton estaba loco? ¿Era algún tipo de psicópata? No se lo había parecido. Trató de traer a la memoria cómo había sucedido todo. Recordó cómo le había llegado aquella primera carta y que Morton le había pedido que mantuviera la oferta laboral en secreto. Recordó la llamada de teléfono y la cita en el restaurante, y cómo Morton le había rogado que no se lo contara a nadie y llevara la carta original consigo.

Davis había seguido sus instrucciones. Excepto algún comentario vago a un par de chicas con las que quería ligar, no le había contado nada a nadie. Nadie sabía a dónde había ido. El piso de soltero que tenía en su ciudad estaba simplemente cerrado con llave, como siempre, y dentro no había nada que pudiera servir para localizarlo. Asimismo, se dio cuenta de que, en realidad, no sabía nada de Morton. Ni siquiera estaba seguro de si ése era su verdadero nombre. Tampoco tenía prueba alguna de que la empresa que decía representar existiese de verdad. Cada vez veía más claro que Morton lo había engañado y atraído hasta allí, y de un modo en que nadie supiera dónde había ido ni para qué.

Se levantó de un salto y forcejeó con la cadena como un loco, pero lo único que consiguió fue hacerse daño en el tobillo. Se puso a gritar, a pedir ayuda. Chilló lo más alto que pudo hasta que se quedó ronco y se dejó caer de nuevo sobre el diván, exhausto.

No hubo respuesta.

Aturdido, se dijo a sí mismo que estaba en un edificio donde debían vivir al menos otro centenar de personas. En el piso de abajo —o, como mucho, dos más abajo— debía haber algún ser humano que acudiría en su auxilio. Pero no lograba que le oyeran.

Aparte del propio Davis, lo único vivo en aquella habitación era el mundo de sombras de la televisión. En aquellos momentos, un hombre sonriente con una dentadura perfecta hablaba a cámara: «Señora, si desea que sus guisos sean aún más sabrosos, pruebe...».

Por lo demás, Davis podría haber estado en la luna y no notar la diferencia.

Su mente se negaba a aceptar del todo la situación. Agotado tras tanto gritar, se durmió un rato. No supo cuánto tiempo había pasado, pero cuando despertó, la gente del televisor estaba participando en un animado concurso de imitaciones y los ganadores daban palmas y saltaban de alegría. Luego procedieron a sortear una lavadora y un coche.

Davis volvía a tener sed y se levantó para alcanzar la jarra de agua que había sobre la mesa. Solo que se encontraba vacía. Vio que la jarra de plástico estaba volcada y advirtió entonces que sobre la mesa colgaba un tubo de goma que salía de un depósito bastante grande pegado a la pared del extremo opuesto de la habitación. Mediante alguna especie de apaño, el tubo funcionaba de tal modo que solo dejaba caer una o dos gotas de agua por minuto. Las gotas habían estado cayendo sobre la mesa, puesto que antes no había dejado la jarra en su lugar.

Por si eso fuera poco, no podía alcanzar la jarra. La había tirado demasiado lejos. Cuando se percató de ello, la sed se volvió insoportable. Entró en pánico. Se lanzó a por la jarra, se estiró todo lo que pudo y extendió los brazos hacia delante. Pero tan solo consiguió golpear el recipiente con la punta de los dedos y lo alejó todavía más.

Al comprender la inutilidad de sus esfuerzos, intentó recobrar la calma. Tenía que alcanzar la jarra como fuera. Se echó hacia delante, de modo que la cadena que le aprisionaba el tobillo le impidiese caer. Consiguió tocar entonces la suave asa de la jarra, pero nada más. Jadeante, sin dejar de mirar cómo las gotas de agua se perdían para siempre en la superficie de la mesa, se pasó la lengua por los labios resecos y trató de contenerse para no gritar.

Al cabo de un rato se le ocurrió cómo recuperar la jarra. Se quitó la chaqueta, la agarró por una manga y, sin soltarla, la lanzó sobre la jarra. Entonces, usando la chaqueta a modo de red, atrajo el recipiente hacia sí y lo colocó cuidadosamente bajo el tubo de plástico. Poco a poco se llenaría. Solo le quedaba esperar.

Al lanzar la chaqueta, del bolsillo del pecho cayó un papel que antes le había pasado inadvertido. Lo recogió del suelo y vio que era una breve nota escrita a máquina:

> Lo siento, pero he tenido que irme, viejo amigo. Espero que estés cómodo hasta mi regreso. Te he dejado la mejor habitación, además de comida y agua para algún tiempo. Estaré fuera varios días, seguramente bastantes. Por favor, siéntete como en casa.
>
> MORTON

Le costó algunos minutos asimilar el sentido de aquella nota. Morton estaría fuera durante algunos días. Aquel juego demencial iba a prolongarse, como mínimo, a lo largo de varios días. Y Davis tendría que permanecer allí, enjaulado y encadenado como un animal, a la espera de que Morton viniera a soltarlo.

La idea le hizo gritar, fuera de sí.

Esta vez se cansó más rápido. Pensó que, al ser de día, no habría nadie que pudiera oírle en los apartamentos inferiores, pues todo el mundo estaría trabajando. Lo intentaría de nuevo por la noche, cuando era más probable que los inquilinos estuvieran en sus casas. Antes o después, alguien tendría que oírlo.

Estos pensamientos lo tranquilizaron un poco. Por fin comenzaba a hacerse una idea concreta de su situación.

La cadena era irrompible (eso ya lo había comprobado, aunque seguiría intentándolo de tanto en tanto). El goteo del agua era insufriblemente lento, pero al final la jarra se llenaba. Sobre la mesa, a su alcance, había unas cuantas hogazas de pan envueltas en papel. Las contó: había treinta en total.

Entonces le asaltó un pensamiento terrible, inesperado. Pan y agua. Una barra al día... ¡Dios mío! ¿Es que Morton pretendía tenerlo encadenado durante treinta días? ¡Un mes entero! ¿Subsistiendo a base de pan y agua? No, no era posible. Sería parte de la broma, para asustarlo un poco... Morton regresaría pronto, lo liberaría y se irían a tomar una copa y a reírse juntos. Todo aquello formaba parte de alguna prueba desquiciada a la que Morton lo sometía con el fin de comprobar su capacidad para permanecer tranquilo y adaptarse a situaciones desagradables...

Este razonamiento lo consoló durante un rato, tal vez una hora. La única manera que tenía de medir el tiempo era observando los cambios de programación en la tele. Ahora jugaban a otra cosa. Cada concursante tenía que escoger una caja al azar y luego las abrían para ver qué les había tocado. Una señora se encontró con un repollo y gritó decepcionada; a otra le tocó un cheque de mil dólares y gritó de alegría. El público jaleaba.

Davis dirigió su mirada hacia la jarra de plástico. Había recogido una cantidad muy pequeña de agua, tal vez la suficiente para dar un sorbo. No pudo resistirse. Alcanzó la jarra, se bebió el agua y volvió a dejar el recipiente en su sitio con mucho cuidado.

Más tarde probaría una de las hogazas de pan, pero en aquel momento tenía la boca seca y algodonosa y no sentía hambre.

Permaneció sentado durante un rato. El aparato de aire acondicionado zumbaba; la televisión emitía carcajadas, arengas y gorgoritos, y las gotas de agua caían una a una, muy despacio, demasiado despacio.

Por la tarde, Davis ya se había recuperado completamente de los efectos de la droga. Sentía algún pinchazo en las sienes, pero tenía la mente clara. También tenía una sed terrible, pero en la jarra no se había acumulado mucha agua, apenas medio litro en todo el día. Cogió una de las hogazas de pan y trató de comer pero, tras obligarse a tragar dos rebanadas, desistió. Cogió la jarra y se bebió toda el agua que contenía. Ahora tendría que volver a esperar.

Supo qué hora era —las siete de la tarde en punto— porque comenzó un telediario. No prestó atención a las noticias, pero esperó a que terminaran y comenzara la publicidad. Un hombre trajeado y sonriente enumeraba las virtudes de unos nuevos cigarrillos con doble filtro. Entonces, considerando que los habitantes de los pisos inferiores debían estar ya en casa, Davis se puso a gritar:

—¡Socorro! —chillaba—. ¡Ayuda! ¡Necesito ayuda!

Esperó un minuto y repitió los gritos. Y así lo hizo con intervalos de un minuto durante un cuarto de hora. Después, ronco y con la respiración entrecortada, se tumbó en el diván a esperar.

No acudió nadie. No se oía ningún sonido salvo el parloteo necio de la televisión. Ahora acababa de empezar un western caótico. Por el tragaluz, abierto unos cinco centímetros, se colaba el ruido lejano de la gran ciudad. Eso era todo.

No obstante, ahora se encontraba más descansado y no iba a perder la esperanza, aunque a estas alturas estuviera ya convencido de que la habitación estaba insonorizada. Tenía que haber algún ser humano abajo, a unos diez metros de distancia, a quince como mucho. Seguro que conseguiría hacer algún ruido que atravesara aquella distancia, aunque hubiera dos suelos y dos techos y a pesar de la insonorización.

Miró a su alrededor en busca de algo con lo que hacer ruido. Si Morton no le hubiera quitado los zapatos hubiera golpeado con ellos la pared. Lo intentó con los puños, pero solo produjo un ruido sordo, apagado.

Pasó a examinar el diván. Tal vez podría desmontarlo y usar alguna pieza como martillo para golpear las paredes y el suelo. Pero el diván era un simple somier de madera, de una sola pieza, con las patas atornilladas al suelo y cubierto por un colchón de espuma. Ni siquiera con todas sus fuerzas pudo mover el armazón. Y no tenía nada más a su alcance...

El corazón le dio un vuelco. Había olvidado que también estaba la mesa de madera donde estaba la jarra de agua. Rápidamente cogió la jarra, se bebió las cuatro gotas que había acumuladas y la dejó en el suelo. Luego trató de arrastrar la mesa hacia él.

El desengaño fue tan amargo que lo sintió hasta en la boca. Se dejó caer sobre el diván, derrotado. La mesa también estaba atornillada al suelo. Transcurrió una hora antes de que se acordara de la jarra de agua, que seguía en el suelo. Había perdido una hora de suministro.

No tenía nada con lo que hacer ruido. Nada que sirviera de herramienta. El tragaluz estaba a varios metros sobre su cabeza, abierto apenas una rendija. Si pudiera lanzar algo afuera por ahí... Pero enseguida desechó la idea.

Poco a poco se iba convenciendo de que Morton había previsto cualquier acción que él pudiese intentar.

Entonces empezó a sentir miedo de verdad. Hasta ese momento había experimentado incredulidad y rabia; ahora estaba aterrado.

¿Qué pretendía Morton?

¿Cuándo iba a regresar?

En un intento por calmar sus temores, Davis miró la televisión. Un programa sucedía a otro y en todos ellos aparecía gente arreglada y sonriente, limpia y bien vestida aunque llevara ropas del Oeste y disparara tiros. Cuando terminaba un programa, Davis no podía recordar nada de lo que acababa de ver.

Al cabo de un rato incluso la televisión quedó en silencio: habían terminado las emisiones del día. La pantalla se convirtió en un rectángulo de luz blanca parpadeante, la única luz en la habitación. Entonces, por fin, Davis se durmió. Mientras dormía, una mirilla oculta en la puerta se deslizó con suavidad y Morton lo observó. Luego se marchó sin hacer ruido.

A la mañana siguiente Davis se despertó tarde, sediento y con hambre. Le dolía la pierna. Permaneció tumbado unos instantes, a medio camino entre el sueño y la vigilia, sin saber muy bien dónde estaba. Cuando lo recordó todo, se sentó de golpe.

Nada había cambiado. Se había acumulado medio litro de agua en la jarra. En la televisión había un programa matinal: una mujer parlanchina con una prominente dentadura entrevistaba a un tipo con pinta de académico que había escrito una novela.

Davis fue a por el agua, pero se detuvo. Mejor comer un poco de pan primero. Cinco o seis rebanadas. Luego bebió, aunque solo la mitad del agua acumulada.

Calculó que aquel sistema de goteo estaba pensado para suministrar un litro de agua al día. Estudió el depósito del que salía el tubo de plástico. Tendría una capacidad de unos veinticinco o treinta litros. ¿Otra vez? Treinta litros de agua... treinta hogazas de pan... ¡Treinta días!

Dios santo. ¿Significaba eso que Morton no iba a regresar en treinta días? O significaba que...

Davis empezó a gritar. Aulló y berreó durante media hora, hasta que se derrumbó, agotado.

Nadie acudió. Volvió a gritar pidiendo auxilio aquella misma tarde, pero nadie acudió.

Tampoco al día siguiente. Ni al siguiente. Nadie acudió nunca a aquel calabozo con aire acondicionado situado en el último piso de un lujoso edificio de apartamentos en una gran ciudad moderna, donde Davis estaba encadenado por el tobillo a la pared.

El hombrecillo del traje gris consultó su reloj y se levantó.

—Tengo que coger un avión —se disculpó—. Espero no haberte aburrido.

—¡Espera! —le dije—. ¿Qué ocurrió después?

Negó con la cabeza despacio y se encogió de hombros.

—No lo sé. Supongo que tras treinta días el agua se acabó, y también el pan. Así que...

—Pero... —quise decir algo, pero no sabía cómo formularlo.

—Hace dos años que nadie entra en esa habitación —dijo el hombre de gris—. El alquiler y las facturas los paga puntualmente un abogado, y la administradora y el agente inmobiliario reciben cada año una felicitación de Navidad enviada desde el mismo lugar. Tienen entendido que Morton está en Europa y que permanecerá allí varios años más. Les da igual, mientras el alquiler se pague según lo previsto. Por supuesto, algún día alguien acabará entrando en el apartamento. Pero podrían pasar años, a no ser, claro, que Morton dejase de pagar el alquiler.

El hombrecillo me miró de reojo.

—Sería interesante saber cómo interpretarán todo aquello quienes finalmente entren en el estudio y se encuentren con semejante escena... —añadió, y se volvió hacia la puerta—. No creo que hallen ninguna pista sobre la verdadera identidad de Morton ni tampoco sobre la de Davis...

Sonrió y salió del bar. Me quedé mirándole como un estúpido durante unos instantes, pero enseguida corrí tras él. Había desaparecido entre la multitud de peatones.

Me detuve y miré hacia arriba. Por todas partes se alzaban grandes edificios de apartamentos. La mayoría tenían áticos.

Y ésta era una de las ocho grandes ciudades que había en un radio de dos horas en avión.

Regresé al bar y le pregunté al camarero si conocía al hombre con quien había estado hablando. Me dijo que aquel hombrecillo le era desconocido y que jamás había estado allí antes.

7

El ídolo de las moscas

Jane Rice

Pruitt observaba una mosca que había en la esquina de la mesa. Permanecía muy quieto. La mosca se limpiaba las alas con pequeños y bruscos movimientos de las patas. Se parecía, pensó Pruitt, a Harry el lisiado, el marido de la cocinera. Odiaba a Harry el lisiado. Lo odiaba casi tanto como a su tía Mona. Pero, sin duda, a la que más odiaba era a la señorita Bittner.

Miró al frente, en dirección a la nuca de la señorita Bittner, y enseñó los dientes en una mueca grotesca. Odiaba la manera que ella tenía de borrar la pizarra, con amplios movimientos circulares. Odiaba cómo se le marcaban los omóplatos. Odiaba la peineta de carey con la que sujetaba su fino cabello (le quedaba un poco suelta y algunos pelos se escapaban). Odiaba su forma de peinarse, con el pelo alrededor de la cara cetrina y sobre el cuello, para ocultar el pequeño botón incrustado en una de sus carnosas orejas. El botón y el finísimo cable negro que se perdía en el interior de su vestido con cuello almidonado.

A Pruitt le gustaban el botón y el cable. Y le gustaban porque la señorita Bittner los odiaba. Ella fingía que no le importaba estar sorda. Aunque en realidad sí que le importaba. También fingía que Pruitt le gustaba. Pero no era así.

Él la ponía nerviosa. Eso era fácil. Lo único que tenía que hacer era abrir mucho los ojos y mirarla fijamente sin parpadear. Resultaba tan sencillo. Demasiado sencillo. Tanto que ya había dejado de ser divertido. Se alegraba de haber descubierto lo de las moscas.

La señorita Bittner dejó el borrador en su sitio, se sacudió la tiza de las manos y se giró hacia Pruitt. Éste abrió los ojos de par en par y le dirigió una mirada penetrante.

La señorita Bittner se aclaró la garganta con nerviosismo.

—Esto es todo por hoy, Pruitt. Mañana empezaremos con algo de etimología.

—De acuerdo, señorita Bittner —respondió Pruitt en voz muy alta, vocalizando cada palabra concienzudamente.

La señorita Bittner se puso roja y se estiró el cuello del vestido.

—Ha dicho tu tía que puedes ir a nadar un rato.

—De acuerdo, señorita Bittner.

—Muy bien, Pruitt. No olvides que el té es a las cinco.

—De acuerdo, señorita Bittner. Buenas tardes, señorita Bittner.

Pruitt llevó la mirada a unos diez centímetros por debajo de las rodillas de la maestra. Frunció el ceño para simular una leve expresión de sorpresa.

Involuntariamente, la señorita Bittner miró hacia abajo. Entonces, como un relámpago, Pruitt barrió la mesa de un manotazo y atrapó la mosca. Cuando la señorita Bittner alzó la cabeza, él la estaba mirando sin inmutarse. Se levantó.

—Hay limonada encima de la hielera del porche. ¿Puedo tomar un poco?

—¿Cómo hay que pedirlo, Pruitt?

—¿Podría tomar un poco, por favor?

—Sí, puedes.

Pruitt cruzó la habitación en dirección a la puerta.

—Pruitt...

Se detuvo, se giró despacio sobre los talones y miró a su maestra sin pestañear.

—¿Qué pasa, señorita Bittner?

—Tratemos de no cerrar de golpe la puerta del porche, ¿vale? Molesta mucho a tu tía, ya lo sabes.

La señorita Bittner esbozó con sus pálidos labios lo que ella consideraba una sonrisa cómplice. En realidad, el gesto tenía algo de crispado.

Pruitt la miraba fijamente.

—De acuerdo, señorita Bittner.

—Muy bien —dijo Clara Bittner con falsa cordialidad.

—¿Nada más, señorita Bittner?

—No, Pruitt.

Pruitt contó hasta doce sin apartar aquella mirada de basilisco de su pobre maestra. Luego se dio la vuelta y salió de la habitación.

Clara Bittner se quedó mirando el marco vacío de la puerta durante un rato y finalmente se estremeció. Si alguien le hubiera preguntado el porqué de aquel escalofrío, no hubiera podido dar una explicación satisfactoria. Lo más probable es que, en tono conciliador, hubiera dicho algo como: «No sé. Creo que quizá le resulta difícil a un niño cogerle cariño a su profesora». Y, sin duda, hubiera añadido: «Entran en juego un montón de cuestiones psicológicas, ¿sabe?».

La señorita Bittner era una acérrima defensora de la psicología. Había hecho un curso de verano —hacía diez años— y le encantaba contar que había obtenido las mejores notas de la clase. Nunca se le había pasado por la cabeza que ese hecho pudiera deberse a su capacidad para memorizar párrafos enteros y transcribirlos palabra por palabra sobre el papel, sin haber entendido siquiera los conceptos que componían las frases.

La señorita Bittner se agachó y aflojó los cordones de uno de sus zapatos Oxford. Luego suspiró aliviada. Se sentó con la espalda muy recta, se estiró el vestido por la parte de atrás y palpó con las puntas de los dedos el cable negro y gomoso que le bajaba por el cuello. La señorita Bittner volvió a suspirar. Un zumbido en una de las ventanas reclamó su atención.

Fue hasta una alacena, de la que extrajo un matamoscas de alambre. Lo cogió con actitud resuelta y se dirigió a la ventana. Se inclinó ligeramente hacia atrás, cerró los ojos y golpeó la mosca con el utensilio. Ésta, maltrecha, cayó al alféizar y quedó allí tendida sobre sus alas, con las patas encogidas.

Apartó la cortina con cuidado y, con el extremo del matamoscas, empujó el cadáver hacia fuera.

—¡Aj! —soltó la señorita Bittner.

Una vez más, si le hubieran preguntado el porqué de aquel «aj», no hubiera sabido dar una respuesta satisfactoria. Era extraño lo que le pasaba con las moscas. La repelían como si se tratara de serpientes venenosas. No era porque las considerara portadoras de gérmenes, ni porque tuvieran los ojos de color naranja rojizo y vieran el mundo —o eso le habían dicho— como a través de un prisma; tampoco era porque tuvieran la odiosa costumbre de regurgitar una gota de su última comida antes de empezar la siguiente, ni por las patas ganchudas y peludas o la probóscide succionadora; era... bueno, eran las criaturas en sí mismas. Lo más seguro es que la señorita Bittner, sonriendo como una boba para indicar que realmente no creía en lo que decía, hubiera explicado lo siguiente: «Tengo *moscofobia*».

Y lo cierto es que así era. Le daban miedo las moscas. Un miedo cerval. De la misma manera que muchas personas sienten terror por los espacios cerrados o las alturas, la señorita Bittner lo tenía a las moscas. Un miedo pueril e irracional, pero terrible.

Volvió a guardar el matamoscas en la alacena y, acto seguido, corrió a lavarse las manos en el lavabo. Era raro, pensó, últimamente no hacía más que ver moscas. Casi parecía que alguien le estuviera enviando moscas aposta. Sonrió para sí misma ante semejante ocurrencia, se secó las manos y se arregló el cabello. Hora de ir a por un poco de esa limonada. Se alegraba de que Pruitt la hubiera mencionado; si no, no se habría enterado de que estaba allí, y a ella le encantaba la limonada.

Pruitt se encontraba en lo alto de la escalera. Movió la mandíbula convulsivamente para generar saliva, luego frunció los labios, se inclinó sobre la balaustrada y escupió hacia abajo. La enorme bola de babas cayó como una lágrima en forma de pera y se estampó contra el suelo del piso inferior.

Pruitt bajó las escaleras. Sentía la mosca zumbando coléricamente dentro de su cálida y húmeda prisión. Se llevó la mano cerrada a los labios y sopló por el túnel que formaban el dedo pulgar y el índice. La mosca se aferró a las arrugas de la palma para salvar la vida.

Al pie de la escalera, Pruitt se detuvo el tiempo suficiente para espachurrar todos y cada uno de los tallos de un helecho que crecía en una maceta de intrincados adornos.

Después recorrió el pasillo y entró en la cocina.

—Dame un vaso —le dijo a la mujer regordeta que estaba allí sentada, en un taburete, partiendo nueces y depositando las partes comestibles en un cuenco de cristal.

La mujer se levantó con esfuerzo.

—Nadie se muere por pedir las cosas «por favor» —dijo.

—A ti no tengo por qué decirte «por favor». Eres la sirvienta.

La cocinera puso los brazos en jarras.

—Y a ti lo que te hace falta es un buen tortazo —repuso en tono severo—. Un buen tortazo con la mano abierta.

A modo de réplica, Pruitt cogió la bolsa de papel que contenía las cáscaras de nuez desechadas y la vació entera en el cuenco de cristal donde estaban los frutos secos comestibles.

La mujer trató de impedirlo, pero no lo consiguió. Su ancho rostro se tiñó de rojo. Abrió la mano y la levantó dibujando un arco.

Pruitt no se movió ni un milímetro, mantuvo los pies firmes sobre el suelo de linóleo y susurró:

—¿Me vas a hacer gritar? Ya sabes que eso no le sienta nada bien a mi tía.

La mujer se quedó inmóvil en la misma postura, con la mano en alto, durante unos segundos, pero luego la dejó caer sobre el delantal.

—Maldito mocoso —refunfuñó—. Maldito mocoso imbécil con esos ojillos de rata...

—Dame un vaso.

La mujer estiró el brazo, cogió un vaso del armario y se lo entregó al niño sin articular palabra.

—Éste no me gusta —dijo Pruitt—. Quiero ese otro.

Señaló un vaso idéntico situado en el estante más alto del armario.

En silencio, la mujer cruzó lentamente la cocina y arrastró una pequeña escalera portátil hasta el armario. En silencio, se subió en ella y, aún en silencio, le tendió el vaso que le había pedido.

Pruitt lo aceptó.

—Le voy a decir a tía Mona que te has quitado los zapatos.

La mujer se bajó de la escalera, la dejó en su sitio y regresó a su labor con las nueces y el cuenco de cristal.

—Harry es un hijo de ya sabes qué —dijo Pruitt.

La mujer se concentró en separar las cáscaras de las nueces.

—Da asco.

La mujer continuó separando las cáscaras de las nueces.

—Y tú también —concluyó Pruitt. Y esperó.

La mujer ni siquiera levantó la vista y continuó separando las cáscaras de las nueces.

El chico cogió su vaso y salió al porche. Aquello dejaba de ser divertido cuando no respondían. La cocinera lo tenía calado, pero no iba a delatarle. La tía Mona les permitía quedarse en la casa durante el invierno solos y sin que tuvieran que pagar alquiler, y Harry era un lisiado que no podía ganarse la vida de ningún otro modo. La mujer no estaba en una situación en la que pudiese quejarse.

Pruitt levantó la jarra de limonada que había sobre la hielera y se sirvió un vaso. Se bebió la mitad y el resto lo vació en una rendija del suelo, acercando el vaso a las tablas para que el líquido no hiciera ruido al derramarse. Cuando se secara quedaría dulce y pegajoso. Un imán para las moscas.

Abrió un poco la mano que mantenía cerrada y, con inusitada destreza, sacó la mosca cautiva, que zumbaba con furia. Pruitt le arrancó un ala y la dejó caer en la limonada. El insecto mutilado se agitó inútilmente, se quedó quieto unos instantes y volvió a sacudirse hasta que paró por completo. Quedó flotando a la deriva en el líquido, escorado, con su única ala extendida como una vela inservible.

El niño empujó la mosca hacia abajo con los dedos.

—Yo te bautizo como señorita Bittner —dijo.

Luego aflojó la presión y la mosca volvió a aflorar a la superficie, con una pulpa de limón pegada a la espalda.

Pruitt dejó la limonada en su sitio y abrió la puerta del porche tanto como pudo, hasta que el muelle hizo un ruido de protesta. Después la soltó de golpe y bajó los escalones a saltitos. La puerta se cerró a sus espaldas con un sonoro golpetazo. Se acabó la siesta de la tía Mona.

Pruitt se sentó en cuclillas y escuchó con atención. La sombra de una nube se extendía por la hierba. Una mariposa que había estado posada, temblorosa e inestable, sobre una hoja de aspecto ceroso alzó el vuelo y describió una trayectoria errática, propia. Un escarabajo se abría camino en la cálida tarde de verano, mientras su sólida coraza relucía al sol con destellos verde botella. Pruitt pateó un hormiguero y observó las frenéticas maniobras de sus habitantes.

Se oyeron unos lentos pasos en algún punto por encima de él. Se abrió una persiana. Pruitt sonrió. Sus facciones se tensaron, los oídos bien abiertos. La cocinera subiría resoplando los dos pisos de escaleras para asistir a su tía, «movida por la generosidad y la buena voluntad», tal como diría la propia tía Mona. Más bien «movida por la pura estupidez», diría Pruitt si le preguntaran. ¿Por qué demonios aquella mujer no dejaba que la tía Mona se llenara la bolsa de hielo ella solita? Si se daba prisa tal vez podría mezclar las nueces y las cáscaras otra vez. Pero mejor no. No quería encontrarse con la señorita Bittner, que estaría a punto de salir, sedienta, a por unos tragos de limonada. Podría sospechar lo de la mosca. Además, ya se había entretenido bastante. Tenía otros asuntos que atender. Asuntos serios.

Se puso en pie, se estiró, aplastó el hormiguero con el talón de su zapato por última vez y se alejó en dirección a la caseta del lago.

A lo largo de su recorrido se detuvo dos veces para lanzarle piedras a un rechoncho petirrojo y, en otra ocasión, se quedó inmóvil como una estatua al sentir un ligero movimiento frente a él. Un sapo reposaba sobre el polvo del camino. Sus costados se inflaban y desinflaban, como fuelles en miniatura. Con sigilo, Pruitt rompió una ramita. El sapo siguió inflándose y desinflándose. Podía ver con todo detalle los dedos extendidos del animal y su piel rugosa y moteada. Inflado, desinflado. Inflado, desinflado. El sapo se preparó para dar un salto y tensó las patas. Con una rapidez felina, Pruitt se adelantó, rama en mano. El sapo emitió un chillido agónico.

Pruitt se levantó y observó el resultado, divertido. La ramita sobresalía de la espalda del sapo. Sus costados aún se inflaban y desinflaban. Inflado... desinflado. Inflado... desinflado. El animal se animó a dar un pequeño salto, inestable, y dejó un oscuro reguero tras de sí. Volvió a saltar. La ramita permanecía vertical, tiesa. El tercer salto fue más corto. Apenas su propia longitud. Pruitt empujó el sapo hasta la hierba con el pie. Sus costados se inflaban y desinflaban con esfuerzo. Inflado... desinflado. Inflado... desinflado. Inflado...

Pruitt prosiguió su camino.

El lisiado estaba reparando su red de pesca en el muelle de madera y oyó los pasos que se aproximaban. El hombre se levantó tan rápido como se lo permitía su defectuosa columna vertebral. Pruitt oyó el roce de pies y redes y aceleró el paso.

—Hola —saludó con inocencia.

El hombre sacudió la cabeza.

—¿Qué hay, señorito Pruitt?

—¿Reparando las redes?

—Sí, señorito Pruitt.

—Claro, el embarcadero es el mejor sitio para hacerlo...

—Sí, señorito Pruitt.

El hombre se pasó la lengua por los labios y miró de reojo a izquierda y derecha, como buscando una vía de escape.

Pruitt arrastró la suela de su zapato por las tablas de madera.

—... si no fuera porque se llena todo de escamas de pescado —continuó en tono pausado—, y a mí no me gustan las escamas de pescado.

La nuez del hombre se movió arriba y abajo cuando tragó saliva tres veces consecutivas, nervioso. Se limpió las manos en los pantalones.

—He dicho que no me gustan las escamas de pescado.

—Sí, señorito Pruitt. No pretendía...

—Así que lo mejor será cortar por lo sano y que no haya escamas de pescado nunca más...

—Señorito Pruitt, por favor, yo no... —Su voz se fue apagando mientras el chico agarraba la red por un extremo.

—Se acabaron las escamas de pescado —dijo Pruitt.

—No tires de ella —rogó el hombre—: se enganchará en el muelle y podría romperse.

—Oh, no pienso romperla —dijo Pruitt—. Ni se me pasaría por la cabeza. —Sonrió a Harry—. Si me limitara a romperla tú volverías a repararla y entonces tendríamos más escamas de pescado y, como ya he dicho, a mí no me gustan las escamas de pescado. —Recogió la red agarrándola a puñados y la arrastró hasta el borde del muelle—. Así que solo voy a tirarla al agua. De esta manera solucionaremos el problema para siempre.

Harry, estupefacto, abrió la boca de par en par, incapaz de articular palabra.

—Pero, señorito Pruitt... —comenzó a decir.

—Mira —dijo Pruitt.

Estiró el brazo y sostuvo la red sobre las aguas. Luego la soltó.

Con un grito inarticulado, el hombre se arrojó torpemente sobre las tablas de madera en un vano intento por atrapar la red, que ya se hundía poco a poco en el lago.

—Se acabaron las escamas —dijo Pruitt—. Para siempre.

Harry se sentó de rodillas. Su rostro estaba lívido. Durante un largo e intenso minuto miró a su pequeño torturador. Luego se levantó con esfuerzo y se marchó cojeando sin pronunciar palabra.

Pruitt contempló su figura deforme con ojo experto.

—¡Harry es un jorobado! ¡Harry es un jorobado!

El hombre hizo caso omiso de sus palabras y siguió renqueando; un hombro se le hundía más que el otro con cada paso, y su vieja camisa se tensaba sobre la espalda gibosa. Al fin, se perdió tras un recodo del camino.

Pruitt abrió la puerta de la caseta de un empujón y entró. Cerró la puerta tras él y echó el pestillo. Esperó a que sus ojos se acostumbraran a la semioscuridad, tras lo cual se acercó a un catre que estaba pegado a la pared, levantó la descolorida colcha con motivos florales y palpó hasta encontrar dos cajas. Las sacó de ahí y se sentó para rebuscar en su contenido.

De la primera extrajo parte de una tabla de cocina, cuatro tacos de madera y seis velas de cumpleaños medio consumidas, clavadas sobre unas pastas de té rosáceas y mordisqueadas. Colocó la tabla sobre los tacos y dispuso las velas en un semicírculo. Examinó todo el conjunto y asintió con gesto de aprobación.

De la segunda caja sacó un objeto grotesco, hecho de alquitrán. Se sostenía precariamente sobre unas patas que eran boquillas de pipa, tenía dos tiras de celofán pegadas a los costados y una fina goma negra colgaba del lado de la cabeza, sobre la que se habían incrustado —uno a cada lado— dos caramelos de fresa.

Si alguien hubiera visto aquella escultura, habría identificado enseguida los torpes esfuerzos de un niño por imitar la anatomía de una mosca común. El hipotético observador —si hubiera seguido interesado en la escena— también habría notado que Pruitt se encontraba en un estado de ánimo «peculiar». Puede que dicho observador incluso hubiera soltado algún comentario en voz alta del estilo de: «Ese niño parece febril y de ningún modo debería estar jugando con cerillas».

Pero allí no había nadie salvo Pruitt, sumamente concentrado en encender las velitas. Depositó la figura de la mosca en el centro de la tabla de cocina.

Se sentó con las piernas cruzadas, la barbilla hacia el pecho y los brazos cruzados. Se mecía ligeramente adelante y atrás. Comenzó con los cánticos. Una letanía improvisada con sonidos nasales. De vez en cuando movía los ojos dentro de las órbitas, pero solo muy de vez en cuando. Había descubierto que, si lo hacía muy seguido, se mareaba.

—Ídolo de las moscas —entonó Pruitt—. *Hahnimahnimo.* —Se rascó el tobillo, pensativo—. *Hahniuimahnimo* —se corrigió—, haz que la limonada se seque en la rendija del porche y que la señorita Bittner se encuentre la mosca muerta en la jarra después de haber bebido, y haz que la cocinera baje al sótano a por mermelada y no encienda la luz y se tropiece con la cuerda que he atado entre dos postes y haz también que mi tía se trague sin querer un trozo de cáscara de nuez que ha quedado en el pan y tosa como un demonio. —Pruitt se preguntó si le faltaba algo—. ¡Demonios! —exclamó—. ¡Demonios, demonios, demonios, DEMONIOS! —Permaneció en actitud meditativa—. Creo que eso es todo —dijo al fin—, aunque quizá deberías llenar mi atrapamoscas por si hay galletas con pasas para merendar. *Hahniuimahnimo.* ¡Ídolo de las moscas, eres libre para irte!

Pruitt se quedó con la mirada perdida. Inmóvil, sin apenas respirar, con los labios entreabiertos, se apoyaba cómodamente contra las tablas del suelo, como una pequeña esfinge con shorts color caqui.

Esto era lo que Pruitt llamaba el «rato de no pensar». Enseguida, sin conjurarlos de ningún modo, aparecerían flotando en su mente seres extraños y sueños a medio formar. Como oscuros renacuajos. Se movían raudos con sus colas, insinuando secretos que nadie conocía, ni siquiera los adultos. Algún día atraparía uno, rápido como un rayo, antes de que se escabullera a ese rincón interior oculto en el que anidaban. Y entonces *comprendería*. Lo atraparía en una red de pensamientos, igual que la red de Harry atrapaba peces, y por mucho que se retorciera y coleteara, él lo fijaría en su cráneo hasta *comprenderlo* todo. Un día había estado a punto de atrapar uno. Había estado a punto de *comprender*, pero la señorita Bittner se presentó con unos sándwiches de crema de cacahuete y el diminuto ser se le escapó de vuelta a aquel profundo y extraño recoveco de su mente en el que Ellos vivían. Solo lo había tenido durante unas milésimas de segundo, pero recordaba que era suave y tenía ojos ciegos y húmedos.

Si aquel día la señorita Bittner no hubiera aparecido... Recordó que le había vomitado en las medias. Atención. Aquí venía uno de Ellos, veloz, demasiado veloz como para atraparlo. Desapareció, dejando tras de sí una sensación embriagadora. Aquí llegaba otro, retorciéndose como una serpiente marina, borroso, impreciso. Lo dejó pasar. Tal vez el siguiente cayera en su red. Allí venían, eran dos, entrelazados, atravesando juntos las simas del sueño. Con cuidado, tranquilo, eso es, poco a poco, muy despacio, sin producir ondulaciones o interferencias que los pongan sobre aviso, casi están, un pelín más cerca, no han notado nada porque van murmurando entre ellos... ¡Sí! ¡Los tenía!

—¡Pruuuuitt! ¡Pruuuitt!

Aquellas criaturas soñadas se desviaron y escaparon de él a coletazos (mil pequeños látigos azotaron su cerebro levantando olas y remolinos caóticos).

—¡Pruuuuuitt! ¿Dónde estás?

El niño parpadeó.

—¡Pruuuitt!

Enfurecido, su rostro se desfiguró en una mueca que recordaba a un animal rabioso. Miró a la puerta y bufó. El picaporte se movió.

—Pruitt, ¿estás ahí?

—Sí, señorita Bittner.

Sentía las palabras densas y pastosas en la boca. Si le diera por morder una, pensó Pruitt, podría partirla por la mitad y masticarla, aplastarla entre sus dientes como un pastelillo relleno.

—Abre la puerta.

—Sí, señorita Bittner.

Pruitt apagó las velas de un soplo y escondió sus tesoros bajo la colcha. Se quedó pensativo y reconsideró aquella acción. Finalmente, recuperó la mosca de alquitrán y se la guardó bajo la camisa.

—¿Me oyes, Pruitt? Abre la puerta.

El picaporte se agitó.

—¡Ya voy! —dijo.

Se levantó, se acercó a la puerta de mala gana, quitó el cerrojo y se plantó de pie frente a la señorita Bittner, que tenía los ojos entornados debido a la luz diurna.

—Debo de haberme quedado dormido...

La señorita Bittner asomó la cabeza al tenebroso interior de la caseta. Olfateó inquisitivamente.

—Pruitt —dijo—. No habrás estado fumando, ¿verdad?

—No, señorita Bittner.

—No hay que decir mentiras, Pruitt. Siempre es mejor contar la verdad y aceptar las consecuencias.

—No he estado fumando.

Pruitt sintió que se le revolvía el estómago. Iba a ponerse malo de nuevo. Como la última vez. La figura de la señorita Bittner se difuminaba. Sus contornos eran borrosos. El estómago le dio una violenta sacudida. Pruitt miró las medias de la señorita Bittner. Estaban llenas de tropezones. La señorita Bittner las miró también.

—Venga, Pruitt, corre a casa —le dijo en tono amable—. Yo iré enseguida.

—De acuerdo, señorita Bittner.

—Y no le diremos nada a tu tía sobre lo de fumar. Creo que ya has tenido suficiente castigo.

—De acuerdo, señorita Bittner.

—A casa, venga.

Pruitt enfiló el sendero a paso lento, consciente de que los ojos de la señorita Bittner le taladraban la espalda. Tras girar en la primera curva, se detuvo y se metió por entre los matorrales. Así, regresó a la caseta del lago furtivamente, apartando las ramas con las manos y soltándolas con mucho cuidado para impedir que crujieran.

La señorita Bittner estaba sentada en los escalones de madera, quitándose las medias. Se refrescó las piernas en el agua y luego se las secó con su pañuelo. Pruitt vio que llevaba un apósito para callos en el meñique derecho. Tenía unos pies huesudos. La señorita Bittner se puso sus anticuadas sandalias de charol, se levantó, se alisó el vestido y desapareció en el interior de la caseta.

Pruitt ya estaba bastante cerca.

La señorita Bittner reapareció en la puerta y examinó algo que sostenía en la mano. Parecía desconcertada. Desde su escondite Pruitt vio que se trataba de uno de los dulces rosáceos que servía de soporte a una velita deshecha, con la mecha ennegrecida.

—Te odio —masculló Pruitt, cargado de desprecio—. Te odio, te odio, te odio.

Con suavidad, se sacó la estatuilla de alquitrán de debajo de la camisa y se la arrimó cariñosamente a la mejilla.

—Rómpele la cosa del oído —susurró—. Rómpesela en pedazos para que se quede sorda del todo. Rómpesela, rómpesela, *hahniuimahnimo*, rómpesela bien.

Con cautela, retrocedió por entre los matorrales y regresó al sendero. Caminó afanosamente y se detuvo solo en dos ocasiones. La primera junto a un agujero en el seto, del que extrajo un artilugio en forma de cono embadurnado con sirope. En él había pegadas cinco moscas, incapaces de liberar sus alas y patas de aquella masa pringosa. Pruitt las despegó una a una, sin prestar atención al resto de los insectos —mosquitos, alguna hormiga— que también habían caído prisioneros en la trampa, y volvió a dejar el atrapamoscas en su escondite. La segunda pausa en su recorrido fue una especie de interludio en el que se dedicó a partir en dos el espinazo de una lagartija y colgarla de una zarza; la parte inferior de aquel cuerpo animal se retorcía con movimientos francamente sorprendentes.

Mona Eaglestone salió de su dormitorio y cerró la puerta con suavidad. Todo lo relacionado con ella era suave y amable, desde su cabello castaño, en el que afloraban algunas canas, hasta sus zapatillas de estar por casa para pies ridículamente pequeños. Se parecía a un cervatillo. Pero un cervatillo envejecido, con ojos claros casi transparentes que, aun con el paso de los años, no habían perdido su tímida mirada de expectación.

Quien la veía sabía instintivamente que Mona Eaglestone era un extraño fenómeno: una dama hecha y derecha, aunque con los nervios frágiles. Había nacido para habitar aquella mansión solariega y, si en alguna ocasión el comportamiento de su sobrino le hacía fruncir el ceño, era solo una preocupación pasajera. Los niños eran buenos por naturaleza. Si parecía lo contrario era simplemente porque los adultos malinterpretaban sus acciones. Los niños... Pruitt no hacía las cosas a propósito, es decir, no era consciente del todo de ellas. Era imposible que supiera, por ejemplo, que aquellos portazos del porche eran como puñales en una cabeza atormentada por las migrañas. ¿Cómo iba a saberlo aquel pobre pequeñín? Pobrecito Pruitt, pobre huerfanito...

Ojalá pudiera librarse de la hora del té. Ojalá pudiera quedarse en la cama en silencio, con un paño frío sobre la frente y las persianas bajadas... ¡Pero qué egoísta sería entonces! La hora de la merienda es para los niños un descanso exquisito. Son momentos que quedan impresos para siempre en la memoria. Como coloridos bordados de seda que embellecen el conjunto general. Una concatenación de horas del té, doradas, resplandecientes, con el sol poniéndose tras las vidrieras y reflejándose en la jarrita de cerámica de Delft llena de leche. El sabor de la mermelada, las migajas que quedan en el plato tras comerse las galletas, las tazas —tan frágiles como cáscaras de huevo— con asas como anillos de la realeza. Todas esas cosas son muy preciadas por parte de los niños. Sin saber muy bien cómo ni por qué, se impregnan de todas esas imágenes como las esponjas absorben el agua y las atesoran en lo más hondo de su interior. Después, también como las esponjas, pueden estrujar y exprimir esos recuerdos a medida que se van haciendo mayores. Ella a veces lo hacía. Qué mala persona sería si le negaba una de aquellas meriendas a Pruitt, al pequeño Pruitt, pobrecito, el único hijo de su hermano muerto.

Bajó las escaleras, su pálida mano rozó la barandilla. Se fijó en que el helecho estaba moribundo. Era el tercero. Siempre había tenido suerte con los helechos, pero últimamente no aguantaban. Igual que sus peces de colores. Se le habían muerto todos. Habría quien interpretaría esto como un presagio. A las tortugas de Pruitt también les había sucedido lo mismo. Las había comprado en el pueblo. Qué delicadas eran, con esos caparazones con formas esmaltadas que recordaban a la corteza de un árbol. Y habían muerto. Pero no debía pensar en la muerte. El doctor había dicho que no le hacía ningún bien.

Atravesó el gran vestíbulo y entró en la sala de estar.

—Hola, cariño —le dijo a Pruitt, que estaba sentado en un sillón con tapicería brocada, balanceando las piernas.

Le dio un beso. Su intención había sido besarlo en la cálida mejilla tostada por el sol, pero el pequeño se había apartado bruscamente y el beso había aterrizado en una fría oreja. Hay que ver lo asustadizos que eran los críos.

—¿Has tenido un buen día?

—Sí, tía.

—¿Y usted, señorita Bittner? ¿Ha tenido un buen día? ¿Qué tal las conjugaciones? ¿Ha aprendido algo este jovenci... oh, no, querida, qué le ha ocurrido?

—Se le ha roto la cosa del oído —dijo Pruitt. Se giró hacia su maestra y añadió, gesticulando en exceso—: ¿No es así, señorita Bittner?

La profesora se puso roja. Habló en el tono poco natural, alto y desentonado de las personas sordas.

—Se me ha caído el audífono al suelo —explicó—. Y se ha partido. Me temo que hasta que me lo arreglen deberá tener paciencia conmigo.

Esbozó una sonrisa forzada que pretendía demostrar que realmente aquello no tenía tanta importancia.

—¡Qué pena! —dijo Mona Eaglestone—, pero seguro que lo pueden arreglar en el pueblo. Harry puede llevarlo mañana.

La señorita Bittner seguía el movimiento de los labios de Mona Eaglestone con expresión desesperada.

—No, no —replicó, dudosa—. No ha sido Harry. He sido yo. Se me ha caído en el baño y las baldosas son tan duras... Desde luego, qué torpe soy.

—También ha bebido limonada con una mosca dentro, ¿verdad, señorita Bittner?

Ésta asintió educadamente con un gesto. Estaba concentrada en leer los labios de Pruitt.

—¿Llorado? —se aventuró a decir—. No, no. No he llorado.

Mona Eaglestone se dispuso a servir el té. Tendría que decirle a la cocinera que en lo sucesivo pusiera una tapa con aceite sobre la limonada. Todas las medidas son pocas cuando hay niños de por medio. Pueden coger cualquier cosa, y las moscas transmiten muchas enfermedades. Si algo le pasara a Pruitt por una negligencia suya, nunca se lo perdonaría. Nunca.

—¿Puedo tomar mermelada? —preguntó Pruitt.

—Tenemos galletas con pasas, cariño. Y pan con nueces. ¿Qué tal si dejamos la mermelada para otro día?

—Es que me encanta, tía Mona. Y a la señorita Bittner también, ¿verdad?

La señorita Bittner sonrió estoicamente y aceptó la taza de té que se le ofrecía mientras murmuraba una expresión de agradecimiento genérica, con la esperanza de que sirviera también como respuesta a lo que fuera que Pruitt había preguntado.

—Está bien, cariño. —Mona hizo sonar una campana.

—Yo serviré las galletas, tía.

—Gracias, Pruitt, eres muy amable.

El niño cogió el plato y fue hasta donde estaba la señorita Bittner. El rostro de la mujer se contrajo de dolor cuando Pruitt le pisó el pie derecho con fuerza.

—Tome, aquí tiene galletas. —Pruitt le acercó el plato.

—No pasa nada —dijo la señorita Bittner creyendo que lo que había oído era una disculpa y contenta por no haberse quejado en voz alta.

Si no fuera algo totalmente imposible, hubiera jurado que Pruitt conocía el punto exacto donde ella tenía un callo. Miró las galletas. Después del percance con la limonada se le habían quitado las ganas de comer, pero aquellas galletas tenían muy buena pinta.

—Tome, una con muchas pasas. —Pruitt le puso una galleta en el plato.

—Gracias, Pruitt.

La cocinera entró en el salón.

—¿Me ha llamado, señora?

—Sí, Bertha. ¿Podría traerle a Pruitt un poco de mermelada, por favor?

Bertha le lanzó una mirada asesina al niño.

—No queda aquí arriba, señora. Hay algo de compota, ¿serviría eso?

Pruitt dejó escapar un suspiro de tristeza.

—¡Me gusta tanto la mermelada, tía! —Y después, alegremente, como si se le acabara de ocurrir, añadió—: ¿No queda ningún bote en la despensa del sótano?

Mona Eaglestone miró a la cocinera e hizo un gesto de impotencia.

—¿Le importaría bajar, Bertha? Ya sabe cómo son los niños.

—Sí, señora, ya sé cómo son —dijo la cocinera lacónicamente.

—Gracias, Bertha. La de piña servirá.

—Sí, señora.

Bertha se marchó arrastrando los pies.

—Hoy la he visto andando descalza otra vez —dijo Pruitt.

Su tía negó con la cabeza, consternada.

—No sé ya cómo decírselo —le comentó a la señorita Bittner—. No me gusta enfadarme, pero desde que pisó aquel clavo... —Rápidamente, Mona Eaglestone sonrió a su sobrino—. Sé que no lo dejaste allí a propósito, cariño, pero... en fin. ¿Quiere una rebanada de pan de nueces, señorita Bittner?

A Pruitt se le escapó una sonrisa.

—Pregunta mi tía si quiere usted una rebanada de pan de nueces, señorita Bittner —repitió en tono grandilocuente.

Ésta no le prestó atención. Estaba como en trance, petrificada en su sitio, sentada tan rígida como siempre y mirando su plato con horror. Se levantó.

—No... no me encuentro muy bien —dijo—. Creo... Creo que lo mejor será que vaya a echarme un rato...

Pruitt saltó de su silla y cogió el plato de la señorita Bittner. Mona Eaglestone soltó un «ay» angustiado.

—Si hay algo que pueda hacer... —Comenzó a levantarse de su asiento, pero la señorita Bittner le hizo un gesto para que siguiera sentada.

—No es nada —dijo la señorita Bittner con voz ronca—. Yo... Creo... Creo que es algo que he comido. Por favor, no... no interrumpan su merienda por mí.

Se tapó la boca con la servilleta y salió corriendo de la habitación.

—Debería ir con ella por si... —empezó a decir Mona Eaglestone con preocupación.

—Ay, no echemos la merienda a perder, por favor, tía —se apresuró a decir Pruitt—. Mira, toma un poco de pan de nueces. Tiene una pinta buenísima.

—Pero...

—Por favor, tía Mona. Es la hora del té...

—De acuerdo, Pruitt. —Mona escogió una rebanada de pan de la bandeja—. ¿Para ti es importante la hora del té? Cuando era una niña, lo era para mí.

—Sí, tía.

Pruitt observó atentamente cómo su tía partía un trozo de pan, lo untaba con mantequilla y se lo llevaba a la boca.

—La merienda era lo que más me gustaba del mundo. Era un momento tan agrada...

Mona Eaglestone se llevó una de sus pálidas manos a la garganta y empezó a toser. Los ojos se le llenaron de lágrimas. Miró frenéticamente a su alrededor en busca de agua. Trató de decirlo, «agua», pero la obstrucción de sus pulmones le impedía pronunciar palabra. Si Pruitt pudiera ayudarla..., pero todavía era un niño. Era normal que no supiera qué hacer frente a un ataque de tos así. Pobrecito Pruitt, pobre pequeñín, tenía un aspecto tan desamparado. Le ofrecía una taza de té con carita preocupada, haciendo pucheros. Bebió un largo trago del líquido, que la escaldó. Acto seguido, un nuevo ataque de tos la sacudió por completo. ¡Diablos! Había echado sal al té en lugar de azúcar, menuda equivocación la suya.

Se secó los ojos con la mano.

—Cáscara de nuez —logró articular, y se levantó—. Vuelvo... enseguida.

Sin parar de toser, la tía Mona salió de la habitación.

Proveniente de algún lugar en las entrañas de la casa, bajo los pies de Pruitt, se oyó un golpe seco y lejano.

Pruitt recuperó las moscas de la galleta de la señorita Bittner. Donde había habido cinco, ahora quedaban solo cuatro y media. Se las guardó en el bolsillo. Tal vez podría reutilizarlas.

A lo lejos se oía a la cocinera pidiendo auxilio. Gritos histéricos que apenas llegaban a los pisos superiores. Si la tía Mona no regresaba, podría pasar mucho tiempo hasta que alguien fuera a socorrerla. La cocinera se iba a hartar de gritar. Pruitt imaginó su cara roja e hinchada por el esfuerzo.

—*Hahniuimahnimo* —canturreó—. Oh, ídolo de las moscas, me has servido bien, sí, sí, sí, doble sí, cuarenta y cinco veces sí, treinta y dos sí, sí, sí.

Pruitt se sirvió una enorme cucharada de azúcar.

Bandadas de grajos atravesaban el cielo teñido de rosa. Graznaban y volaban dando vueltas y más vueltas, planeando con sus alas como abanicos negros. Se posaban sobre las viejas y retorcidas hayas, y se contaban chismes unos a otros.

Pruitt, de pie en las escaleras de piedra, deseó tener un rifle de aire comprimido. Pediría uno para su cumpleaños. Pediría un montón de cosas imposibles primero y, luego, en un tono lastimero, diría: «Bueno, y si no puede ser ninguna de éstas, ¿podría al menos tener un pequeño rifle de aire comprimido?». Así, su tía accedería. Era tan estúpida como lo había sido su madre. Incluso más. Su madre había sido estúpida «a secas», algo que ya resultaba bastante malo, teniendo en cuenta los cuentos ñoños que le contaba antes de dormir, mientras le sentaba en su regazo. La tía Mona era estúpida e ingenua, es decir, doblemente estúpida. La gente estúpida e ingenua siempre veía «el lado bueno de las cosas». Eran los más estúpidos de todos. Unos peleles, eso es lo que eran. Unos peleles manipulables y prescindibles.

Pruitt cambió de postura cuando oyó ruidos de pasos en el vestíbulo.

Aquel avanzar lento, arrastrado, debía de ser la cocinera. Se preguntó qué tipo de lesión tendría: ¿un tirón en la espalda, un esguince? Ahí llegaba Harry con el coche para llevarla al médico. Su joroba parecía un cojín que se hubiera metido por debajo de la camisa.

—Pruitt no debe enterarse de lo de la cuerda —oyó que decía su tía—. Se sentiría fatal si supiera que ha causado un accidente.

La cocinera replicó algo ininteligible, en voz baja.

—¡Adrede! —exclamó su tía, horrorizada—. Pero, bueno, Bertha, qué vergüenza. ¡Si no es más que un niño!

Los labios de Pruitt dibujaron una leve sonrisa de malicia. Si Bertha se chivaba de lo de las cáscaras de nuez, él se lo haría pagar. Subió los escalones y abrió la puerta del porche.

La cocinera no dijo nada de las cáscaras. Estaba demasiado ocupada apretando los dientes para soportar el dolor lacerante de su espalda.

—¿Puedo ayudar en algo? —preguntó Pruitt dándole a su voz un matiz de preocupación.

Su tía le acarició la mejilla.

—No, cariño, ya nos apañamos.

La señorita Bittner le sonrió con benevolencia.

—Tendrá usted que cuidar de mí mientras los demás están fuera, señorito —dijo—. Haremos un pícnic para cenar. Será divertido, ¿no?

—Sí, señorita Bittner. Muy divertido.

Contempló cómo las dos mujeres ayudaban a bajar las escaleras a su lastimada compañera, también con la asistencia de Harry. Le mandó un beso con la mano a su tía mientras el coche se alejaba y se agarró al brazo de la señorita Bittner. Levantó la cabeza y le dirigió una mirada angelical.

—Eres una cerda —dijo en un tono dulce y adulador—. Te odio, ojalá te mueras.

La señorita Bittner le dedicó una gran sonrisa. No era muy común que Pruitt le demostrara cariño.

—Lo siento, Pruitt, pero no oigo mucho, ya sabes. ¿Te apetece que te lea un rato?

Éste negó con la cabeza.

—Iré a jugar —dijo en voz alta, marcando bien las palabras, y, en un susurro, añadió—: Vieja guarra asquerosa.

—¿Jugar? —preguntó la señorita Bittner.

Pruitt asintió con la cabeza.

—Muy bien, querido, pero no te vayas muy lejos, que enseguida será la hora de cenar.

—Sí, señorita Bittner. —Corrió rápidamente escaleras abajo—. ¡Hasta luego! —chilló—. ¡Bruja inmunda!

—¡Hasta luego! —dijo la señorita Bittner con una sonrisa.

Pruitt colocó la tabla de cocina sobre los tacos de madera y dispuso las velas en semicírculo. Una de ellas se negaba a permanecer vertical. La habían pisado.

Pruitt la examinó furioso. Aquella maldita mujer ni siquiera tenía cuidado con las cosas de los demás, la muy imbécil. Se las pagaría. Se comió el dulce que había hecho las veces de soporte y, una vez lo hubo devorado con deleite, masticó también la velita. Luego escupió la mecha. Rebuscó bajo su camisa y extrajo la mosca de alquitrán, que se había deformado ligeramente por el lado derecho. Lo moldeó de nuevo presionando con los dedos, reajustó una de las boquillas de pipa y puso la figura en el centro de la tabla.

Cruzó los brazos y comenzó a balancearse adelante y atrás. La luz de las velitas proyectaba siluetas sobre la pared. Su propia sombra se extendía a sus espaldas como una densa capa negra.

—*Hahniuimahnimo*. Oh, ídolo de las moscas, escúchame, escúchame. Acércate y escúchame. La señorita Bittner ha estropeado una de tus velas, así que envíame muchas moscas, miles y miles de moscas. Millones, billones, trillones de moscas. Y que sean transparentes, sin color, para que pueda mezclarlas en sopas y otras cosas sin que se noten mucho. Las negras se ven demasiado. Mándamelas de color claro y que no zumben, pero con antenas. ¡Escúchame! ¡Escúchame! ¡Oh, ídolo de las moscas, acércate y escúchame!

Pruitt, que aún seguía mascando la velita, se quedó pensativo. Su rostro se iluminó, se le acababa de ocurrir una idea brillante.

—Y haz que uno de los seres del rato de no pensar se quede quieto para que yo pueda atraparlo. Así comprenderé. Eso es todo. *Hahniuimahnimo*. ¡Ídolo de las moscas, eres libre para irte!

Igual que en ocasiones anteriores, Pruitt se quedó inmóvil y en silencio. Sus ojos, como los de un gato, estaban fijos en un punto indeterminado y miraban a la nada.

No parecía alterado. Su aspecto era el de un niño pequeño concentrado en alguna actividad inocente propia de niños pequeños. Pero en realidad estaba muy alterado. La excitación corría por sus venas y le pitaba en los oídos. Se le hizo un nudo en el estómago y tenía las palmas de las manos tan húmedas como seco el interior de la boca.

Había sentido aquello mismo cuando fue consciente de que su padre y su madre iban a morir. Lo había sabido con una clara e inusitada lucidez, aquel día, de pie bajo el cálido sol de las Bermudas, mientras les decía adiós con la mano. Se había fijado en la llamativa pluma del sombrero de su madre y en los pliegues de su vestido de organdí; también en el bigote puntiagudo y las finas manos de artista de su padre, que sujetaba las riendas del coche de caballos. Se había fijado en el arnés reluciente y en cómo el caballo agitaba la cabeza, brioso, y golpeaba el suelo con las pezuñas. Su padre jamás hubiera comprado un caballo que no fuera fogoso. Lo habían llamado Ginger. Se había fijado en los flecos que adornaban el techo del carruaje; se balanceaban, al igual que el tornillo de la rueda derecha trasera. Él mismo lo había aflojado, con paciencia y perseverancia, sirviéndose de sus herramientas de juguete. Se había fijado en cómo el coche se alejaba velozmente por el camino y atravesaba las puertas de hierro de la finca. Se había preguntado si volcaría en la primera curva y qué clase de ruido haría. En efecto, sus padres se habían estrellado, aunque él no llegó a oír el estruendo. Se encontraba dentro de la casa comiendo tarta.

El caso es que él había sabido que iban a morir. Y ese conocimiento casi lo había superado; había sido algo prácticamente imposible de controlar, del mismo modo que en esos momentos se le hacía muy difícil soportar la idea, la certeza, de que por fin iba a atrapar a uno de aquellos seres del ensueño.

Lo sabía. Lo sabía. Lo sabía. Lo sabía en cada nervio sobreexcitado de su cuerpo.

Ahí llegaba uno. Cruzaba su mente a toda velocidad y dejaba tras de sí una estela de burbujas fosforescentes. Las burbujas flotaron y estallaron, y en su lugar no quedaron más que unas manchas rojo sangre. Otro más: se propulsaba con la cola, sus costados oleosos brillaban. Lo siguió otro y otro más y otro más, y luego un torbellino de ellos. Nunca había habido tantos. Adiposos, con espinas, escurridizos como anguilas. Algunos tenían barbas como los siluros; otros, bocas blancas como heridas abiertas y diminutos brazos embrionarios. Sus contorsiones colmaban el vacío y la sensación era parecida al llanto. Y había uno especial, allá en la negrura, en aquel rincón inaccesible de su mente, que le acechaba. Que sabía lo que él quería. Era ciego, pero le acechaba precisamente a través de esa ceguera. Y se acercaba. Culebreaba hacia él arrastrando consigo la negrura —aquella parte inaccesible— y, a su paso, el resto de los seres desaparecían en las profundidades. Su mente estalló en un llanto feroz, depravado. Aquella cosa tenía fosas nasales que se expandían y contraían, expandían y contraían, expandían y contraían, como algo antiguo que él hubiera conocido tiempo atrás, en una vida pasada y misteriosa. Aquello gimoteaba a medida que se acercaba y le susurraba cosas al oído. Cosas inconexas que le aceleraban el corazón y fluían como un jugo viscoso por los intersticios de su cráneo. Ya estaba muy cerca: en apenas unos segundos, *comprendería*.

—Pruitt. Pruitt.

Las palabras eran dos gotas de miel.

—Pruitt. Pruitt.

Palabras de polen, cargadas de néctar, salpicadas con polvo de flores. Aquella criatura del sueño aguardaba. A diferencia del resto, no huía despavorida.

—Pruitt. Pruitt.

La voz no provenía estrictamente de su interior, sino de un lugar lejano y profundo —una fosa insondable—, parecido al rincón de su mente donde Ellos anidaban, solo que más distante. Y mucho más profundo. Ardiente y profundo.

Con gran esfuerzo, Pruitt parpadeó.

—Mírame.

La voz era dulce, cautivadora.

Pruitt parpadeó de nuevo y sus sentidos fueron volviendo a la normalidad: una bajamar lenta, que trajo consigo al ser acechante de la ensoñación. Vio a un hombre.

Estaba de pie frente a él —era alto e imponente— e iba envuelto de pies a cabeza en una capa ondulante. A la luz mortecina de las velas, los contornos de la capa encajaban a la perfección con la sombra de Pruitt, y en el interior de aquella tiniebla nadaba la criatura del ensueño, como si recorriera su casa. El rostro del hombre era una máscara sonriente, y por la boca, los orificios de la nariz y las hendiduras de los ojos se filtraba una luz rojiza y translúcida. Un resplandor. Como el de una calabaza de Halloween, pero mil veces más intenso.

—Pruitt. Mira, Pruitt.

Los pliegues de la capa se agitaron como si un brazo invisible hubiera hecho un ademán. Pruitt siguió el gesto con la mirada, hipnotizado. Giró el cuello despacio, poco a poco, hasta que no pudo moverlo más: lo rodeaba una lluvia de insectos. Una cortina viviente. Una cascada silenciosa y deslumbrante de moscas incoloras, con alas transparentes y cuerpos alargados.

—Moscas, Pruitt. Millones de moscas.

Pruitt volvió a mover la cabeza y miró al desconocido. La criaturilla ciega del sueño parecía reírse de él mientras buceaba entre los pliegues oscuros.

—¿Quién... eres? —Las palabras eran densas y tenían un sabor dulzón, el mismo que otras muchas palabras que recordaba solo a medias, pronunciadas hacía milenios en un plano distinto, en otra dimensión sombría y crepuscular.

—Mi nombre es Asmodeo, Pruitt. Asmodeo. ¿No es precioso?

—Sí.

—Dilo, Pruitt.

—Asmodeo.

—Otra vez.

—Asmodeo.

—Una vez más, Pruitt.

—Asmodeo.

—¿Qué es lo que ves en mi capa?

—Una idea-sueño.

—¿Y qué está haciendo?

—Farfullarme. Cosas. A mí.

—¿Por qué?

—Porque tu capa posee el poder de la oscuridad y no podré entrar hasta que...

—¿Hasta que qué, Pruitt?

—Hasta que mire en tus ojos y vea...

—¿Veas qué, Pruitt?

—Lo que hay allí escrito.

—¿Y qué hay allí escrito? Mírame a los ojos, Pruitt. Mírame largo y tendido. ¿Qué es lo que está escrito?

—Está escrito lo que yo quiero saber. Está escrito...

—¿El qué, Pruitt?

—Aquello ilimitado, eterno e irreversible, lo que ahora es y siempre será, sin cesar, más allá de los límites del tiempo para... para...

—¿Para quién, Pruitt?

El chico apartó la mirada de golpe.

—No —dijo, y en un crescendo—: No, no, no, no, ¡no!

Se echó hacia atrás y se arrastró por el suelo con manos y pies, dispuesto a huir, con el rostro contorsionado por el terror.

—No —balbuceaba—. No, no, no, no, no, no.

—Sí, Pruitt. ¿Para quién?

El chico alcanzó la puerta y se puso de pie a trompicones, la mandíbula le colgaba flácida del susto y los ojos parecían a punto de salírsele de las órbitas. Salió de la caseta y huyó por el sendero, haciendo caso omiso de las moscas que se le echaban encima y se adherían a sus ropas, se enredaban en su pelo y tocaban su carne como ávidos dedos fantasmales. Pisoteaba muchas a su paso —con un crujido húmedo— y cada vez le costaba más mantener el ritmo de aquella carrera frenética. Sollozaba.

—Señorita Bittner... Socorro... Señorita Bittner... Tía Mona... Ayuda... Harry...

Tras la curva lo esperaba la misma figura que había dejado atrás en la caseta del lago.

—¿Para quién, Pruitt?

—¡No, no, no!

—¿Para quién, Pruitt?

—No, oh, no, ¡no!

—¿Para quién, Pruitt?

—¡Para los CONDENADOS! —chilló el niño y, cambiando de rumbo, escapó por donde había venido.

Las moscas se le pegaban a la piel y él las aplastaba con las manos en un vano esfuerzo por quitárselas de encima mientras corría.

El hombre que iba detrás de él empezó a cantar. Era un cántico agudo y burlón, al que pronto se unió la idea-sueño, así como la tierra, los árboles y el cielo, del que caía una incesante lluvia de moscas. Los pilotes del embarcadero aparecían cubiertos por racimos de moscas —millones de cuerpecillos vibrantes—, y sobre las aguas, hasta donde alcanzaba la vista, se formaban coágulos —miles de islotes oscuros— de moscas y moscas y más moscas. De su propia garganta escapó una risa sin sentido, desquiciada y perversa, descontrolada y terrible, carcajada tras carcajada de una risa infernal que no tenía fin. Tampoco se detuvieron sus piernas cuando llegaron al final del muelle.

Un petirrojo —con una mosca en el pico— observó las ondulaciones en la superficie del lago. Un pequeño lagarto correteó hasta un penacho de hierba y se apostó allí junto a un sapo, a la orilla del agua. Parecían prestarle apoyo moral a una tortuga que se zambulló en el lago y, con movimientos rítmicos de sus patas rayadas, bajó a investigar aquella cosa que se había quedado enredada en una red de pescar en el fondo arenoso del muelle.

La señorita Bittner hojeaba perezosamente un libro de texto sobre etimología. Aquel manual era una antigualla y entre las páginas encontró varias flores prensadas y secas, muy frágiles después de tanto tiempo. Con la uña despegó un finísimo trébol de cuatro hojas. La planta había dejado una ligera marca amarillo-verdosa sobre el texto impreso.

«Belcebú —leyó la señorita Bittner distraídamente— deriva del hebreo. *Baal* significa 'ídolo'; *Zebub* quiere decir 'moscas'. Sinónimos menos conocidos y que no son de uso común: Apolión, Abaddón, Asmodeo...» La señorita Bittner perdió el interés por aquello. Cerró el libro, bostezó y se preguntó dónde andaría Pruitt.

Se acercó a la ventana, pero enseguida retrocedió, llena de espanto. Moscas. ¡Santo cielo! Lo cubrían todo. Qué horror de criaturas. Era curioso cómo llegaban desde el agua. Recordó que el año pasado, cuando había estado en Michigan con los Braithwaite, el verano había traído tantas moscas que la gente del pueblo tuvo que retirarlas a paladas de las calles. A paladas, literalmente. Había estado enferma durante tres días después de aquello.

Esperaba que Pruitt no se asustara. Ella debía tener cuidado de no mostrar el pánico que les tenía, tal como le había ocurrido a la hora del té. Los niños depositaban toda su fe en la supuesta invencibilidad de los adultos.

¡Ay, pequeño Pruitt, había sido tan encantador con ella antes!

Ay, Pruitt, querido pequeñín.

8

El ascenso del señor Mappin

ZENA COLLIER

Según la experiencia del señor Mappin, la vida no es lo que uno quiere que sea. Había aprendido que, por el contrario, es la vida la que le hace a uno; las circunstancias nos asedian sin piedad y nos acorralan, hasta que nos vemos confinados a un pequeño rincón. Así, el señor Mappin, por ejemplo, que antaño se imaginaba a sí mismo como un destacado diplomático, un corresponsal extranjero o incluso (esta idea le agradaba especialmente) como el capitán de uno de aquellos palacios flotantes que parecían concentrar todo el glamour, la magia y el romanticismo del mundo, estaba a punto de completar su vigésimo año trabajando en el Departamento de Hipotecas del bufete de abogados Trimble, Goshen & Webb.

Había entrado en el bufete con grandes esperanzas, la mirada atenta y la perspectiva de un futuro brillante que lo esperaba a la vuelta de la esquina. Que una empresa como aquella lo hubiera aceptado no era poca cosa, y no le costó demasiado desechar sus otros sueños (esos «El señor Mappin ha expresado un moderado entusiasmo tras su reunión de hoy con el embajador de Transilvania...», «George Mappin, en su último comunicado desde Hong Kong, afirma que...», «El comodoro Mappin le ruega, honorable condesa, que cene usted en su mesa esta noche...»), esos otros sueños que, al fin y al cabo, bien podrían ser solo caprichos de su niñez. «George Mappin, reputado abogado, apaciguó a los enfurecidos accionistas con su habitual elocuencia» era un estupendo plan B.

¿Y qué había sido de todos aquellos otros sueños? ¿Qué había pasado en los últimos veinte años? Había envejecido, eso es lo que había pasado. Y trabajaba en Hipotecas. Lo primero era un mal necesario, pero lo segundo no hacía más que acrecentar el sentimiento de amargura que lo embargaba desde hacía ya un tiempo.

Durante los dos primeros años había estado satisfecho con sus tareas, sabía que debía esperar el momento adecuado para solicitar un cambio. Tuvo la oportunidad de aprender un poco de todo (validación testamentaria, pleitos, conflictos de seguros, traspaso de bienes inmuebles, incluso algo de propiedad industrial e impuestos) antes de que lo asignaran al Departamento de Hipotecas, bajo las órdenes del señor Carewe. Allí dio lo mejor de sí, recabó información, redactó informes, escrituró y gestionó préstamos, ventas y alquileres, hasta que logró conocer su oficio al dedillo. Y a pesar de que esa no era la abogacía con la que había soñado (las peticiones abstractas y respuestas intrincadas arrastraban un vocabulario árido y anticuado), estaba bastante contento, al menos al principio. Porque, pensaba, se trataba de algo temporal. Llegado el momento, sus superiores recordarían dónde habían aparcado a George Mappin y lo sacarían de Hipotecas para llevarlo a un puesto más elevado y emocionante.

No obstante, había permanecido allí más tiempo de lo esperado. De hecho, habían tenido que pasar diez años hasta que, por fin, el señor Trimble lo había llamado a su despacho. Sintió un tamborileo festivo dentro el pecho, el corazón le latía acelerado ante la perspectiva de cambio. Al fin había llegado su momento.

El señor Trimble señaló la silla vacía frente al escritorio y le ofreció un cigarrillo.

—Bueno, veamos, ha estado usted trabajando con nosotros...
¿cuánto? ¿Siete años? ¿Ocho?

—Diez, señor —respondió Mappin.

—Bueno, bueno..., cómo vuela el tiempo —dijo el señor
Trimble moviendo su blanca cabeza con pesar—. La mayor
parte de ese tiempo lo ha pasado bajo la dirección de Carewe
en Hipotecas, ¿verdad?

—Así es, señor.

Se acercaba el momento, por fin había llegado la hora, el señor Mappin estaba exultante. ¿Qué le depararía el futuro? ¿Qué
departamento? Tal vez algo relacionado con las altas finan-
zas, un sector, pensó el señor Mappin, tan arriesgado como una
cacería de tigres en Kenia, aunque tal vez un poco menos es-
timulante. O quizá Difamaciones (había oído que aquel joven,
Straus, que se había encargado hasta el momento de Difamaciones, iba a dejar la empresa para abrir un bufete por su cuenta, así
que igual le tocaba a él relevarlo). O Litigios de seguros (no era
un área tan interesante, pero era preferible a Hipotecas). Cualquier cosa en el mundo era mejor que Hipotecas, y esperaba ansioso el veredicto del señor Trimble.

—Iré directo al grano —dijo éste—. ¿Qué le parecería quedarse con Hipotecas, señor Mappin?

El señor Trimble le sonreía, expectante.

—¿Con Hipotecas? —repitió, estupefacto—. Pero ya estoy
en Hipotecas. Llevo en Hipotecas prácticamente desde que entré y...

—Creo que no lo ha entendido bien —dijo el señor Trimble—. Verá, en la reunión general de la semana pasada, cuando
Carewe anunció su intención de jubilarse, se decidió ofrecerle
a usted el Departamento de Hipotecas, hacerle jefe, quiero decir. Sin duda usted ya sabe y es consciente —al señor Trimble
a veces le costaba hablar sin la redundancia propia del lengua-
je jurídico— de que se trata de un puesto de gran responsabi-

lidad. Se necesita a alguien serio y fiable, como usted. Alguien con ojo para los detalles, dispuesto a seguir todos los procedimientos, cauto.

—¿Yo? —musitó el señor Mappin, incrédulo.

—Usted —respondió el señor Trimble con firmeza—. Creemos que es usted el hombre perfecto para el puesto, altamente cualificado para todas las tareas y...

—No —interrumpió el señor Mappin en un tono más alto del apropiado—. No, no, no. No soy eso que ha dicho. Yo... pensaba en... algo que suponga cierto desafío, algo más...

Trató de dar con las palabras adecuadas.

El señor Trimble se inclinó hacia delante y apoyó los codos sobre la mesa, las palmas de sus manos se tocaban. Sin acritud, añadió:

—Le entiendo, le entiendo perfectamente. Pero por otro lado, creo, esto es, la junta directiva cree, que tanto usted como la empresa saldrán beneficiados si hace el tipo de trabajo para el que está más cualificado.

A estas alturas el señor Mappin estaba desesperado, y no pudo evitar vociferar:

—¡Cualificado! ¡Hipotecas! ¿Yo?

—Hay que adaptarse, ¿sabe? George —el señor Mappin recordaría después que aquella había sido la primera y única vez que lo había llamado George—, es de sabios conocer las propias capacidades y reconocer las limitaciones. Le hemos estado observando últimamente y me parece, esto es, a la junta directiva le parece, que hace un trabajo excelente donde está, y que puede prestar un gran servicio allí.

Tras aquellas palabras, el señor Mappin supo que había perdido la batalla. Si Trimble, Goshen & Webb gozaban del prestigio del que gozaban, no era por falta de buen juicio. Allí sentado, ligeramente hundido en la silla, comprendió por fin que, después de todo, la suya no era una mente brillante, bien organizada y capaz de desarrollar estrategias audaces. Y tampoco tenía el don de construir argumentos la mar de inteligentes, ni sabía bandearse en el tira y afloja de las negociaciones comerciales. «George Mappin, famoso abogado, se alzó de su asiento y respondió con contundencia a los enfurecidos accionistas» no era más que otro sueño.

En pleno derrumbe de todas sus esperanzas, apenas podía oír la voz del señor Trimble:

—¿Aceptará entonces?

Ni siquiera era una pregunta. La cabeza le daba vueltas, asintió despacio.

—Bien —dijo el señor Trimble con energía, y le tendió la mano—. ¡Enhorabuena!

La mano del señor Mappin retrocedió.

—¿Enhorabuena? —repitió, aturdido.

—Al fin y al cabo, es un ascenso —le recordó el señor Trimble.

—Ah, sí. Sí, por supuesto. Muchas gracias.

Acto seguido se levantó y se fue.

Así pues, había vuelto al Departamento de Hipotecas, a un nuevo puesto con un salario superior, a una mesa diferente... pero todavía en Hipotecas. El aburrimiento mortal de Hipotecas. Y día tras día, en lo que parecía una secuencia interminable, el señor Mappin se encargaba de todo lo que caía en su mesa, satisfacía todas las necesidades ajenas y ninguna de las propias. Así, la vida siguió su curso. Y el señor Mappin sabía que lo único que cambiaría sería él mismo, envejecería un poco cada año, se haría viejo y más viejo en Hipotecas.

Pasados los años empezó a sentir la amargura. Sentado en su mesa veía cómo otros hombres, hombres más jóvenes que él, entraban en la empresa. Su resentimiento creció año tras año con la llegada de cada joven inexperto, con cada nuevo empleado al que le daban la oportunidad de demostrar su valía en Difamaciones, Patentes y Litigios de seguros, y que luego ascendía a un imponente despacho en alguna planta superior (cuanto más tiempo llevara uno en el bufete, más alto era el piso). Algunos incluso se habían convertido en socios de la empresa.

Y es que ese era otro tema. Lo mínimo que podían haber hecho, pasados ya quince años desde su contratación, era ofrecerle una participación. Porque, aunque odiaba Hipotecas con toda su alma, había hecho bien su trabajo. Pero no, claro que no, pensaba, nadie se daba cuenta, a nadie le importaba. Desde aquel día hacía cinco años en el que le había ofrecido, entregado, forzado a aceptar Hipotecas, el señor Trimble no le había dirigido ni una sola palabra de elogio. Hacerle socio hubiera sido una buena manera de reconocer su valor, reflexionaba Mappin, hubiera compensado muchas cosas.

En una ocasión había intentado salir de Hipotecas. Había ido a ver al señor Trimble y, sin más rodeos, le había pedido el traslado.

—Pero... tras todos estos años, ¿no está contento en Hipotecas?

El señor Trimble parecía sorprendido.

—Me vendría bien un cambio —había respondido Mappin con frialdad—. Uno se cansa de hacer lo mismo un año sí y el otro también.

—¿Se cansa? ¿Se cansa de Hipotecas? —el señor Trimble lo miró como si hubiera dicho una blasfemia—. De momento continúe allí y luego ya veremos. Porque de verdad se lo digo, es usted el más cualificado para el puesto. No hay nadie en quien podamos confiar para dirigir Hipotecas como confiamos en usted.

Salió del despacho del señor Trimble con la certeza de que aquella charla no serviría para nada, de que se iba a quedar justo como estaba.

Atrapado, pensaba.

Y así, finalmente, de la amargura, el resentimiento y la desilusión, había nacido el odio. Odio hacia la empresa por semejante afrenta, por relegarlo a un rincón de Hipotecas. ¡A él, a George Mappin, que había soñado con una vida tan diferente! Y el odio creció y creció, hasta que cada aliento, cada respiración, estuvo teñido de un sabor áspero y amargo.

Fue a finales de su vigésimo año en Hipotecas cuando empezó a pensar con deleite en matar el señor Trimble, que para él personificaba la empresa que tan mal lo había tratado. En cuanto se le ocurrió la idea, se sintió mejor. Era algo en lo que podía pensar por la noche mientras yacía insomne en su cama. En vez de volverse loco pensando en sus años perdidos, podía concentrarse, calmado y lúcido, en un asunto que le producía un inmenso placer. Por supuesto, no tenía ninguna intención de llevar su idea a la práctica, aquello era un pasatiempo inofensivo que le proporcionaba cierta sensación de liberación.

Así que lo convirtió en un hábito, y cada noche, mientras acababa las tareas del día, esperaba deseoso el momento de acostarse. Se desvestía corriendo, apagaba las luces, se quitaba las gafas y se metía en la cama. Luego se tumbaba bocarriba, con la mirada fija en la oscuridad, y pensaba. Se recreaba en los pros y contras de diversos métodos. Se divertía sopesando momentos oportunos y coartadas. Aunque el señor Mappin no era un experto en asesinatos, había leído suficientes historias de detectives como para conocer el axioma de que el mejor plan es siempre el más simple, por lo que, al final, se decidió (hipotéticamente, claro) por un plan muy sencillo. Había por las tardes un rato en el que el señor Trimble no se reunía con clientes, no dictaba cartas ni aceptaba llamadas de teléfono. Todos los días de cuatro a cuatro y media el señor Trimble simplemente descansaba («Mi único remanso de paz en la vorágine del día a día», decía él), y valiente aquel que lo molestara durante ese rato. Su secretaria, el telefonista y todos los empleados en general tenían órdenes estrictas de no acercarse a su despacho durante aquella media hora. *«Voilà* —pensó el señor Mappin—, eso es, me lo pone en bandeja.» Solo tendría que entrar ahí... y matarlo.

También estaba el tema del arma. Las pistolas hacían mucho ruido, un cuchillo lo dejaba todo perdido de sangre y el veneno... Envenenar a alguien era toda una ciencia y, por ende, demasiado complicado. Pero en el escritorio del señor Trimble, según recordaba, había un pisapapeles de latón macizo con forma de Buda. «Ideal», pensó el señor Mappin.

¿Y entonces qué? Bueno, pues solo tendría que matarlo (el señor Mappin siempre evitaba ahondar en el acto en sí) y, después, para ganar un poco de tiempo, esconder el cuerpo en el armario que había en una esquina del despacho, cerrar la puerta del armario y volver a su despacho unos pisos más abajo. Y eso era todo. Listo.

El único fallo era que alguien podría verlo salir del despacho del señor Trimble. Ese era un riesgo que tendría que correr, aunque, en realidad, no era para tanto, porque su despacho estaba bastante apartado en la sexta planta y a esas horas del día nadie rondaba por allí.

Así, mientras otras personas contaban ovejas en la cama, el señor Mappin calculaba las posibilidades de éxito y repasaba los detalles de sus diversos planes, hasta que dio con la fórmula perfecta. Era una auténtica pena que jamás fuera a poder demostrar sus capacidades en este nuevo ámbito. No podía evitar pensar que en la oficina le tratarían con mucho más respeto si supieran las cosas de las que era capaz.

Ah. El respeto. Otra cuestión importante. Aquellos empleados jóvenes que no paraban de llegar. A dos de ellos los acababan de colocar en Hipotecas. Esa misma mañana, al entrar en la oficina, el señor Mappin había visto como uno le guiñaba el ojo al otro. ¡Un guiño! ¡Se burlaban de él! Si fuera socio de la empresa, no se hubieran atrevido. Desde luego que no. En fin, no importaba, tampoco es que esos tipos fueran a quedarse en Hipotecas mucho tiempo. Seguro que pronto los transferirían a otro departamento, a algo mucho más espectacular, sin duda. Obtendrían el traslado que él tanto había deseado.

Una vez más, las llamas prendieron en su interior.

Hasta la señora Ashley se había estado comportando de un modo extraño con él, o eso le había parecido. La señora Ashley era la mecanógrafa que les ayudaba al señor Lyons y a él, porque solo los socios de la empresa contaban con secretaria propia. Hubiera sido menos insultante si, al menos, la señora Ashley hubiera sido guapa (la secretaria del señor Trimble, la señorita Burke, era despampanante, por supuesto). Pero era una mujercilla rechoncha con papada y el hábito insoportable de reírse tontamente de cualquier cosa. Un día, por ejemplo, cuando él había mencionado que próximamente se cumplirían veinte años desde su entrada en la empresa (pensaba en voz alta, no se dirigía a nadie en particular), ella había soltado una risita aguda, que reprimió al instante cuando él la miró con cara de asco.

«Eso, ríete, imbécil —había pensado el señor Mappin mientras se le revolvían las entrañas—. Es divertidísimo, ¿no? ¿Te hace gracia que haya perdido veinte años de mi vida aquí enjaulado? ¡Debe de parecerte graciosísimo!» En aquel momento se sintió superado por sus propias emociones y tuvo que excusarse y salir pitando de la oficina con el pretexto de hacer un recado imaginario, si no, la hubiera golpeado.

La semana siguiente, el señor Mappin pilló un resfriado. El lunes tenía dolor de garganta, el martes tenía dolor de garganta y dolor de cabeza, y el miércoles por la noche se quedó dormido tan pronto tocó la almohada, sin pensar ni un minuto en el señor Trimble. El jueves se despertó con fiebre. Se tomó la temperatura: treinta y nueve grados.

Se vistió sin energía y arrastró su dolorido cuerpo hasta la puerta. No sabía por qué iba a trabajar en ese estado, pues nadie iba a agradecérselo. Pero fue de todas formas, porque aquel era el día en que se cumplían sus veinte años de servicio en Trimble & Co., y nunca se sabe, quizá alguien se acordara y, si eso sucedía, quizás ese alguien le dijese algo. Supuso que esa leve esperanza era lo único que le motivaba a ir a trabajar, porque, por lo demás, se sentía muy enfermo. Las rodillas le fallaban en los momentos más inesperados, sentía oleadas de calor y frío intensos, y la cabeza parecía ir a estallarle en cualquier instante.

Nada más llegar, lamentó haber hecho el esfuerzo. Nadie le dijo nada, y era más que evidente que nadie iba a decírselo. Y, con todo, él conservaba su orgullo; si nadie se acordaba, él no daría ninguna pista, no fuesen a pensar que buscaba una palmadita en la espalda o algo así. Y eso, pensó, eso sí que no. Eso sí que sería ridículo... George Mappin recibiendo una palmadita en la espalda...

A las dos, mandó llamar a la señora Ashley, aunque notó que, tal y como se encontraba, le costaba mucho concentrarse. Pero aguantaría toda la jornada, así lo había decidido, y luego podría ir a casa y meterse en la cama durante un día, una semana o un mes si hacía falta, y cargarles el muerto a ellos. Dejar que el trabajo se amontonara, a quién le importaba. ¿A quién demonios le importaba nada?

Justo cuando empezó a dictar, entró el señor Trimble.

—Discúlpeme la interrupción —dijo—. No tendrá el acuerdo de Copeland a mano, ¿verdad? Si pudiera echarle un vistazo...

El señor Mappin le tendió los documentos y esperó mientras les echaba una ojeada rápida.

—Mmm... —murmuró el señor Trimble—. Me gustaría llevármelos un momento...

—No hay errores, ¿verdad? —preguntó—. No hay fallos en el título ni en el...

—No, por Dios, nada de eso —dijo el señor Trimble—. Solo es que el señor Copeland me ha llamado hace unos minutos y quiere que le explique uno o dos puntos.

—¡Pero si le expliqué todo la semana pasada cuando estuvo aquí con su esposa! —exclamó—. Pensé que todo había quedado claro...

—Oh, no tengo la menor duda —se apresuró a decir el señor Trimble—. Pero se ve que al señor Copeland se le acaba de ocurrir no sé qué detalle sobre uno de los puntos... Algo sobre los derechos de pesca...

—En ese caso, ¿por qué no me ha preguntado a mí? —El tono de voz del señor Mappin se elevó en contra de su voluntad—. Soy yo quien se encarga de la gest...

—Bueno, ya sabe cómo son estas cosas —dijo el señor Trimble, que ya se dirigía hacia la puerta—. Reg Copeland y yo coincidimos mucho en el club, así que seguro que piensa que es a mí a quien debe incordiar con detalles insignificantes.

El señor Trimble esbozó una sonrisa amable y se marchó. El señor Mappin, tras un instante, continuó con su dictado.

Sin embargo, con o sin sonrisa, había comprendido. Lo que el señor Trimble había querido decirle es que era eficaz con las hipotecas de fulano y mengano, con las gestiones comunes y corrientes. Pero cuando llegaba el turno de los asuntos serios y los clientes verdaderamente importantes, como el Reginald Copeland de turno o cualquier otro amiguito del señor Trimble, George Mappin no era suficiente. ¿Cómo era posible? Había repasado cada detalle de la transacción con los Copeland la semana pasada y estaba seguro de que habían quedado satisfechos. Si ahora había dudas, ¿por qué habían ido directos a sus superiores?

El señor Mappin, sentado en su silla, echaba humo por las orejas. No se podía creer lo grosero que había sido el señor Trimble, con su cháchara sobre «detalles insignificantes». «Así que ese es el plan —pensó—, primero me encarcelan en Hipotecas durante veinte años y luego me despojan de cualquier atisbo de dignidad con la excusa de esos "detalles insignificantes".» ¿Acaso era así como valoraba sus veinte años de meticuloso trabajo? ¿En serio? ¿Así?

El corazón del señor Mappin estaba a punto de explotar. Le dolía la cabeza, le moqueaba la nariz, y de repente sintió que no podía más. Mandó salir a la señora Ashley. Una vez solo, se llevó las manos a la cabeza y permaneció sentado mientras los recuerdos de los últimos años se arremolinaban en su mente; años vacíos, dedicados a penosas tareas sin recompensa alguna. Increíble. Y justo ese día... ¿No podría el señor Trimble, que acababa de pasar por allí, haberle dicho algo? ¿Aunque fuera alguna tontería trillada, como «Feliz aniversario»?

Se quedó así sentado un buen rato. No hubiera sido capaz de explicarle a nadie lo que bullía en su cabeza. Era una sensación extraña, como un mazo que le golpease el interior del cráneo, justo encima de los ojos. Estornudó y con gesto lastimero buscó a tientas su pañuelo. «Que pasen las horas, por favor —pensó—. Ojalá estuviera ya en casa, metido en la cama.»

Miró su reloj. Las manecillas marcaban las cuatro y cinco.

No entendía por qué, pero al comprobar la hora, mientras observaba absorto cómo el segundero avanzaba despacio, le pareció que tenía algo que hacer. Algo... Algo muy importante. Algo sin lo que jamás recuperaría la paz.

Se levantó y para cuando quiso darse cuenta ya estaba subiendo las escaleras poco a poco, ascendiendo cada vez más.

Cuarto piso, quinto piso, sexto piso... Al llegar al sexto piso se detuvo y permaneció quieto unos instantes, presionándose la cabeza palpitante con una mano. Y entonces recordó por qué estaba allí, a dónde se dirigía y qué era lo que debía hacer.

El resto del mundo parecía haberse desvanecido. Ni siquiera se le ocurrió vigilar que no hubiera nadie, no se preocupó de que alguien pudiera verlo, alguien que, quizá, pudiese reconocerlo después. Se concentró en su único problema en esos momentos: poner un pie enfrente del otro y avanzar.

Recorrió el pasillo en línea recta, llegó hasta la puerta con el letrero «Emerson Trimble» y la abrió sin llamar. Sus pies no hicieron ningún ruido sobre la alfombra, y el señor Trimble no levantó la mirada de su escritorio. Estaba muy concentrado redactando algo.

El señor Mappin se acercó. Se quedó de pie frente a la mesa, y su mano ya se había posado sobre el Buda de latón cuando, finalmente, el señor Trimble alzó la mirada. Le observó con recelo y consultó su reloj.

—Y catorce... —murmuró, y lo miró inquisitivamente—. Asumo que viene usted por algo importante, teniendo en cuenta la hora que es.

—Sí —dijo él—. Muy importante, señor Trimble.

Y sin pensárselo dos veces, levantó el Buda hacia el techo y, con todas sus fuerzas, golpeó la cabeza del señor Trimble.

Así fue como lo hizo, sin ruido. Naturalmente, hubo sangre. Se le había olvidado que habría sangre, y tuvo que apartar la mirada de la escena, mientras la habitación le daba vueltas.

Después hizo lo que tenía que hacer. Primero borró cuidadosamente sus huellas de la talla del Buda, luego extendió la chaqueta sobre el señor Trimble (bueno, lo cubrió con ella de tal modo que no tuviera que ver lo que había hecho) y, finalmente, haciendo un gran esfuerzo, se las apañó para arrastrar el cuerpo hasta el armario. Era una auténtica pesadilla y, por un momento, pensó que nunca lo conseguiría. Pero lo consiguió. Entonces tuvo una idea brillante. Cogió el abrigo y el sombrero del señor Trimble del perchero y los escondió también en el armario, que después cerró con llave. De ese modo, cualquiera que entrara al despacho pasadas las cuatro y media vería que faltaba el abrigo y supondría que el señor Trimble había acudido a alguna cita, o simplemente a casa. Desde luego, aquella era una solución temporal, pero le daría tiempo suficiente para regresar a su despacho y permanecer allí hasta las cinco de la tarde, la hora de salida, sin que el crimen fuera descubierto. Porque, si una vez descubierto el asesinato, la gente recordaba que el señor Mappin se había marchado pronto, parecería sospechoso.

Se apretó una mano contra la frente, sorprendido por ser capaz de pensar de esa manera estando tan enfermo. Al echar un último vistazo al despacho para asegurarse de que todo estaba en orden, vio que había algo... algo sucio sobre la mesa. Las hojas en las que había estado escribiendo el señor Trimble estaban bañadas en rojo. Las recogió, las estrujó todo lo que pudo con la mano y las ocultó cuidadosamente en el fondo de la papelera.

Después se marchó y regresó a su propio despacho, sintiéndose aturdido. No se había cruzado con nadie. La verdad, pensó, resultaba increíble pero la providencia parecía estar de su lado. La oficina parecía desierta.

Entonces le subió la fiebre. Se sentía como si estuviera en llamas, y dejó de pensar en cualquier cosa que no fuera la necesidad de ir a casa y meterse en la cama.

Al cabo de lo que pareció un siglo, dieron las cinco de la tarde. Lenta y penosamente se puso el abrigo, el sombrero y las botas de agua. Se dirigió al ascensor, pulsó el botón y esperó.

Cuando este llegó, se metió dentro, apoyó la espalda contra la pared y cerró los ojos con un suspiro. El ascensor comenzó a descender lentamente.

Pero... por lo visto debía estar realmente enfermo, pues tuvo la sensación de que el ascensor subía en vez de bajar. Abrió los ojos.

—Frank —le dijo al ascensorista—, Frank, tengo que irme. Quiero bajar.

¿Qué era aquello? ¿Qué cosa horrible estaba sucediendo? Frank lo ignoró, sonriente, y el ascensor siguió subiendo.

—He dicho que quiero bajar —repitió el señor Mappin, atacado de los nervios—. ¡Abajo! ¡Quiero bajar, estoy enfermo, por favor, lléveme abajo ahora mismo!

El ascensor se detuvo, las puertas se abrieron y una docena de manos se extendieron hacia él. Se oían risas, muchas risas, y el murmullo de múltiples conversaciones. ¿Quién...? ¿Qué...? A ciegas, como si hubiera perdido todas sus facultades de golpe, caminó a trompicones, empujado por las manos.

Y entonces vio dónde estaba. Estaba en el séptimo piso, el sancta sanctorum. ¿Qué hacía él allí? ¿Y por qué lo empujaban todas aquellas personas, obligándolo a avanzar?

Miró a su alrededor y reconoció algunos rostros como a través de una neblina. El telefonista..., la señora Ashley..., Lyons y Hawkins..., la señorita Burke..., algunas de las otras trabajadoras..., y más allá, saliendo de aquella puerta..., el señor Webb, ¿o no era él? Se frotó los ojos. Sí, era él, y se le acercó riendo y le dio una palmada en la espalda.

Después le hicieron cruzar la puerta, mientras todos reían y hablaban en voz alta. No pudo distinguir ni una sola palabra de lo que decían. Sin embargo, reconoció la estancia, a pesar de la decoración. Se trataba de la sala donde se celebraban las reuniones mensuales, donde los directivos y socios de la empresa discutían sobre negocios. Era la misma sala solo que preparada para lo que parecía un banquete. El señor Mappin se dio cuenta de ello, a pesar de que la cabeza le daba vueltas, y observó las mesas dispuestas para la cena. Entonces lo condujeron hasta la mesa presidencial y lo sentaron en el centro, con Goshen y Webb a su izquierda y un asiento vacío a su derecha. Todos los demás, hombres y mujeres, la plantilla al completo, tomaron asiento.

Un terrible zumbido en los oídos le indicó que el señor Webb se había puesto de pie y decía algo que comprendió instintivamente como de gran importancia, algo a lo que debía prestar mucha atención. Pudo escuchar partes sueltas del discurso, pero la voz del señor Webb fluctuaba de un modo extraño, parecía desvanecerse en la nada para luego resurgir de repente, como en las comunicaciones transatlánticas. Captó solo algunas frases: «... en esta ocasión especial... veinte años en Trimble... como reconocimiento... es un placer anunciar... a partir de hoy, un socio...».

Algo familiar hizo clic en la cabeza del señor Mappin. Por un momento, la confusión desapareció y pudo escuchar al señor Webb:

—Solo una última cosa que añadir —decía—, y es que, George, espero que nos perdone por haberle traído aquí de esta manera, tan de improviso. Pero el señor Trimble pensó que sería muy bonito sorprenderle con una fiesta. Y ah, sí, por cierto, se ha pasado la tarde escribiendo un discurso... —hubo risas generales—, escribiendo un discurso para este gran momento. ¡Nos tenía prohibido a todos, bajo pena de muerte... —más risas—, poner un pie en su despacho esta tarde!

La gente aplaudió estrepitosamente y el señor Webb se sentó.

Él permaneció sentado, temblando. Temblaba descontroladamente.

El señor Goshen inclinó la cabeza y le dijo con suavidad:

—Oiga, George, viejo amigo, ¿se encuentra bien?

George, viejo amigo. ¡Dios santo! ¡Cuántas veces había soñado con aquella camaradería informal!

La señorita Burke se inclinó con elegancia sobre la mesa, sonriendo, y dijo:

—Debe de estar escribiendo toda una epopeya. Voy a bajar a decirle que le estamos esperando, ¿le parece?

—Sí, dígale que se dé prisa, no podemos empezar sin él —respondió el señor Webb, y después, volviéndose hacia él, agregó—. No sé usted, George, viejo amigo, pero yo tengo mucha hambre.

El señor Mappin siguió sentado. Observó cómo el camarero se aproximaba y empezaba a llenar las copas de vino. Echó un vistazo a los rostros que le rodeaban, que se hinchaban como grandes globos que después se desinflaban hasta convertirse en pequeñas manchas blancas. Escuchó las voces que parloteaban alegremente en la regia estancia. No habría podido probar bocado ni aunque le fuese la vida en ello.

9

Los hijos de Noé

Richard Matheson

Acababan de dar las tres de la mañana cuando el señor Ketchum dejó atrás el cartel que decía ZACHRY. POBL.: 67 HABITANTES. Gruñó. Otro más en la interminable lista de pueblecitos costeros de Maine. Cerró los ojos durante un segundo, luego volvió a abrirlos y pisó el acelerador con fuerza. El Ford ganó velocidad bajo sus pies. Tal vez, con algo de suerte, pronto llegaría a un motel decente. Desde luego, no era muy probable que hubiera uno en «Zachry. Pobl.: 67 habitantes».

El señor Ketchum acomodó su pesado cuerpo en el asiento y estiró las piernas. Habían sido unas vacaciones amargas. Había planeado recorrer en coche las maravillas históricas de Nueva Inglaterra, conversar con la naturaleza y ahondar en la nostalgia. En vez de eso, lo único que había encontrado era aburrimiento, agotamiento y demasiados gastos.

El señor Ketchum no estaba contento.

El pueblo parecía profundamente dormido cuando atravesó la calle principal. El único ruido era el del motor de su coche y la única luz, la de sus faros, que alumbraban el camino delante de él, incluida otra señal: VELOCIDAD MÁXIMA 20.

—Claro, claro —murmuró malhumorado, pisando el pedal del acelerador.

Eran las tres de la madrugada y las autoridades locales esperaban que atravesara su asquerosa aldea a paso de tortuga. El señor Ketchum observó los oscuros edificios que dejaba atrás rápidamente.

«Adiós, Zachry —pensó—. Hasta nunca, población de 67 habitantes.»

Entonces apareció otro coche en el espejo retrovisor. Estaba a media manzana detrás de él, un sedán con una luz roja sobre el techo. Sabía qué clase de vehículo era. Levantó el pie del acelerador y notó como el corazón le latía más deprisa. ¿Cabía la posibilidad de que no se hubieran dado cuenta de lo rápido que iba?

La respuesta le llegó cuando el coche oscuro se puso al lado del Ford y un hombre con un sombrero enorme se asomó por la ventanilla delantera:

—¡Pare! —gritó.

El señor Ketchum tragó saliva y detuvo su coche en el arcén. Puso el freno de mano, giró la llave de contacto y el auto quedó inmóvil. El coche patrulla también viró hacia allí y se paró. Se abrió la puerta delantera.

La luz de los faros del señor Ketchum perfiló una oscura figura que se acercaba. Palpó rápidamente hasta dar con el botón que buscaba y cambió a las luces cortas. Volvió a tragar saliva. Joder, lo que le faltaba. Las tres de la mañana en mitad de la nada y un policía paleto lo detenía por exceso de velocidad. El señor Ketchum apretó los dientes y esperó.

El hombre del uniforme oscuro y el sombrero de ala ancha se inclinó sobre la ventanilla.

—Carné de conducir.

El señor Ketchum deslizó una mano temblorosa en el bolsillo interior de su chaqueta y sacó la cartera. Buscó a tientas su carné. Se lo entregó al policía y se fijó en lo inexpresiva que permanecía la cara de aquel hombre. Se quedó sentado en silencio mientras el policía inspeccionaba su documentación a la luz de una linterna.

—De Nueva Jersey.

—Sí, así... así es —dijo el señor Ketchum.

El policía siguió mirando el documento. El señor Ketchum se removió inquieto en su asiento y apretó los labios.

—Está en regla —se atrevió a decir al fin.

Vio que la oscura cabeza del policía se levantaba. Ahogó una exclamación cuando, de repente, el estrecho círculo de luz de la linterna lo cegó. Apartó la cabeza.

La luz desapareció y el señor Ketchum parpadeó.

—¿Es que en Nueva Jersey no les enseñan a leer señales de tráfico? —preguntó el policía.

—¿Se... se refiere usted a la señal que dice que la po-población es de sesenta y siete habi...?

—No, no me refiero a ésa —replicó el policía.

—Ah. —El señor Ketchum carraspeó—. La otra es la única señal que he visto.

—Pues entonces es usted un mal conductor.

—Bueno, yo...

—Hay una señal que dice que el límite de velocidad es de veinte kilómetros por hora. Usted iba a setenta y cinco.

—Oh, vaya. Me... me temo que no la vi.

—El límite es de veinte kilómetros por hora, lo haya visto o no.

—Bueno... p-pero... a estas horas de la madrugada...

—¿Ha visto usted algún horario en la señal? —preguntó el policía.

—No, claro que no. Quiero decir, ni siquiera he visto la señal.

—¿Seguro?

El señor Ketchum sintió que se le erizaba el vello en la nuca.

—Bueno, verá... —empezó a decir débilmente. Entonces se detuvo y miró al policía—. ¿Podría devolverme el carné? —preguntó por fin al ver que el hombre no respondía.

El policía no dijo nada. Estaba de pie, inmóvil.

—¿Podría...? —empezó de nuevo el señor Ketchum.

—Siga nuestro coche —dijo el agente bruscamente, y se alejó a grandes zancadas.

El señor Ketchum lo miró, desconcertado. «¡Ey! ¡Espere!», estuvo a punto de gritar. El agente ni siquiera le había devuelto su carné. El señor Ketchum sintió un repentino frío en el estómago.

—¿Qué significa todo esto? —masculló al ver que el policía volvía a meterse en su vehículo.

El coche patrulla salió de la cuneta, con la luz del techo encendida de nuevo.

El señor Ketchum lo siguió.

—Esto es ridículo —dijo en voz alta.

No tenían ningún derecho a hacerle esto. ¿Es que estaban en la Edad Media? Apretó los labios en un gesto de indignación mientras seguía al coche de policía por la calle principal.

Dos manzanas más adelante, el coche patrulla giró. El señor Ketchum vio como la luz de los faros bañaba el escaparate de una tienda. ULTRAMARINOS HAND, decían las desgastadas letras.

No había farolas en la calle. Era como conducir por un paisaje cubierto de tinta. Delante de él solo había tres ojos rojos: las luces traseras y la que había encima del coche de policía; a su espalda, únicamente una negrura impenetrable. «Un final perfecto para este día —pensó el señor Ketchum—. Detenido por exceso de velocidad en Zachry, Maine. Genial.» Sacudió la cabeza y suspiró. ¿Por qué demonios no había pasado las vacaciones en Newark, durmiendo hasta las tantas, yendo a espectáculos, comiendo, viendo la televisión...?

El coche patrulla giró hacia la derecha en la siguiente intersección y, luego, una manzana más allá, volvió a doblar a la izquierda y entonces se detuvo. El señor Ketchum aparcó detrás, justo cuando las luces del otro coche se apagaban. Aquello no tenía ningún sentido. Era puro melodrama barato. Podían haberle multado igual en la calle principal. Era la mentalidad pueblerina. Humillar a alguien de la gran ciudad les daba cierta sensación de superioridad, les servía de venganza.

El señor Ketchum esperó. No iba a discutir. Pagaría su multa sin decir ni mu y se marcharía. Tiró del freno de mano. De repente frunció el ceño. Se acababa de dar cuenta de que podían ponerle la multa que les diera la gana. ¡Podían hacerle pagar quinientos dólares si así les apetecía! Había oído historias sobre la policía de los pueblos y la autoridad absoluta que detentaban. Se aclaró la garganta, nervioso. «Pero, bueno, no seas absurdo —pensó—. Qué imaginaciones tan tontas.»

El policía le abrió la puerta del coche.

—Salga —dijo.

No había luces en la calle ni en ningún edificio. El señor Ketchum tragó saliva. Todo lo que podía ver era la negra figura del policía.

—¿Esto es... la comisaría? —preguntó.

—Apague las luces y acompáñeme —fue la única respuesta.

El señor Ketchum hizo lo que se le ordenaba y salió del coche. El policía cerró la puerta de golpe. Hizo un ruido fuerte, con ecos, como si estuvieran dentro de un almacén oscuro en vez de en la calle. El señor Ketchum miró hacia arriba. El efecto era completo. No había luna ni estrellas. El cielo y la tierra formaban una sola negrura.

Los fuertes dedos del policía se cerraron sobre su brazo. El señor Ketchum perdió el equilibrio un instante, pero enseguida se repuso y caminó a paso rápido junto a la figura del agente.

—Está oscuro aquí —se oyó diciendo con una voz que no era la suya habitual.

El policía no contestó nada. Un segundo agente los alcanzó y se situó junto a él por el otro lado. El señor Ketchum se dijo a sí mismo: «Estos malditos nazis paletos están intentando intimidarme. Bueno, pues no lo van a conseguir».

Tomó una bocanada de aquel aire húmedo con olor a mar y la espiró con un escalofrío. «Un poblacho miserable de sesenta y siete habitantes y tienen a dos policías patrullando las calles a las tres de la mañana. Ridículo.»

Casi tropezó con el escalón cuando llegaron a él. El policía que estaba a su izquierda le sujetó por el codo.

—Gracias —musitó automáticamente el señor Ketchum.

El policía no respondió. El señor Ketchum se humedeció los labios. «Maldito patán antipático», pensó, y sonrió de manera fugaz para sus adentros. Eso estaba mejor. No tenía sentido dejarse intimidar.

Parpadeó cuando la puerta se abrió y, a pesar de que su intención era permanecer impasible, dejó escapar un suspiro de alivio. Era una comisaría, sí, señor. Allí estaban el mostrador y los escritorios, el tablón de anuncios, una estufa negra y redonda sin encender, un banco con arañazos pegado a la pared, una puerta y el suelo cubierto con un linóleo agrietado y mugriento que en su día debió ser verde.

—Siéntese y espere —dijo el primer policía.

El señor Ketchum miró aquella cara alargada y angulosa, de piel amarillenta. En sus ojos no había diferencia alguna entre el iris y la pupila: formaban una misma oscuridad. Llevaba un uniforme oscuro que le quedaba un poco grande.

El señor Ketchum no llegó a ver al otro policía porque los dos se metieron en la habitación de al lado. Se quedó mirando la puerta cerrada durante unos instantes. ¿Debería salir, coger el coche y marcharse? No, en su carné aparecía su dirección. Además, tal vez lo que querían era, precisamente, que intentara huir. A saber qué clase de ideas retorcidas tenían aquellos policías de pueblo. Podían incluso... dispararle si intentaba marcharse.

El señor Ketchum se dejó caer pesadamente sobre el banco. No, estaba dejando que su imaginación fuera demasiado lejos. Aquel lugar no era más que un pueblecito en la costa de Maine y solo iban a multarle...

Bueno, ¿y por qué no lo hacían, entonces? ¿A qué venía tanto teatro? Apretó los labios. Muy bien, que hicieran las cosas a su manera, no le importaba. De todas formas, aquello era mejor que seguir conduciendo. Cerró los ojos. «Descansaré un poco la vista», pensó.

Pasados unos momentos, volvió a abrirlos. El silencio era sepulcral. Miró a su alrededor: la estancia apenas tenía luz. Las paredes estaban sucias y desnudas, excepto por un reloj y un cuadro que colgaba detrás del mostrador. Era una pintura —seguramente una copia— de un hombre con barba con un gorro de marinero. Era probable que fuese uno de los antiguos habitantes de Zachry. O quizá ni siquiera eso. Sería una lámina cualquiera, de esas que vendían en los grandes almacenes: *Marinero con barba*.

El señor Ketchum gruñó para sus adentros. No llegaba a comprender qué hacía un retrato como aquél en una comisaría. Aunque, por supuesto, Zachry estaba junto al Atlántico. Probablemente, la pesca fuera su principal fuente de ingresos. De todas formas, ¿qué más daba? El señor Ketchum bajó la mirada.

De la habitación de al lado le llegaban las voces ahogadas de los dos policías. Trató de escuchar lo que decían, pero no pudo. Se quedó mirando la puerta cerrada con gesto de enfado. «Venga, por favor», pensó. Volvió a mirar el reloj: las tres y veintidós. Lo comprobó en su reloj de pulsera. Coincidía. La puerta se abrió y salieron los dos policías.

Uno de ellos se marchó. El otro —el que había cogido la documentación del señor Ketchum— se dirigió al mostrador y encendió el flexo que había encima. Luego sacó un gran libro de registros del cajón superior y se puso a escribir en él. «Por fin», pensó el señor Ketchum.

Pasó un minuto.

—Yo... —El señor Ketchum se aclaró la garganta—. Le ruego que...

Su voz se quebró cuando el policía alzó la vista del libro y clavó su fría mirada en él.

—¿Está usted...? Quiero decir, ¿me va a multar ya?

El policía volvió a mirar el libro.

—Espere —le dijo.

—Pero es que son más de las tres de la maña... —El señor Ketchum se contuvo. Trató de parecer distante y beligerante—. Muy bien —repuso en tono seco—. ¿Querría hacer el favor de decirme cuánto tiempo vamos a estar aquí?

El policía siguió escribiendo en el libro. El señor Ketchum permaneció sentado muy rígido, mirándole. «Intolerable», pensó. Ésta iba a ser la última vez que ponía un pie en la maldita Nueva Inglaterra.

El policía alzó la vista.

—¿Casado? —preguntó.

El señor Ketchum se quedó mirándole.

—¿Está usted casado?

—No, lo pone en el carné —le espetó el señor Ketchum.

Sintió un temblorcillo de placer por haber sido capaz de dar aquella respuesta y, al mismo tiempo, notó una punzada de un temor extraño.

—¿Tiene familia en Jersey?

—Sí. O sea, no. Solo una hermana en Wiscons...

El señor Ketchum no acabó la frase. Vio como el policía lo iba anotando todo. Deseó poder librarse de aquella inquietud que lo atenazaba.

—¿Trabaja?

El señor Ketchum tragó saliva.

—Bueno —dijo—, no tengo un trabajo concre...

—En paro —concluyó el policía.

—No, no. En absoluto —repuso el señor Ketchum fríamente—. Soy... vendedor por cuenta propia. Adquiero lotes de mercancías y...

Su voz se apagó cuando el policía lo miró. El señor Ketchum tragó saliva tres veces hasta que el nudo de su garganta se deshizo. Se dio cuenta de que estaba sentado justo en el borde del banco, como si estuviera listo para saltar en defensa de su vida. Se obligó a echarse más atrás. Respiró hondo. «Relájate», se dijo a sí mismo. Lentamente cerró los ojos. Así mejor. Echaría una cabezadita. Ya que no parecía que fuera a poder moverse, mejor aprovechar ese rato.

La habitación estaba en silencio, excepto por el tictac metálico y resonante del reloj. El señor Ketchum sintió que su corazón latía a un ritmo más lento, más pesado. Acomodó su voluminoso cuerpo en el incómodo y duro banco. «Ridículo», pensó.

El señor Ketchum abrió los ojos y frunció el ceño. Aquel maldito cuadro. Parecía que el marinero barbudo lo estuviera mirando...

—¡Eh!

La boca del señor Ketchum se cerró de golpe y sus ojos se abrieron de par en par, centelleantes. Hizo el gesto de incorporarse, pero se quedó donde estaba.

Un hombre de rostro cetrino estaba inclinado sobre él y le había puesto una mano sobre el hombro.

—¿Sí? —preguntó el señor Ketchum con el corazón a mil por hora.

El hombre sonrió.

—Soy el jefe Shipley —dijo—. ¿Sería tan amable de pasar a mi despacho?

—Oh —respondió el señor Ketchum—. Por supuesto.

Se estiró, pues tenía los músculos de la espalda agarrotados, e hizo una mueca de dolor. El hombre se apartó y el señor Ketchum se levantó del banco con un gruñido; sus ojos se dirigieron automáticamente al reloj de la pared: pasaban unos minutos de las cuatro.

—Oiga —dijo, todavía demasiado adormilado como para sentirse intimidado—. ¿Por qué no puedo pagar mi multa y marcharme?

La sonrisa de Shipley carecía de amabilidad.

—En Zachry hacemos las cosas de manera un poco diferente —respondió.

Entraron en un despacho pequeño que olía a humedad.

—Siéntese —dijo el jefe, rodeando la mesa mientras el señor Ketchum se acomodaba en una silla de respaldo recto que crujió cuando lo hizo.

—No entiendo por qué no puedo pagar mi multa y marcharme.

—A su debido tiempo —respondió Shipley.

—Pero...

El señor Ketchum no terminó la frase. La sonrisa de Shipley daba la impresión de no ser más que una advertencia diplomáticamente velada. Apretó los dientes, se aclaró la garganta y esperó mientras el jefe miraba un papel que había sobre su mesa. Se fijó en lo grande que le quedaba el traje. «Qué catetos —pensó—. Ni siquiera saben vestirse.»

—Veo que no está casado —dijo Shipley.

El señor Ketchum no respondió nada. Había decidido darles un poco de su propia medicina. Permanecería en silencio.

—¿Tiene amigos en Maine? —preguntó Shipley.

—¿Por qué?

—Son preguntas rutinarias, señor Ketchum —respondió el jefe—. ¿Su única familia es una hermana en Wisconsin?

El señor Ketchum le miró sin decir palabra. ¿Qué tenía que ver todo aquello con una infracción de tráfico?

—¿Señor Ketchum? —insistió Shipley.

—Ya se lo he dicho; es decir, ya se lo he dicho al otro agente. No entiendo...

—¿Está aquí por negocios?

El señor Ketchum abrió la boca sin emitir sonido alguno.

—¿Por qué me está haciendo todas estas preguntas?

«¡Deja de temblar!», se ordenó a sí mismo, furioso.

—Formalidades legales. ¿Está aquí por negocios?

—Estoy de vacaciones. ¡Y no entiendo de qué va todo esto! Hasta ahora he sido paciente pero, maldita sea, ¡exijo que me multen y me dejen marchar!

—Me temo que eso es imposible —dijo el jefe.

El señor Ketchum se quedó boquiabierto. Era como despertar de una pesadilla y descubrir que el sueño aún continuaba.

—No... No lo entiendo.

—Debe comparecer ante el juez.

—¡Pero eso es ridículo!

—¿Ah, sí?

—¡Sí! Soy un ciudadano estadounidense. Exijo que se respeten mis derechos.

La sonrisa de Shipley se desvaneció.

—Fue usted quien limitó sus derechos al infringir nuestra ley —dijo—. Ahora tendrá que pagar como nosotros decidamos.

El señor Ketchum miró al hombre con gesto atónito. Comprendió que estaba completamente en manos de aquella gente. Podían multarle con la cantidad que quisieran o meterlo en la cárcel por tiempo indefinido. Y todas aquellas preguntas... no sabía por qué se las habían hecho, pero sí que sus respuestas revelaban que no tenía muchos contactos, que a nadie le importaba si vivía o...

La habitación pareció perder consistencia. Comenzó a sudar por todos sus poros.

—No pueden hacerme esto —dijo, pero aquello no servía de argumento.

—Tendrá que pasar la noche en el calabozo —anunció el jefe—. Por la mañana le llevaremos ante el juez.

—¡Pero esto es ridículo! —estalló el señor Ketchum—. ¡Ridículo! —Se contuvo—. Tengo derecho a hacer una llamada telefónica —añadió rápidamente—. Puedo hacer una llamada. Es mi derecho, por ley.

—Lo sería —dijo Shipley—, si hubiera línea telefónica en Zachry.

De camino a su celda, el señor Ketchum vio un retrato en el pasillo. Era del mismo marinero con barba. No se fijó en si los ojos le seguían o no.

El señor Ketchum se despertó. En su rostro abotargado por el sueño se dibujó una expresión confusa. Percibió un ruido metálico a sus espaldas y se incorporó apoyándose en un codo.

Un policía entró en la celda y dejó una bandeja tapada.

—El desayuno —dijo.

Era más viejo que los otros policías, más incluso que Shipley. Tenía el pelo canoso y su rostro recién afeitado se arrugaba alrededor de la boca y los ojos. El uniforme le quedaba fatal.

Cuando el policía ya había empezado a cerrar la puerta, el señor Ketchum le preguntó:

—¿Cuándo veré al juez?

—No lo sé —dijo, y se dio la vuelta.

—¡Espere! —le llamó el señor Ketchum.

Los pasos del policía se perdieron en la distancia: un sonido hueco sobre el suelo de cemento. El señor Ketchum se quedó mirando el lugar donde había estado el hombre. Poco a poco desaparecieron los últimos retazos de sueño y su mente se aclaró.

Se sentó, se frotó los ojos con los dedos y consultó su reloj de pulsera: las nueve y siete minutos. Hizo una mueca. «¡Juro por Dios que se van a enterar!» Sus fosas nasales se abrieron y olisqueó. Alargó el brazo hacia la bandeja, pero enseguida lo retiró.

—No —masculló.

No iba a probar su maldita comida. Permaneció sentado, incómodo, doblado por la cintura, mirando sus pies enfundados en los calcetines.

Su estómago gruñó, poco cooperativo.

—En fin —murmuró pasado un minuto.

Tragó saliva, se acercó a la bandeja y levantó la tapa.

No pudo evitar un «oh» de sorpresa.

Había tres huevos fritos en mantequilla —tres ojos amarillos y brillantes que miraban al techo—, rodeados por largas y crujientes tiras de beicon. Al lado había un plato con cuatro gruesas rebanadas de pan tostado, untadas con cremosa mantequilla y apoyadas en un botecito de mermelada. Había también un vaso de tubo lleno de espumoso zumo de naranja y un cuenco con fresones que se desangraban sobre un lecho de nata blanquísima. Por último, de una pequeña jarra emanaba el olor penetrante e inconfundible del café recién hecho.

El señor Ketchum cogió el vaso de zumo de naranja. Dejó caer un par de gotas en su boca y las saboreó con la lengua, a modo de prueba. El ácido cítrico le produjo un delicioso cosquilleo en la lengua caliente. Tragó. Si estaba envenenado, era obra de una mano maestra. Se le llenó la boca de saliva. De pronto recordó que, justo antes de que lo detuvieran, había tenido la intención de parar en una cafetería a comer algo.

Mientras desayunaba, con cautela pero decidido, el señor Ketchum trató de adivinar los motivos que habría detrás de tan magnífica comilona.

Otra vez la mentalidad rural. Se arrepentían de su metedura de pata. Era una idea sin mucho fundamento, pero posible. La comida era excelente. Eso había que reconocérselo a los muy condenados; aquella gente de Nueva Inglaterra sabía cocinar. El desayuno del señor Ketchum normalmente consistía en un bollo recalentado y un café. No había tomado un desayuno como aquél desde que era niño y vivía en casa de su padre.

Estaba terminando su tercera taza de cremoso café cuando oyó pasos en el pasillo. El señor Ketchum sonrió. «En el momento justo», pensó. Se levantó.

El jefe Shipley se detuvo junto a la celda.

—¿Ha desayunado?

El señor Ketchum asintió con la cabeza. Si el jefe esperaba que le diera las gracias, iba a llevarse una decepción. El señor Ketchum cogió su abrigo.

El jefe no se movió.

—¿Y bien...? —dijo el señor Ketchum tras unos momentos. Intentó sonar impasible, con autoridad. No le salió bien.

El jefe Shipley le miró sin inmutarse. El señor Ketchum sintió que le faltaba la respiración.

—¿Puedo preguntar...?

—El juez no ha llegado todavía.

—Pero...

El señor Ketchum no supo qué decir.

—Solo he venido a decírselo —dijo Shipley. Luego se dio la vuelta y se fue.

El señor Ketchum estaba furioso. Bajó la vista y miró los restos de su desayuno, como si allí estuviera la respuesta a su situación. Se golpeó un muslo con el puño. ¡Intolerable! ¿Qué pretendían? ¿Intimidarle? Pues bien..., lo estaban consiguiendo.

El señor Ketchum se acercó a los barrotes. Miró a un lado y a otro del pasillo. Estaba desierto. Sintió que se le formaba un nudo en el estómago. Era como si, de repente, la comida se hubiera convertido en plomo. Aporreó uno de los barrotes con la palma de la mano. ¡Dios mío! ¡Por favor!

Eran las dos de la tarde cuando el jefe Shipley y el policía viejo se presentaron otra vez en la puerta de la celda. El policía la abrió sin pronunciar palabra. El señor Ketchum salió al pasillo y esperó, poniéndose el abrigo mientras cerraban la puerta de nuevo.

Con pasos cortos pero firmes, caminó entre los dos hombres, sin mirar el cuadro de la pared ni una sola vez.

—¿A dónde vamos? —preguntó.

—El juez está enfermo —respondió Shipley—. Le vamos a llevar a su casa para que pague la multa.

El señor Ketchum respiró hondo. No pensaba discutir con ellos de ninguna de las maneras.

—Muy bien —dijo—. Si es así como quieren hacerlo...

—No hay otro modo —repuso el jefe, mirando hacia delante. Su cara era una máscara inexpresiva.

El señor Ketchum esbozó una leve sonrisa. Aquello estaba mejor. Ya casi había terminado. Pagaría la multa y se largaría.

Afuera había niebla. Una bruma entraba desde el mar y cubría las calles como si fuera humo. El señor Ketchum se puso el sombrero y se estremeció. El aire húmedo parecía filtrarse por la piel y pegarse a los huesos. «Mal día», pensó. Bajó las escaleras, buscando su Ford con la mirada.

El policía viejo abrió la puerta de atrás del coche patrulla y Shipley le hizo un gesto para que subiera.

—¿Y qué pasa con mi coche? —preguntó el señor Ketchum.

—Volveremos cuando haya visto al juez —dijo Shipley.

—Pero yo...

El señor Ketchum vaciló. Luego se inclinó, se metió en el coche y se dejó caer sobre el asiento trasero. Un escalofrío le recorrió el cuerpo cuando sintió el tacto helado del cuero. Se echó a un lado cuando entró el jefe.

El policía cerró la puerta de golpe. Otra vez un sonido hueco, como si cerraran un ataúd en una cripta. El señor Ketchum hizo una mueca de disgusto ante este símil. No debía pensar así.

El policía subió al coche y el señor Ketchum oyó cómo el motor cobraba vida con un petardeo. Permaneció sentado, respirando lenta y profundamente mientras el policía calentaba el motor. Miró por la ventanilla que tenía a su izquierda.

La niebla parecía humo. Podrían haber estado aparcados en un garaje en llamas. Excepto por aquella humedad que se pegaba a los huesos. El señor Ketchum se aclaró la garganta. Oyó que el jefe se removía en el asiento junto a él.

—Hace frío —dijo el señor Ketchum maquinalmente.

El jefe guardó silencio.

El señor Ketchum se recostó en el asiento cuando el coche salió a la carretera, hizo un giro completo y empezó a bajar lentamente por la calle, indistinguible por la niebla. Oyó el chirriar de los neumáticos sobre el pavimento mojado y el roce rítmico de los limpiaparabrisas, que despejaban segmentos circulares en el cristal empañado.

Pasado un momento, miró su reloj. Eran casi las tres. Había perdido medio día en el maldito Zachry.

Miró de nuevo por la ventanilla y todo lo que vio fue un pueblo fantasmal. Le pareció ver edificios de ladrillo junto a la carretera, pero no estaba seguro. Miró sus manos blancas, luego observó a Shipley de reojo. El jefe estaba sentado muy tieso, mirando al frente de manera fija. El señor Ketchum tragó saliva. El aire parecía estancarse en sus pulmones.

En la calle principal la niebla era menos densa. «Probablemente debido a la brisa marina», pensó el señor Ketchum. Miró arriba y abajo de la calle. Todas las tiendas y oficinas parecían cerradas. Echó un vistazo a la otra acera. Lo mismo.

—¿Dónde está todo el mundo? —preguntó.

—¿Qué?

—Digo que dónde está todo el mundo.

—En casa —dijo el jefe.

—Pero hoy es miércoles —repuso el señor Ketchum—. ¿No abren las tiendas?

—Hace malo —dijo Shipley—. No merece la pena.

El señor Ketchum observó el rostro cetrino del jefe, pero enseguida apartó la mirada. Volvía a sentir en su estómago aquel frío premonitorio. «¿Qué demonios está pasando aquí?», se preguntó. Lo del calabozo ya había sido bastante malo, pero aquello de atravesar un mar de niebla sin lograr atisbar nada era aún peor.

—Claro —se oyó decir con voz nerviosa—. Aquí solo viven sesenta y siete personas, ¿no?

El jefe no dijo nada.

—¿Desde... desde cuándo existe Zachry?

En el silencio oyó crujir las articulaciones de los dedos del jefe.

—Desde hace ciento cincuenta años —respondió Shipley.

—Es mucho —repuso el señor Ketchum.

Tragó saliva con esfuerzo. Le dolía un poco la garganta. «Vamos —se dijo a sí mismo—, tranquilízate.»

—¿Y de dónde viene el nombre de Zachry? —Las palabras brotaron de él, descontroladas.

—Lo fundó Noah Zachry —dijo el jefe.

—Ah. Ya veo. Me imagino que el retrato en la comisaría...

—Exacto —dijo Shipley.

El señor Ketchum pestañeó. Así que aquél era Noah Zachry, fundador del pueblo que estaban atravesando en coche una manzana tras otra. El señor Ketchum sintió un peso helado en el estómago cuando se dio cuenta: ¿por qué había solo sesenta y siete habitantes en un pueblo tan grande?

Abrió la boca para preguntarlo, pero no pudo. Tal vez la respuesta no fuera de su agrado.

—¿Por qué hay solo...?

Las palabras se le escaparon antes de que pudiera detenerlas. Su cuerpo dio un respingo, sorprendido por su propia voz.

—¿Cómo?

—Nada, nada. Es decir... —El señor Ketchum tomó aliento. Le temblaba todo el cuerpo, no podía evitarlo. Tenía que saberlo—. ¿Cómo es que solo hay sesenta y siete habitantes?

—Se van —dijo Shipley.

El señor Ketchum pestañeó. La respuesta le resultó totalmente anticlimática. Frunció el ceño. «Bueno, ¿y qué esperabas?», se preguntó a sí mismo a la defensiva. Remoto y anticuado, Zachry no tendría mucho que ofrecer a las generaciones más jóvenes. Era inevitable que se mudaran a lugares más interesantes.

Se recostó en el asiento. «Es lógico. Con las ganas que tengo yo de salir de esta pocilga —pensó—, y ni siquiera vivo aquí.»

Miró hacia delante a través del parabrisas: algo había llamado su atención. Una pancarta colgante cruzaba la calle: ESTA NOCHE BARBACOA.

«Están de celebración», pensó. Probablemente montaban algo cada quince días para no morir del aburrimiento, una merendola loca con dulces caseros, una bacanal para reparar redes de pesca...

—Bueno, ¿y quién fue Zachry?

El silencio empezaba a ponerle nervioso de nuevo.

—Un capitán de barco —dijo el jefe.

—¡Ah!

—Ballenero en los mares del sur —continuó Shipley.

Bruscamente, la calle principal se terminó. El coche de policía giró a la izquierda y se metió por un camino de tierra. Por la ventanilla, el señor Ketchum vio desfilar unos arbustos sombríos. Solo se oía el ruido del motor en segunda y el de la grava que salía disparada bajo los neumáticos. ¿Dónde demonios vivía el juez, en la cima de una montaña? Cambió de postura y gruñó.

La niebla empezaba a disiparse. El señor Ketchum podía ver hierba y árboles. Todo tenía un tono grisáceo. El coche dobló en dirección al mar. El señor Ketchum miró hacia abajo y solo vio una opaca capa de niebla. El coche siguió girando. Volvían a tener la colina de frente.

El señor Ketchum tosió suavemente.

—¿La... eh... la casa del juez está allá arriba? —preguntó.

—Sí —respondió el jefe.

—Qué alto —comentó el señor Ketchum.

El coche continuó zigzagueando por el estrecho camino de tierra, a veces mirando hacia el mar, a veces hacia Zachry, a veces hacia la lúgubre casa en la cima. Ésta tenía tres pisos de un blanco grisáceo y tenía a cada lado una torre puntiaguda. «Parece tan vieja como Zachry», pensó el señor Ketchum. El coche volvió a girar. Volvían a estar de cara al mar.

El señor Ketchum se miró las manos. ¿Era un efecto de la luz o de verdad estaban temblando? Intentó tragar, pero tenía la garganta seca y, en vez de eso, le dio un ataque de tos. «Esto es estúpido —pensó—. No hay razón alguna que lo justifique.» Vio que sus manos se contraían en un puño.

El coche subía por la última pendiente antes de la casa. El señor Ketchum sintió que le costaba respirar. «No quiero entrar ahí», oyó que decía alguien en su mente. Sintió el impulso repentino de abrir la puerta y salir corriendo. Sus músculos se tensaron.

Cerró los ojos. «¡Por Dios bendito, basta!», se regañó a sí mismo. No había nada malo en aquello salvo la distorsionada interpretación que él estaba haciendo de la situación. Eran tiempos modernos. Las cosas tenían su explicación y las personas, sus motivos. La gente de Zachry también tenía uno: una fuerte desconfianza hacia los forasteros que venían de la ciudad. Y aquello era su particular venganza socialmente aceptable. Tenía sentido. Al fin y al cabo...

El coche se detuvo. El jefe abrió la puerta de su lado y salió del vehículo. El conductor estiró la mano hacia atrás y abrió la otra puerta para que el señor Ketchum se bajara. Éste notó que tenía entumecidos una pierna y un pie. Tuvo que agarrarse a la puerta para no caer y al salir pateó el suelo.

—Se me ha dormido —dijo.

Ninguno de los hombres respondió nada. El señor Ketchum miró la casa y entornó los ojos. ¿Había visto moverse una cortina verde oscuro? Dio un respingo y soltó una leve exclamación de sorpresa cuando le tocaron el brazo y el jefe hizo un gesto en dirección a la casa. Los tres hombres se encaminaron hacia ella.

—Yo, eh..., me temo que no llevo mucho dinero encima —dijo—. Espero que sirva un cheque.

—Sí —repuso el jefe.

Subieron la escalinata de entrada y se detuvieron frente a la puerta. El policía pulsó un timbre metálico y el señor Ketchum oyó que dentro sonaba una débil campanilla. Se quedó mirando a través de los visillos de la puerta y distinguió la forma esquelética de un perchero para sombreros. Cambió su peso de un pie a otro y las tablas del suelo crujieron. El policía volvió a llamar al timbre.

—Puede que esté... demasiado enfermo —sugirió el señor Ketchum con un hilillo de voz.

Ninguno de los hombres le miró. El señor Ketchum sintió que sus músculos se tensaban. Miró hacia atrás por encima del hombro. ¿Podrían atraparle si salía corriendo?

Volvió a mirar al frente, disgustado. «Pagas la multa y te vas —se dijo pacientemente—. No hay más; pagas tu multa y te vas.»

Dentro de la casa se movieron unas sombras. El señor Ketchum levantó la mirada, sobresaltado a su pesar. Una mujer alta se acercaba a la puerta.

La puerta se abrió. La mujer era delgada y llevaba un vestido negro hasta los tobillos con un broche blanco ovalado a la altura de la garganta. Su rostro era moreno, surcado por arrugas parecidas a hilos. El señor Ketchum se quitó el sombrero automáticamente.

—Pasen —dijo la mujer.

El señor Ketchum entró en el vestíbulo.

—Puede dejar su sombrero aquí —dijo la mujer, señalando el perchero, que parecía un árbol devastado por las llamas.

El señor Ketchum dejó caer el sombrero sobre uno de los ganchos negros. Al hacerlo, su mirada se vio atraída por un gran cuadro que había al pie de la escalera. Empezó a hablar, pero la mujer dijo:

—Por aquí.

Avanzaron por el vestíbulo. El señor Ketchum se quedó mirando el cuadro cuando pasaron junto a él.

—¿Quién es la mujer que aparece al lado de Zachry? —preguntó.

—Su esposa —dijo el jefe.

—Pero ella es...

La voz del señor Ketchum se quebró repentinamente y notó que desde el fondo de su garganta subía un sollozo. Conmocionado, logró ahogarlo aclarándose la garganta enseguida. Se avergonzó de sí mismo. Sin embargo... ¿La esposa de Zachry?

La mujer abrió una puerta.

—Espere aquí —dijo.

El señor Ketchum entró. Se volvió para decirle algo al jefe y en ese mismo instante vio como la puerta se cerraba.

—Oiga, eh...

Se acercó a la puerta y agarró el pomo. No giraba. Frunció el ceño e ignoró los latidos cada vez más fuertes de su corazón.

—¡Eh! ¿Qué está pasando?

Su voz, fingidamente despreocupada, retumbó en las paredes. El señor Ketchum se dio la vuelta y echó un vistazo a su alrededor. La habitación estaba vacía. Era una habitación cuadrada y vacía.

Se volvió hacia la puerta, moviendo los labios como si buscara las palabras adecuadas.

—Vale —dijo de pronto—, es muy... —Trató de sacudir el pomo con fuerza. Cada vez estaba más enfadado—. ¡Es una broma muy graciosa pero ya he aguantado todo lo que...!

Se dio media vuelta con la mandíbula apretada al oír el sonido.

No había nada: la habitación seguía vacía. Miró a su alrededor desorientado. ¿Qué era aquel sonido? Un sonido amortiguado, como de agua corriendo.

—¡Eh! —dijo por acto reflejo. Se volvió hacia la puerta—. ¡Eh! —chilló—. ¡Ya vale! ¿Quién os habéis creído que sois?

Dio vueltas sobre sí mismo, con las piernas cada vez más débiles. El sonido se hizo más fuerte. El señor Ketchum se pasó una mano por la frente. Estaba cubierta de sudor. Allí hacía calor.

—Vale. Vale —dijo—. Es una broma muy buena, pero...

No pudo continuar, su voz estrangulada se convirtió en un sollozo desesperado. El señor Ketchum se tambaleó un poco. Miró la habitación. Se dio la vuelta y se dejó caer contra la puerta. Estiró una mano y tocó la pared. La retiró al instante.

Estaba caliente.

—¿Pero qué...? —preguntó, incrédulo.

No podía ser. Era imposible, una broma. Aquella gente gastaba bromas un poco dementes, pero tan solo se trataba de un juego. Asustar al listillo de la ciudad, de eso se trataba.

—¡Basta! —gritó—. ¡Vale, lo pillo! ¡Es muy gracioso! ¡Pero ahora dejadme salir de aquí o tendremos problemas!

Aporreó la puerta. La pateó. Cada vez hacía más calor. La habitación estaba casi tan caliente como una...

El señor Ketchum se quedó petrificado. Su boca se abrió de golpe.

Las preguntas que le habían hecho. Lo holgada que les quedaba la ropa. La comida tan rica que le habían dado. Las calles vacías. El tono de piel amarillento de aquellos hombres y de la mujer. La forma en que todos le miraban. Y la señora del cuadro, la mujer de Noah Zachry, de aspecto salvaje y con los dientes puntiagudos.

ESTA NOCHE BARBACOA

El señor Ketchum gritó. Pateó y golpeó la puerta con los puños. Arrojó su pesado cuerpo contra ella. Chilló a la gente de fuera.

—¡Dejadme salir! ¡Dejadme salir! ¡Dejadme... salir!

Lo peor de todo era que no podía creer que aquello estuviera sucediéndole de verdad.

10

El hombre que estaba en todas partes

Edward D. Hoch

La primera vez que vio a aquel hombre fue un martes por la tarde, cuando volvía a casa de la estación. Era alto y delgado, y tenía cierto aire que lo identificaba como inglés. Ray Bankcroft no hubiera puesto la mano en el fuego por ello, simplemente el tipo parecía inglés.

Ese primer encuentro no fue más allá, y el segundo resultó igual de casual: un viernes por la tarde en la estación. Seguramente el tipo era nuevo en Pelham y vivía en el barrio, quizás en aquel nuevo bloque de apartamentos que había a un par de manzanas.

No fue hasta la semana siguiente cuando Ray empezó a verlo por todas partes. Aquel inglés alto cogía el mismo tren que él, el de las 8:09, para ir a Nueva York, y un día, al mediodía, lo vio comiendo a varias mesas de distancia en su restaurante habitual. Así son las cosas en Nueva York, se dijo Ray, a veces te encuentras a la misma persona durante una semana, como si no existieran las leyes de la probabilidad.

Llegó el fin de semana y Ray y su mujer fueron de excursión a Stamford, con intención de hacer un pícnic. Fue entonces cuando Ray se convenció de que aquel desconocido lo seguía. Allí, a cincuenta millas de casa, aquel inglés alto paseaba tan campante por las colinas, parándose de tanto en tanto para contemplar el paisaje.

—Joder, Linda —le dijo Ray a su mujer—. ¡Otra vez ese tío!

—¿Qué tío, Ray?

—El inglés del barrio. El que te dije que veía en todas partes.

—Ah, ¿es aquél? —Linda Bankcroft escudriñó la distancia desde detrás de sus gafas de sol y frunció el ceño—. Creo que nunca le había visto.

—Pues estoy casi seguro de que vive en el nuevo bloque de apartamentos que hay cerca de casa. Lo que me gustaría saber es qué demonios hace aquí. ¿Crees que podría estar siguiéndome?

—No digas chorradas, Ray —Linda se rio—. ¿Por qué iba a seguirte alguien? ¡Y a un pícnic!

—No lo sé, pero es muy raro que siempre me esté rondando.

Cuando acabó el verano y llegó septiembre, la cosa se hizo aún más rara. Una, dos, tres veces por semana aparecía aquel misterioso inglés, siempre paseando con actitud despreocupada, como si el entorno no fuera con él.

Finalmente, una noche, de camino a casa, Ray Bankcroft no pudo soportarlo más. Se acercó al hombre y le dijo:

—¿Me estás siguiendo?

El inglés lo miró de arriba abajo con gesto de asombro.

—¿Disculpe?

—¿Me estás siguiendo? —repitió Ray—. Te veo por todas partes.

—Lo siento, amigo, debe estar equivocándose...

—¡No! ¡No me equivoco! ¡Deja de seguirme!

El inglés se limitó a negar con la cabeza, consternado, y se marchó de allí. Ray permaneció quieto, de pie, y lo observó alejarse hasta que desapareció de su vista.

—¡Linda! ¡Lo he vuelto a ver!

—¿A quién, cariño?

—¡A ese maldito inglés! Me lo he encontrado en el ascensor de mi oficina.

—¿Estás seguro de que era el mismo hombre?

—¡Sí, sin duda! ¡Está en todas partes, te lo juro! Lo veo todos los días: en la calle, en el tren, a la hora de comer... ¡y ahora incluso en el ascensor! ¡Me estoy volviendo loco! Estoy seguro de que me sigue. La cuestión es por qué.

—¿Has intentado hablar con él?

—Le he hablado, le he insultado y le he amenazado. Pero no sirve de nada. Se hace el sorprendido y luego se aleja andando. Y al día siguiente ahí está de nuevo.

—Tal vez deberías llamar a la policía, pero, claro, en realidad no te ha hecho nada...

—Ése es el problema, Linda. No ha hecho nada. Solo que siempre está donde estoy yo. Esta mierda me va a volver loco.

—¿Y qué piensas hacer?

—Tomar medidas drásticas. ¡La próxima vez que lo vea le voy a sacar la verdad a golpes! Pienso llegar al fondo de todo este asunto.

La noche siguiente, el inglés alto volvió a aparecer. Caminaba por delante de él en el andén de la estación. Ray corrió hacia él, pero justo entonces el inglés desapareció entre la multitud. Tal vez fuera una mera coincidencia, y sin embargo...

Más tarde, aquella misma noche, Ray se quedó sin cigarrillos y cuando salió del apartamento para ir a comprar más a la tienda de la esquina, estaba seguro de que en algún punto del trayecto se cruzaría con el inglés.

Cuando ya casi había llegado a la entrada del establecimiento, la pálida luz roja del neón iluminó al misterioso desconocido cruzando la calle desde las vías del ferrocarril.

Ray sabía que ése iba a ser el encuentro definitivo.

—¡Eh, tú!

El inglés se detuvo y lo miró con desagrado. Acto seguido, se giró y se alejó de Ray a pie.

—¡Eh, tú, espera un minuto! ¡Vamos a solucionar esto de una vez por todas!

El inglés continuó caminando como si nada.

Ray soltó una maldición y comenzó a seguirlo en la oscuridad.

—¡Vuelve aquí! —le gritó, pero el inglés había aumentado la velocidad, casi corría.

Ray aceleró el paso y lo siguió por un callejón paralelo a las vías del tren.

—¡Vuelve aquí, maldita sea! ¡Quiero hablar contigo!

Pero el inglés siguió corriendo, cada vez más rápido. Al final Ray tuvo que parar, exhausto.

Delante de él, el inglés también se había detenido. Ray vio el brillo de su reloj de pulsera cuando levantó la mano para hacerle señas: le estaba indicando que lo siguiera...

Ray empezó a correr de nuevo.

El inglés esperó unos instantes, pero no tardó en reanudar la marcha a toda velocidad. Corría muy cerca del terraplén del ferrocarril, apenas unos pocos centímetros lo separaban de una caída de seis metros a las vías.

A lo lejos, Ray oyó el silbido del Stamford Express, que atravesaba la noche.

Un poco más adelante, el inglés sorteó una columna de ladrillo que sobresalía y llegaba casi hasta el borde del terraplén. Ray lo perdió de vista por un momento, pero no se detuvo, ya casi lo había alcanzado. Así que rodeó también la columna y se dio cuenta, demasiado tarde, de que el inglés lo esperaba al otro lado.

Las enormes manos del hombre lo atraparon entonces y, de pronto, se vio empujado y cayendo de lado a la zanja. Las manos de Ray, impotentes, se agitaron en el aire, sin nada a lo que aferrarse.

Cuando se golpeó contra las vías, vio que el Stamford Express estaba prácticamente sobre él, el ruido era ensordecedor...

Poco tiempo después, el inglés alto y delgado miraba la graciosa figura de Linda Bankcroft a través del humo azul de su cigarrillo, mientras le decía:

—Como ya te dije al principio de todo esto, amor mío, un asesinato perfecto no es más que un juego de habilidad y paciencia.

II

Apuestas

Roald Dahl

En la mañana del tercer día el mar se calmó. Hasta los pasajeros más delicados —aquellos que no habían salido desde que el barco zarpó—, abandonaron sus camarotes y se dirigieron a cubierta. Un camarero les dio sillas, les abrigó las piernas con mantas y los dejó allí sentados en hileras, frente al pálido y tibio sol de enero.

El mar había estado bastante movido los dos primeros días, y esta repentina calma creó una sensación de bienestar que se extendió por todo el barco. Al llegar la noche, los pasajeros, después de doce horas de calma, empezaron a sentirse optimistas y, a las ocho, el comedor estaba lleno de gente que comía y bebía con el aire seguro y complaciente de los auténticos marineros.

Hacia la mitad de la cena los pasajeros se dieron cuenta, debido a un ligero desplazamiento de sus cuerpos sobre los asientos, de que el barco empezaba a balancearse otra vez. Al principio fue algo muy suave, un lento movimiento primero hacia un lado y luego hacia el otro, pero suficiente para causar un sutil e inmediato cambio de humor en la sala. Algunos pasajeros levantaron la vista de sus platos, dudando, esperando, tratando de adivinar el siguiente balanceo, sonriendo nerviosos y con un atisbo de aprensión en los ojos. Otros parecían tranquilos; algunos se mostraban abiertamente confiados y despreocupados, e incluso hacían chistes acerca de la comida y el tiempo para atormentar a los que estaban asustados. El movimiento del barco se volvió cada vez más y más violento y, cinco o seis minutos después de que el primer vaivén se hubiera hecho patente, la nave estaba dando bandazos de un lado a otro y los pasajeros se agarraban a sus sillas, con los músculos tensos, como lo harían si un coche tomase una curva.

Finalmente, el balanceo se hizo tan fuerte que el señor William Botibol, que estaba sentado a la mesa del sobrecargo, vio cómo su plato de rodaballo con salsa holandesa se deslizaba lejos de su tenedor. Hubo un murmullo de excitación mientras todo el mundo intentaba recuperar sus platos y copas. La señora Renshaw, sentada a la derecha del sobrecargo, dio un gritito y se agarró al brazo de aquel caballero.

—Va a ser una mala noche —afirmó el sobrecargo, mirando a la señora Renshaw—, creo que nos espera una velada espantosa.

Lo dijo de un modo que sugería cierto deleite.

Un camarero llegó corriendo y derramó agua sobre el mantel, entre los platos. La excitación disminuyó un poco. La mayoría de los pasajeros continuaron cenando, pero un pequeño número de comensales, entre ellos la señora Renshaw, se levantó y se encaminó hacia la puerta, sorteando las mesas con prisa mal disimulada.

—Bueno —dijo el sobrecargo—, allá van, otra vez igual.

Miró con aprobación a lo que quedaba de su rebaño: los pasajeros que permanecían sentados, tranquilos y complacientes. En sus caras se reflejaba ese extraño orgullo que las personas de a pie parecen sentir al ser reconocidas como buenos marineros.

Cuando terminó la comida y se sirvió el café, el señor Botibol, que tenía una expresión seria y pensativa desde que había empezado el vaivén del barco, se levantó y dejó su taza en el sitio que había ocupado la señora Renshaw, junto al sobrecargo. Se sentó allí e inmediatamente se inclinó hacia él, antes de susurrarle al oído:

—Disculpe, ¿podría despejarme una duda, por favor?

El sobrecargo, un hombre pequeño, gordo y pelirrojo, se inclinó a su vez para poder escucharle bien.

—¿Qué le ocurre, señor Botibol?

—Me gustaría averiguar lo siguiente... —El sobrecargo vio la inquietud que se reflejaba en el rostro del hombre—. ¿Sabe usted si el capitán ha hecho ya el cálculo del recorrido para las apuestas de hoy? Quiero decir, antes de que empezara el temporal.

El sobrecargo, que se había preparado para escuchar una confidencia de carácter personal, sonrió, se echó hacia atrás y relajó su voluminoso cuerpo contra el respaldo de la silla.

—Yo diría que sí —contestó. Al principio habló en voz alta, aunque automáticamente bajó el tono, como siempre se hace al responder a un susurro.

—¿Cuándo cree usted que lo ha hecho?

—Por la tarde. Normalmente es entonces cuando hace el cálculo.

—¿Sobre qué hora?

—¡Ah, no sé! Supongo que hacia las cuatro.

—Vale. Ahora respóndame a otra cosa. ¿Cómo decide el capitán cuál será el número? ¿Se lo piensa mucho?

El sobrecargo percibió el nerviosismo del señor Botibol y volvió a sonreír; sabía perfectamente a dónde quería ir a parar su interlocutor.

—Bueno, más o menos. El capitán se reúne con el oficial de navegación, estudian el tiempo y muchas otras cosas, y luego hacen el cálculo.

El señor Botibol asintió con la cabeza y se quedó en silencio unos instantes, ponderando la respuesta. Luego dijo:

—¿Cree que el capitán sabía que hoy iba a haber mal tiempo?

—No tengo ni idea —replicó el sobrecargo. Miró los pequeños ojos del hombre, en el centro de cuyas pupilas se adivinaba un destello de excitación—. No tengo ni idea, señor Botibol —insistió—. No puedo decírselo porque no lo sé.

—Si esto empeora, tal vez valdría la pena comprar algunos números bajos, ¿no cree?

Seguía hablando entre susurros, pero cada vez estaba más ansioso. Su tono era apremiante.

—Quizás —dijo el sobrecargo—. Dudo que el viejo previera una noche tempestuosa. Había mucha calma esta tarde, cuando ha hecho el cálculo.

El resto de los comensales de la mesa habían dejado de hablar y trataban de oír las palabras del sobrecargo, observándolo con la misma mirada intensa y curiosa que se ve también en las carreras de caballos, cuando la gente intenta oír lo que dice un entrenador hablando de sus posibilidades: la boca ligeramente abierta, el ceño fruncido y la cabeza hacia delante y un poco inclinada a un lado. Todos querían obtener alguna información que se les hubiera escapado y estaban tan concentrados que parecían medio hipnotizados.

—Bien, ahora supongamos que usted pudiera comprar un número. ¿Cuál escogería hoy? —susurró el señor Botibol.

—Todavía no sé cuál es el rango de cifras establecido —contestó pacientemente el sobrecargo—. No se anuncia hasta que empieza la subasta después de la cena. Y de todas formas, yo no soy ningún experto, solo soy el sobrecargo.

En este punto el señor Botibol se levantó.

—Perdónenme —se disculpó, y se fue, abriéndose paso con cuidado entre las mesas. En un par de ocasiones tuvo que agarrarse al respaldo de una silla para no caerse a causa de los bandazos que daba el barco—. A cubierta, por favor —le dijo al ascensorista.

El viento le golpeó de lleno en la cara cuando salió al exterior. Se tambaleó y tuvo que aferrarse a la barandilla con ambas manos. Allí parado, se detuvo a contemplar el negro océano y las olas coronadas de espuma que crecían cada vez más y estallaban con estruendo contra el casco del barco.

—Hace un tiempo horrible, ¿verdad, señor? —comentó el ascensorista mientras bajaban.

El señor Botibol se estaba peinando con un pequeño peine rojo.

—¿Cree que hemos disminuido la velocidad a causa del mal tiempo? —preguntó.

—¡Sin duda! Desde que ha empezado el temporal vamos mucho más lentos. Hay que reducir la velocidad cuando el tiempo es tan malo; si no, los pasajeros se caerían continuamente.

Abajo, en el salón, la gente empezaba a reunirse para la subasta. Se fueron agrupando en varias mesas: los hombres, un poco incómodos, enfundados en sus trajes de etiqueta y recién afeitados, al lado de sus mujeres, de cutis sonrosado y actitud indiferente. El señor Botibol se sentó a una mesa, cerca del hombre que dirigía la subasta y las apuestas. Cruzó las piernas y los brazos y se acomodó en la silla con el aire resuelto de quien ha tomado una decisión muy importante y no quiere tener miedo.

El bote, se dijo a sí mismo, sería aproximadamente de siete mil dólares, o al menos ésa había sido la cantidad recaudada los dos días anteriores. Los números se habían vendido a precios entre trescientos y cuatrocientos dólares cada uno. Como el barco era británico, todas las transacciones eran en libras, pero a él le gustaba hacer los cálculos en su propia moneda. Siete mil dólares era mucho dinero. Muchísimo. De manera que lo pediría en billetes de cien dólares, que guardaría en el bolsillo interior de su chaqueta. Lo tenía todo pensado. Nada más desembarcar, se haría con un Lincoln descapotable. Lo compraría de camino a casa y se presentaría allí con él, deseoso de ver la cara de Ethel cuando saliera a la puerta y viera el coche nuevo. Sería maravilloso contemplar la expresión de Ethel cuando lo viera bajarse de un Lincoln descapotable último modelo, color verde claro. «Hola, Ethel, cariño —diría él, sin darle mucha importancia al asunto—. Te he traído un regalito. Lo vi en el escaparate al pasar y me acordé de que tú siempre habías querido uno. ¿Te gusta? ¿Qué te parece el color?» Y luego observaría su expresión.

El subastador ya estaba de pie detrás de su mesa.

—¡Damas y caballeros! —gritó—. El capitán ha calculado el recorrido del día, que terminará mañana al mediodía. Son quinientas quince millas. Como de costumbre, tomaremos los diez números que preceden y los diez que siguen a esta cifra para establecer un rango. Así, los números irán del quinientos cinco al quinientos veinticinco. Naturalmente, para aquellos que piensen que la verdadera cifra no estará en ese margen, habrá un «punto bajo» y un «punto alto» que se venderán por separado. Ahora sacaré los primeros números del sombrero... Allá voy... ¿Quinientos doce?

No se oyó nada. La gente permanecía inmóvil en sus sillas observando al subastador. Había cierta tensión en el ambiente y, al ir subiendo las apuestas, ésta fue en aumento. Aquello no era un juego de niños; la prueba de ello estaba en las miradas que un hombre lanzaba a otro cuando éste subía la apuesta que el primero había hecho. Puede que sonriera, sí, pero solo con los labios; los ojos estaban brillantes y fríos.

El quinientos doce fue adquirido por ciento diez libras. Los tres o cuatro números siguientes alcanzaron cifras parecidas.

El barco se movía mucho y, cada vez que daba un bandazo, los paneles de madera de las paredes crujían como si fueran a partirse. Los pasajeros se agarraban a los brazos de las sillas, sin perder la concentración en la subasta.

—¡Punto bajo! —gritó el subastador—. El próximo número es el punto más bajo.

El señor Botibol se puso en tensión. Había decidido que esperaría hasta que los otros hubieran acabado de apostar, entonces se levantaría y haría la última oferta. Según sus cálculos, debía tener por lo menos quinientos dólares en su cuenta bancaria, quizá seiscientos. Eso eran al cambio unas doscientas libras, quizás algo más. El próximo boleto no valdría más de esa cantidad.

—Como ya saben —estaba diciendo el subastador en aquellos momentos—, el punto bajo incluye cualquier número por debajo de la menor cifra del rango establecido; en este caso, por debajo de quinientos cinco. Es decir, si creen que el barco va a recorrer menos de quinientas cinco millas en veinticuatro horas, compren este número. ¿Cuánto ofrecen?

La cantidad ascendió hasta ciento treinta libras. Además del señor Botibol, había otros que parecían haberse dado cuenta de que el tiempo era malo. Ciento cuarenta, ciento cincuenta... Ahí se paró la puja. El subastador levantó el martillo.

—Vendido a ciento cin...

—¡Sesenta! —chilló el señor Botibol.

Todas las cabezas se volvieron en su dirección.

—¡Setenta!

—¡Ochenta! —dijo el señor Botibol.

—¡Noventa!

—¡Doscientas! —gritó el señor Botibol, que no estaba dispuesto a ceder ante nadie.

Hubo una pausa.

—¿Alguien da más de doscientas libras?

«Quédate quieto —se dijo a sí mismo—, no te muevas ni mires a nadie, eso da mala suerte. Aguanta la respiración. Nadie subirá la apuesta si aguantas la respiración.»

—Vendido a doscientas libras... —El subastador era calvo y unas pequeñas gotas de sudor resbalaban por su desnuda cabeza—. Doscientas... —El señor Botibol contuvo la respiración—. ¡Adjudicado!

El hombre golpeó la mesa con el martillo. El señor Botibol firmó un cheque y se lo entregó al asistente del subastador; luego volvió a su silla a esperar que las pujas terminaran. No quería irse a dormir sin saber a cuánto ascendía el bote.

Contaron el dinero después de haber vendido el último número y resultó que se habían recaudado unas dos mil cien libras, o sea, casi seis mil dólares. El noventa por ciento era para el ganador y el diez por ciento restante para organizaciones benéficas de marineros. El noventa por ciento de seis mil eran cinco mil cuatrocientos dólares. Bien, era suficiente. Compraría el Lincoln descapotable y aún le sobraría algo. Con estos reconfortantes pensamientos se marchó a su camarote, feliz y entusiasmado.

Cuando el señor Botibol se despertó a la mañana siguiente, permaneció unos minutos tumbado con los ojos cerrados, esperando oír el temporal y sentir el vaivén del barco. No se escuchaba sonido alguno ni tampoco se percibía movimiento. Saltó de la cama y miró por el ojo de buey. ¡Dios santo! El mar estaba como una balsa de aceite y el barco lo surcaba a toda velocidad, tratando de ganar el tiempo perdido durante la noche. El señor Botibol se incorporó y sentó lentamente en el borde de su litera. Una sensación de terror, parecida a un cosquilleo, le recorrió todo el cuerpo y le encogió el estómago. Ya no había esperanza. Un número alto ganaría la apuesta.

—¡Dios mío! —dijo en voz alta—. ¿Qué voy a hacer?

¿Qué diría Ethel? Sería imposible explicarle que se había gastado casi todos los ahorros de dos años en un boleto de apuestas. Tampoco podría mantenerlo en secreto, porque, en cualquier caso, tendría que avisar a su mujer de que dejara de firmar cheques. ¿Y qué pasaría con los plazos del televisor y de la *Enciclopedia británica*? Ya le parecía estar viendo la ira y el reproche en los ojos de Ethel, el azul volviéndose gris y la mirada entornándose, como siempre que se enfadaba con él.

—Ay, Dios mío. ¿Qué voy a hacer?

Estaba claro que ya no tenía ninguna posibilidad de ganar, a menos que el maldito barco empezara a navegar en dirección contraria. Tendrían que dar marcha atrás y deshacer el camino a toda velocidad; si no, era imposible que ganara. Tal vez podría hablar con el capitán: le ofrecería el diez por ciento de los beneficios. O más, si era necesario. El señor Botibol soltó una risita, pero de repente se calló y sus ojos y su boca se abrieron en un gesto de sorpresa. Acababa de ocurrírsele una idea. Fue como si le hubiera caído un rayo encima. Se levantó de la cama de un brinco, muy nervioso, y corrió a mirar de nuevo por la ventanilla. «¿Por qué no? —pensó—. ¿Por qué no intentarlo?» El mar estaba en calma y no tendría ningún problema en mantenerse a flote hasta que lo recogieran. Tenía la vaga sensación de que alguien ya había hecho una cosa así en el pasado, algo que no impedía que él lo repitiera. El barco tendría que parar y arriar un bote, el cual tendría que retroceder quizá media milla para llegar hasta donde estuviera él. Luego tendría que volver hasta el barco y que lo izaran a bordo. Toda la maniobra duraría al menos una hora. Y eso eran unas treinta millas. Si conseguía reducir la distancia recorrida en treinta millas, lo tenía. Ganaría la apuesta. Solo tenía que asegurarse de que alguien lo viera caer al agua, pero eso sería fácil. Tendría que ponerse ropa ligera, que le permitiera nadar. Ropa de deporte, eso es. Se vestiría como si fuera a jugar al tenis: camiseta, pantalones cortos y deportivas. Y tendría que acordarse de quitarse el reloj. ¿Qué hora era? Las nueve y cuarto. Bien. Cuanto antes lo hiciera, mejor. Quería acabar con ello lo antes posible. Además, el límite de tiempo era el mediodía.

El señor Botibol estaba asustado y nervioso cuando salió de su camarote vestido de deporte. Su pequeño cuerpo se ensanchaba en las caderas y sus hombros, siempre caídos, eran extremadamente estrechos. En conjunto, tenía la forma de una pera. Sus piernas, blancas y delgadas, estaban cubiertas de pelos muy negros. Salió a cubierta despacio, caminando con cautela, y miró a su alrededor. Solo había una persona a la vista, una anciana bastante regordeta que estaba apoyada en la barandilla mirando al mar. Llevaba puesto un abrigo de cordero persa con el cuello subido de tal forma que era imposible distinguir su rostro.

El señor Botibol se quedó parado y la examinó concienzudamente desde lejos. «Sí —se dijo a sí mismo—, ésta servirá. Seguro que dará la alarma en cuanto me vea, como haría cualquiera. Aun así, espera, William Botibol, tómate tu tiempo, no hay que apresurarse. ¿Recuerdas lo que has pensado hace unos minutos en el camarote, cuando te estabas cambiando? Pues eso.»

La idea de arrojarse al océano desde el barco, a mil millas de distancia de la costa más cercana, lo había convertido en un hombre extremadamente cauto. No estaba nada seguro de que aquella mujer fuera a dar la alarma cuando lo viera caer. Veía dos posibles razones por las que podría fallarle. La primera: que fuera sorda o ciega. No era muy probable, pero podía darse el caso. ¿Por qué arriesgarse? Lo comprobaría charlando con ella unos instantes. En segundo lugar —y esto demuestra lo suspicaz que puede volverse un hombre cuando se trata de su propia supervivencia—, se le había ocurrido que la mujer podía ser la poseedora de uno de los números altos de la apuesta y, por lo tanto, tener una poderosa razón económica para no querer detener el barco. El señor Botibol sabía que hay gente capaz de matar por mucho menos de seis mil dólares. Solo había que leer los periódicos. Así que ¿por qué arriesgarse entonces? Era fundamental asegurarse. Hacer comprobaciones. Enterarse de todo mediante una breve conversación. Luego, si quedaba demostrado que la mujer era amable y solidaria, ya estaría todo listo y podría saltar al agua con total tranquilidad.

El señor Botibol avanzó hacia la mujer como quien no quiere la cosa, se puso a su lado y se apoyó en la barandilla.

—Hola —la saludó en tono cordial.

Ella se volvió y le correspondió con una cálida sonrisa, casi angelical, aunque su rostro no tenía nada de especial.

—Hola —dijo.

«Bien —pensó el señor Botibol—, ahí tienes la primera respuesta a tus dudas. No es sorda ni ciega.»

—Dígame —continuó él, yendo directo al grano—: ¿qué opina de las apuestas de anoche?

—¿Apuestas? —preguntó extrañada—. ¿Qué apuestas?

—Esa tontería que hacen en el salón después de cenar. Se hacen apuestas sobre la distancia recorrida por el barco y se subastan unos números. Solo quería saber su opinión sobre eso.

Ella negó con la cabeza y volvió a sonreír con amabilidad; el gesto tenía también algo de disculpa.

—Soy muy perezosa —dijo—. Siempre me acuesto temprano y ceno en la cama. ¡Es tan cómodo cenar en la cama!

El señor Botibol le devolvió la sonrisa y se alejó un poco, dispuesto a marcharse.

—Me voy a practicar ejercicio —se justificó—. Es muy importante hacer deporte por las mañanas. Ha sido un placer hablar con usted. Un auténtico placer...

Retrocedió unos diez pasos. La mujer lo dejó marchar sin mirarlo siquiera.

Todo estaba en orden. El mar estaba en calma, él se había vestido con ropa ligera para poder nadar, casi seguro que no había tiburones asesinos en esa parte del Atlántico y contaba con aquella bondadosa anciana para dar la alarma. Ahora era solo cuestión de que el barco se retrasara lo suficiente como para inclinar la balanza a su favor. Seguro que sí. En cualquier caso, él también podía poner de su parte. Podía dificultar que lo subieran al bote salvavidas. Nadaría para alejarse un poco, se apartaría del bote subrepticiamente mientras trataban de alcanzarle. Cada minuto y cada segundo ganados serían preciosos para él.

No obstante, mientras caminaba hacia la barandilla, lo invadió un nuevo temor. ¿Y si se quedaba enganchado en la hélice? Había oído historias sobre personas a las que les había pasado eso al caer de grandes trasatlánticos. Pero él no iba a caerse, sino que iba a saltar, y eso era muy diferente. Si saltaba a una buena distancia, no impactaría contra la hélice.

El señor Botibol avanzó despacio y se situó en la barandilla, a unos veinte metros de la mujer. Ella no lo estaba mirando en ese momento. Mejor. No quería que le observara saltar. Si no lo veía nadie, luego podría decir que se había resbalado y caído por accidente. Miró hacia abajo: la altura era enorme. Ahora se daba cuenta de que, si no caía bien, podía herirse gravemente. ¿Acaso no había oído por ahí que alguna persona se había reventado el estómago así, tras tirarse en plancha desde una gran altura? Tenía que caer recto y con las piernas por delante. Entrar en el agua como un cuchillo. Sí, señor. Pero el agua parecía fría, profunda, gris; con solo mirarla le entraban escalofríos. Pero no tenía elección. Era ahora o nunca. «Tú puedes, William Botibol, sé valiente. Allá vamos...»

Se subió a la barandilla haciendo equilibrios y se balanceó durante tres terribles segundos antes de saltar, a la vez que gritaba:

—¡Socorro! —Y siguió gritando al caer—: ¡Socorro! ¡Socorro!

Luego se hundió en el agua.

Al oír el primer grito de socorro, la mujer que estaba apoyada en la barandilla dio un respingo. Miró a su alrededor y vio cómo aquel hombrecillo vestido con pantalones cortos y zapatillas deportivas volaba por los aires, gritando mientras caía. Por un momento no supo qué hacer: ¿pedir un bote salvavidas?, ¿salir corriendo a dar la alarma?, ¿simplemente chillar? Retrocedió un paso de la barandilla, miró hacia el puente de mando y luego se quedó unos instantes quieta, indecisa. Luego, casi de inmediato, se tranquilizó y se inclinó de nuevo sobre la barandilla, mirando hacia abajo, donde las aguas se agitaban por el paso del barco. Pronto surgió una pequeñísima cabeza entre la espuma y un brazo se movió una, dos veces, mientras una voz lejana gritaba algo difícil de entender. La mujer se asomó todavía más, tratando de no perder de vista a aquel minúsculo punto negro, pero pronto, muy pronto, éste fue quedando tan lejos que ya no estaba segura de que siguiera allí.

Al rato, apareció otra mujer en cubierta. Era muy flaca y llevaba unas gafas de montura gruesa. Vio a la primera mujer y se dirigió hacia ella.

—¡Aquí estás! —exclamó.

La anciana de la barandilla se volvió y vio a la otra, pero no repuso nada.

—Te he estado buscando por todas partes —continuó la recién llegada.

—Es muy raro —dijo la primera—. Un hombre acaba de lanzarse al agua completamente vestido.

—¡Pero qué dices!

—Que sí, que sí. Ha dicho que quería hacer algo de ejercicio y ha saltado por la borda sin ni siquiera quitarse la ropa.

—Está bien, pero ahora tienes que venir conmigo. Bajemos —dijo la mujer huesuda. Su rostro se puso serio y el tono de voz se volvió más firme y menos amable que antes—: No salgas sola a cubierta otra vez. Sabes muy bien que tienes que esperarme.

—Sí, Maggie —respondió la mujer regordeta, y volvió a esbozar aquella sonrisa tierna y complaciente. Tomó la mano que le ofrecía la otra y se dejó llevar hacia el interior del barco—. Qué hombre tan simpático —dijo—. Me estaba saludando con la mano.

12

Una casa muy convincente

Henry Slesar

El automóvil que se detuvo frente a la inmobiliaria de Aaron Hacker tenía matrícula de Nueva York. A Aaron no le hacía falta ver la placa metálica para saber que aquel conductor era nuevo en las calles flanqueadas por álamos de Ivy Corners. El coche era un descapotable rojo. No había nada parecido en todo el pueblo.

Un hombre se bajó del coche y se dirigió hacia la puerta de la inmobiliaria.

—Parece que tenemos un cliente —avisó el señor Hacker a la chica que estaba sentada, ociosa, en el escritorio de enfrente—. ¡Vamos, teclea! ¡Que parezca que estamos muy ocupados!

Sin duda se trataba de un cliente. El hombre acababa de cruzar la puerta. Llevaba un periódico doblado en la mano derecha. Era un tipo corpulento y lucía un traje gris claro. Rondaría los cincuenta años, pero conservaba una buena mata de pelo negro y rizado. Aunque tenía la cara roja y parecía sofocado, sus pequeños ojos tenían un brillo gélido.

Saludó a Aaron con un gesto de la cabeza.

—¿Es usted el señor Hacker?

—El mismo. —Aaron sonrió—. ¿En qué puedo ayudarle?

El hombre agitó el periódico.

—Encontré su inmobiliaria en la sección de clasificados.

—Ajá, sí. Ponemos un anuncio cada semana. Hay mucha gente de la ciudad interesada en pueblos como éste, señor...

—Waterbury —completó el hombre. Se sacó un pañuelo blanco del bolsillo y se enjugó el sudor de la frente—. Hace calor, ¿eh?

—Demasiado —respondió Aaron—. Y no estamos acostumbrados, aquí no suele hacer tanto calor. Tenemos el lago al lado, ya sabe. ¿No prefiere sentarse, caballero?

—Gracias. —El hombre se dejó caer en una silla y soltó un suspiro—. He estado dando una vuelta con el coche por los alrededores. Quería ver todo el pueblo antes de venir aquí. Viven ustedes en un entorno privilegiado. Muy bonito.

—Sí, lo es —dijo Aaron—. ¿Un cigarro, señor Waterbury?

—No, muchas gracias. En realidad no dispongo de mucho tiempo, señor Hacker, así que ¿qué le parece si vamos directamente al grano?

—Estupendo, señor Waterbury. Veamos... ¿está usted interesado en alguna casa en particular?

—Así es. Me fijé en una que está casi a la salida del pueblo, frente a un edificio muy viejo que parece abandonado.

—¿Una casa antigua con fachada amarilla y columnas? —preguntó Aaron.

—Sí, exacto, ésa. Me pareció ver que tenía un cartel de SE VENDE, aunque no estoy muy seguro. ¿La tiene en su catálogo?

Aaron rio entre dientes.

—Tener la tengo —dijo, y rebuscó en un archivador hasta dar con lo que quería—. Pero creo que perderá el interés por ella enseguida, señor Waterbury.

—¿Por qué lo dice?

—Léalo usted mismo.

Aaron le tendió una hoja con el siguiente texto escrito a máquina:

AUTÉNTICA RESIDENCIA COLONIAL

Ocho habitaciones, dos baños, cocina, amplios porches, jardín con árboles y vegetación. Cerca de la zona comercial y la escuela. 75.000 $.

—¿Le interesa todavía? —preguntó Aaron con una sonrisa irónica.

El hombre se removió en su asiento, incómodo.

—¿Es que tiene algo de malo?

—Bueno, verá... —Aaron se rascó la sien—. Si realmente le gusta este lugar y planea instalarse aquí, puedo ofrecerle un montón de casas más adecuadas que ésa.

—¡Eh! ¡Un momento, señor Hacker! —exclamó indignado el hombre—. Le he preguntado sobre esa casa colonial en concreto. ¿Quiere venderla o no?

—¿Que si la quiero vender? —Aaron rio con sorna—. Créame, no hay cosa que me gustaría más, pero la suerte no acompaña. Hace ya cinco años que tengo esa propiedad en catálogo y aún no he conseguido deshacerme de ella.

—¿Qué quiere decir?

—Quiero decir que usted tampoco la comprará, señor Waterbury. La mantengo a la venta solo por consideración a la vieja Sadie Grimes, de lo contrario no malgastaría el espacio que ocupa su anuncio. Se lo aseguro.

—No acabo de entenderle.

—Mire, se lo explicaré: la señora Grimes puso la casa en venta hace cinco años, cuando murió su hijo. Me encargó a mí venderla. Créame cuando le digo que yo no quería esa tarea; es más, así se lo dije a la señora Grimes en persona. La casa no vale el dinero que pide por ella. Esa ruina no vale ni diez mil dólares...

El hombre tragó saliva.

—¿Diez? ¿Y ella pide setenta y cinco?

—Como lo oye. Y la casa es realmente vieja. Está destartalada. Algunas de las vigas... no creo que aguanten más de un par de años. Los sótanos están inundados la mayor parte del tiempo. El piso de arriba tiene una inclinación de unas nueve pulgadas hacia la derecha. ¿Los jardines? Pasto de las malas hierbas. Un auténtico desastre.

—Entonces, ¿por qué pide tanto la señora?

Aaron se encogió de hombros.

—Ni idea. Una cuestión sentimental, tal vez. La casa ha pertenecido a su familia desde los tiempos de la Revolución o algo así.

El hombre miró al suelo.

—Vaya, qué pena —murmuró. Luego alzó la vista y esbozó una tímida sonrisa—. La casa me gusta mucho, es... ¿cómo decirlo? Una casa muy conveniente para mí.

—Le entiendo perfectamente, señor. Se trata de un lugar encantador. Por diez mil dólares sería una buena compra, pero setenta y cinco mil... —Aaron se echó a reír—. Aunque creo que entiendo el razonamiento de la vieja Sadie. Verá, es una señora que no tiene mucho dinero. Su hijo la ayudaba, le iba bien en la ciudad. Luego él murió y ella comprendió que lo más sensato era vender la casa. Sin embargo, le costaba mucho desprenderse de una propiedad familiar tan antigua, así que fijó un precio desorbitado para que nadie intentara comprarla. Supongo que así tranquilizaba su conciencia: ponía la casa en venta al mismo tiempo que se aseguraba de no perderla. —El señor Hacker negó con la cabeza—. Qué mundo tan extraño el nuestro, ¿no le parece?

—Sí, desde luego —contestó el señor Waterbury distraídamente. Acto seguido se levantó—. Le diré lo que haré, señor Hacker. Voy a acercarme hasta allí con el coche y a hablar con la señora Grimes en persona. Tal vez consiga que baje el precio.

—Una pérdida de tiempo, señor. Llevo intentándolo cinco años.

—¿Quién sabe? Quizá si lo intenta otra persona...

Aaron Hacker se encogió de hombros otra vez.

—Tiene razón, quién sabe. Vivimos en un mundo extraño, señor Waterbury. No intentaré disuadirle. Si se empeña en hacer la visita, yo no tengo ningún inconveniente.

—Bien, pues ahora mismo voy para allá...

—Estupendo, señor. Voy a llamar por teléfono a Sadie Grimes. Le diré que espera visita.

Waterbury condujo despacio por las calles desiertas. Los árboles que flanqueaban las avenidas proyectaban sus gratas sombras sobre el capó del coche. Llegó a casa de Sadie Grimes sin haberse cruzado con un solo vehículo. Aparcó junto a la estropeada valla que rodeaba la finca.

El césped de la entrada era una maraña de hierbajos y matorrales, y la pintura de las columnas del porche estaba visiblemente desconchada.

En la puerta había una aldaba. Golpeó dos veces.

La mujer que salió a abrir era bajita y rolliza. Tenía el pelo blanco y el rostro surcado por unas finas arrugas. Llevaba un grueso cárdigan de lana a pesar del calor.

—Usted debe ser el señor Waterbury —dijo—. Aaron Hacker me ha avisado de que vendría.

—Sí. —El hombre sonrió—. ¿Cómo está, señora Grimes?

—Todo lo bien que una puede estar. Me imagino que querrá pasar.

—Aquí fuera hace un calor insoportable, señora Grimes. —El hombre rio.

—Mmm... pase entonces. Tengo algo de limonada en la nevera, pero le advierto de que no pienso regatear con usted, señor

Waterbury. No soy de esa clase de personas que dan su brazo a torcer.

—Ya veo —respondió él, y la siguió al interior de la casa.

Dentro hacía fresco y estaba oscuro. Fueron hasta un salón rectangular decorado con mobiliario anticuado. La única nota de color era una raída alfombra situada en el centro de la estancia.

La anciana se dirigió hacia una mecedora y se sentó con actitud resuelta. Permaneció inmóvil, con las manos arrugadas juntas sobre el regazo.

—¿Y bien? —preguntó al rato—. Si tiene algo que decirme, ahora es el momento.

El hombre se aclaró la garganta antes de empezar.

—Señora Grimes, vengo de hablar con su agente inmobiliario...

—Esa parte ya me la sé —interrumpió la mujer—: Aaron es un imbécil. Y encima va y le deja a usted venir hasta aquí con la idea de hacerme cambiar de opinión. Soy demasiado vieja como para cambiar de opinión, señor Waterbury.

—Emm... Bueno, no sé si era ésa mi intención, señora Grimes. Solo quería charlar un poco con usted.

La anciana se echó hacia atrás y la mecedora crujió.

—Claro. Charlar es gratis. Dígame lo que quiera.

—Sí. —El hombre volvió a enjugarse el sudoroso rostro. Se guardó el pañuelo en el bolsillo y prosiguió—: Bueno, señora Grimes, verá usted. Soy un hombre de negocios, y soltero. Vivo solo. He trabajado durante bastantes años y he logrado ahorrar una modesta cantidad de dinero. Ahora quiero retirarme, a ser posible en un lugar tranquilo. Me gusta Ivy Corners. Hace algunos años pasé por aquí de camino a, eh... Albany, y pensé que algún día me gustaría instalarme aquí.

—¿Y?

—Pues que cuando hoy he venido al pueblo y he visto su casa, me ha entusiasmado. Me parece la casa... más conveniente para mí.

—A mí también me gusta, señor Waterbury. Por eso pido un precio justo.

Waterbury pestañeó, perplejo.

—¿Un precio justo? Tendrá usted que admitir, señora Grimes, que hoy en día una casa como ésta no debe de costar más de...

—¡Basta! —gritó la mujer—. Ya se lo he dicho, no pienso sentarme aquí a negociar con usted. Si no está dispuesto a pagar el precio que he puesto, olvídese.

—Pero, señora Grimes...

—Que tenga usted un buen día, señor Waterbury.

La anciana se levantó, señal inequívoca de que daba la conversación por zanjada y esperaba que el hombre se fuera.

Pero él no se fue.

—¡Espere un momento, señora Grimes! —exclamó—. Mire..., sé que es una completa locura, pero acepto. Le daré lo que pide.

Ella lo miró durante unos instantes sin decir palabra.

—¿Está seguro, señor Waterbury?

—¡Lo estoy! Tengo el dinero suficiente. Si ésta es la única manera de quedarme con la casa, que así sea. Setenta y cinco mil.

La mujer sonrió.

—Creo que la limonada ya estará bastante fría. Le traeré un vaso y luego le contaré algo acerca de esta casa.

El hombre estaba secándose el sudor de la frente cuando la señora Grimes regresó con una bandeja. Waterbury agradeció poder tomar algo refrescante. Se bebió la limonada con avidez, a grandes tragos.

—Esta casa —empezó la anciana recostándose en la mecedora— ha pertenecido a mi familia desde 1802. La construyeron quince años antes. Todos los miembros de la familia, excepto mi hijo Michael, nacimos en uno de los dormitorios superiores. Sé que a estas alturas no es la casa más sólida de Ivy Corners. Además, después de que Michael naciera sufrimos una inundación en el sótano y desde entonces no ha vuelto a estar seco del todo. Pero amo este lugar, señor Waterbury, por muy viejo que sea.

—La entiendo perfectamente —dijo él.

—El padre de Michael murió cuando mi hijo tenía nueve años. Fue una época dura. Me puse a trabajar de costurera y tenía algo de dinero que mi padre me había dejado en herencia. Aún vivo de ese dinero. Sin lujos, pero voy tirando. Michael echaba de menos a su padre, quizás incluso más que yo. Creció y se convirtió en un chico un tanto asilvestrado... Un poco salvaje, diría yo.

El hombre asintió con la cabeza, en señal de comprensión.

—Cuando terminó el instituto, Michael se fue de Ivy Corners y se mudó a la ciudad. Yo no quería que se fuera, no me malinterprete. Naturalmente, era como todos los chicos de su edad, tenía ambiciones. Tal vez unas ambiciones un poco desmedidas. No sé a qué se dedicaba en la ciudad, pero debía irle bien. Me enviaba dinero regularmente. Ahora bien, no lo vi ni una sola vez en casi nueve años...

—Ah —musitó el hombre en tono triste.

—Sí, no fue nada fácil para mí. Pero fue todavía peor cuando Michael volvió a casa. Estaba metido en líos.

—¿Ah, sí?

—Yo no sabía nada, pero estaba claro que se trataba de algo serio. Apareció aquí una noche, mucho más delgado y viejo de lo que yo creía posible. No traía equipaje, solo un pequeño maletín negro. Cuando traté de cogérselo de las manos, casi... casi me golpeó. ¡A mí, a su propia madre!

»Lo llevé hasta la cama y lo arropé, como cuando era un chiquillo. Lo oí llorar desesperado y maldecir durante toda la noche.

»Al día siguiente me pidió que saliera de casa durante un rato, al menos un par de horas. No quiso darme ninguna explicación. No obstante, cuando regresé a media tarde, noté que el pequeño maletín negro había desaparecido.

Los ojos del hombre se abrieron de par en par. Aún sostenía el vaso de limonada en la mano.

—¿Y eso qué significaba?

—No lo supe en el momento, pero, desgraciadamente, no tardé en averiguarlo. Esa misma noche, un hombre se coló en nuestra casa. No sé ni cómo consiguió entrar. Me enteré porque escuché voces en la habitación de Michael. Me acerqué y pegué la oreja a la puerta: quería saber en qué tipo de problemas estaba metido mi hijo. Lo único que oí fueron gritos y amenazas, y luego, luego... —Hizo una pausa, un escalofrío le recorrió el cuerpo—. Oí un disparo —continuó—: un disparo de pistola. Cuando entré en la habitación, la ventana estaba abierta y el desconocido se había esfumado. Y Michael, mi pobrecito Michael, yacía en el suelo. ¡Estaba muerto!

La silla crujió.

—Eso fue hace cinco años —dijo la anciana—. Cinco largos años. Tardé un tiempo en descubrir lo que realmente había ocurrido. La policía me lo contó. Michael y aquel otro tipo habían cometido un delito. Un delito grave. Habían robado miles y miles de dólares.

»Después, Michael cogió todo el dinero y huyó. Lo quería todo para él solo. Lo escondió en algún lugar de esta casa... hasta hoy. Nadie ha sido capaz de encontrarlo. El otro hombre, su compañero, vino tras la pista de Michael. Quería cobrar la parte que le correspondía. Cuando se encontró con que el dinero había desaparecido, mató a mi hijo. —La mujer levantó la vista y miró al hombre a la cara—. Fue entonces cuando puse la casa en venta. Setenta y cinco mil. Sabía que, algún día, el asesino de mi hijo reaparecería en busca del dinero. Algún día, se presentaría un hombre dispuesto a quedarse con esta casa a cualquier precio. Solo tenía que esperar y vendría a mí. Un tipo capaz de pagar una cantidad descabellada por la ruinosa casa de una viejecita.

La señora Grimes se balanceaba ligeramente en la mecedora, complaciente.

Waterbury dejó el vaso vacío sobre la bandeja y se pasó la lengua por los labios. Le costaba mantener los ojos abiertos y comenzaba a marearse. Sentía la cabeza embotada.

—¡Uf! —dijo—. La limonada estaba muy amarga.

13

La niña que creyó

GRACE AMUNDSON

Era un mago de categoría superior, aunque sus tarifas no fuesen demasiado altas. Había tratado de dejar esa idea clara desde el principio, pero aquellos señores parecían creer que, precisamente porque les había salido bastante barato, tenían derecho a darle unas cuantas lecciones. Les había explicado que sus tarifas siempre eran algo más bajas fuera de temporada y, además, les hizo saber que no tenía ni un hueco libre desde septiembre hasta finales de primavera. En otras palabras, si la fecha hubiera caído en temporada alta, no hubieran tenido más remedio que contratar a algún prestidigitador de tercera.

No le importaba actuar en galas benéficas un par de veces al año, en pleno verano. De hecho, le gustaba mostrarse ante ese público formado por empresarios arribistas y sus familias, trepas vestidos de domingo que se paseaban por los suntuosos jardines de mansiones o colegios privados. Esta vez, nada más llegar, uno de los organizadores le salió al encuentro en la puerta de entrada y, sin miramientos, lo empujó hacia la carpa que hacía las veces de comedor. Se sintió como un caballo viejo al que van a sacar a la pista en el último momento. Le molestó que lo confundieran con un artistucho chabacano, capaz de subirse al escenario de cualquier manera.

El hombre que lo había recibido, un tipo alegre y bronceado, vestido con un traje de seda beis, le ofreció un cigarrillo de una pitillera de piel de cocodrilo.

—Me llamo Camden —le dijo—. Hemos pensado que es mejor que los niños no le vean hasta que esté todo listo.

Armitage apoyó su maltrecho maletín negro sobre un banco y se quitó unos viejos guantes amarillos que le quedaban pequeños.

—Estoy seguro de que a los niños les encantará el espectáculo. Ellos aceptan lo maravilloso con gran facilidad, ya lo verá —afirmó, mientras miraba con desaprobación el interior de la carpa. Finalmente, sus ojos se posaron en Camden.

—Supongo que ya sabe de qué va todo esto —dijo el hombre.

Éste hablaba con un aplomo casi ofensivo, pero en su rostro ceroso se adivinaba cierta impaciencia. Hacía algo con la nariz, una especie de tic. Armitage no le prestó demasiada atención, le aburría.

Tiró los guantes sobre la tapa del maletín. Su chaqué olía un poco a naftalina, había estado demasiado tiempo guardado. En una de las solapas se habían quedado pegadas unas cuantas pelusas que parecían musgo.

—Rara vez me intereso por el propósito de galas como ésta —respondió el mago con hastío.

—Vamos a recaudar fondos para la Ascension Academy. Es la fiesta anual de verano —explicó Camden—. Nosotros, los padres, nos encargamos de todo: las atracciones, los espectáculos, la organización... Todo. Este año, Ellerman es el maestro de ceremonias. Su hija pequeña va a Ascension. Debe de estar al caer, él le dará instrucciones. Pero primero le servirán la cena aquí.

El aire cálido estaba impregnado de un olor a grasa y pollo asado. Armitage, que era muy quisquilloso, olfateó el ambiente. Era un hombre menudo, pero parecía crecer unos cuantos centímetros cada vez que se ponía exigente.

—Tengo la costumbre de no comer antes de actuar. Pero también es cierto que, si se hace tarde y yo no he probado bocado, corro el riesgo de marearme. Comeré solo un poco. Algo ligero, si es usted tan amable.

—¿Está seguro de que no quiere asearse un poco primero?

Armitage miró a Camden como si no lo entendiera. Sus ojos verdosos parecían pequeñas uvas peladas.

—¿Cómo dice?

Camden supo que había metido la pata. Jugueteó con los gemelos de su camisa. Ya estaba anocheciendo y fuera comenzaban a encenderse los faroles, los cuales formaban unas coloridas guirnaldas que se mecían con la brisa.

—Voy a ver si encuentro a Ellerman —dijo Camden. Justo antes de salir de la carpa, titubeó—: Tal vez le interese saber cuál será su público. Todo niños y niñas. Y un poco difíciles. El año pasado... Mierda, qué más da. No le voy a aburrir con eso. El tema es que ya no es tan fácil divertir a los críos, igual les damos demasiadas cosas. Vaya usted a saber. En mi época no era así...

A Armitage se le escapó una sonrisilla condescendiente.

—Si yo fuera usted no me preocuparía por eso.

Camden se marchó a toda prisa. Armitage se sentó, abrió su maletín y reorganizó algunos objetos con cuidado. Después se llevó una mano a los párpados, los presionó ligeramente con los dedos y suspiró. Movió la nariz como si le picara pero no quisiera rascarse. Volvió a suspirar. Con un rápido movimiento de dedos sacó un cigarrillo y lo colocó en una magnífica boquilla con filigranas de oro. Se la había regalado el mismísimo Pignon cuando por fin logró dominar el truco de escapar de un sarcófago de cemento.

Fuera, Ellerman daba vueltas por el recinto tratando de motivar a la concurrencia. Los arengaba con un tono más propio de una subasta que de una fiesta estival. Armitage sonrió. Aquel ambiente era un muermo, no había ni un solo personaje inspirador, ningún corazón apasionado. Tamborileó rítmicamente con los dedos sobre la mesa. En su día había sido capaz de liberarse de seis candados, pero jamás había logrado sacar un trago de whisky de un sombrero. Ni siquiera cuando más lo necesitaba. Una vez conoció a un prestidigitador noruego, por lo demás bastante mediocre, que, si la ocasión lo exigía, podía exprimir una especie de licor verde de una esponja seca. Pero sabía a rayos. La voz de Ellerman sonaba ahora más cerca.

—¡Por aquí, chicos! ¡Eso es! ¡Qué bien nos lo vamos a pasar!

Aquello resultaba un tanto patético, pensó Armitage. En realidad, todo lo era. La tragedia no era que la gente muriese, sino que viviera mezquinamente. Apenas quedaban espíritus generosos. No era de extrañar que su profesión estuviera de capa caída.

De repente, del exterior de la tienda llegaron unos gritos agudos. Un berrinche. Armitage, que tenía los nervios delicados, se sintió mal al instante. Hubiera preferido recibir unos latigazos. Se apretó los ojos con los pulgares y soltó una maldición en voz baja.

—¡No! ¡Así no! —chillaba una voz de niña—. ¡Vístete bien para que no se rían! ¡No puedes salir así! ¿Es que no lo ves?

Se abrió la tela que servía de puerta a la carpa y entró una chiquilla tiesa y zanquilarga, empujada por un hombre fornido que llevaba un bombín de papel, una nariz falsa, una chaquetilla ajustada y pantalones cortos.

—Pero, bueno, ¿qué te ha dado tan de repente, hija? —preguntó el hombre.

Tiró de la nariz postiza, que llevaba sujeta por una goma, y se la puso en mitad de la frente. Este movimiento hizo que quedaran unos ridículos surcos en el maquillaje de su cara. La niña se quedó mirando aquel nuevo desaguisado, rabiosa.

—Ya vale, se acabaron las tonterías —dijo el hombre con tono severo—. Esta mañana estabas encantada de que fuera a hacer este papel.

—¡Se están riendo de ti! ¡Todos los niños se están riendo de ti!

—Pues perfecto, que se rían. Así es como tiene que ser. Soy gracioso, ¿ves? —Adoptó una postura desgarbada e hizo una mueca.

La niña se abalanzó sobre él de cabeza, como una cabra enfurecida. Le aporreó el pecho con los puños y un botón de la chaquetilla salió volando.

—¡No pueden reírse de ti! ¡Eres mi padre! ¡Cámbiate ahora mismo!

Él se la quitó de encima miembro a miembro. La pequeña era como una especie de liquen tenaz.

—Óyeme bien. Te quedarás aquí hasta que llegue la hora del espectáculo de magia. Si durante este rato sigues haciendo tonterías, te mandaré a casa sin ver al mago. ¿Entendido?

El hombre miró el reloj, volvió a colocarse la nariz postiza en su sitio y se giró para salir de la tienda. En ese momento vio a Armitage.

—¡Está aquí! —exclamó—. Camden se lo ha explicado todo, ¿verdad? Él vendrá a avisarle cuando sea la hora de salir. Menudo gentío hay ahí fuera. Discúlpeme. —Se marchó con paso rápido y, una vez en el exterior, reanudó sus arengas.

La niña, una rubita delgaducha con el cabello trenzado, vestida de blanco con unos lazos azules, se giró en redondo y miró a Armitage con los ojos muy abiertos. Su cuello recordaba al de una cría de avestruz. Fruncía los labios de un modo que le daba un aspecto pensativo, pero también resuelto. Se arrancó con los dientes un pedacito de cutícula de un dedo, lo escupió a un lado con aire meditabundo y se dirigió al banco donde estaba sentado Armitage. Durante el recorrido pasó la mano sobre el maletín del mago. Se dejó caer sobre el banco, bastante apartada de Armitage, y lo miró fijamente, tratando de descubrir si alguno de sus gestos lo había hecho enfadar. El mago le devolvió la mirada sin inmutarse y formó con el humo de su cigarrillo dos enormes anillos que sobrevolaron la cabeza de la niña. Pareció entonces que ella tenía una aureola vaporosa. Por el momento no había nada más que añadir, así que la pequeña se concentró en examinar una heridita que se había hecho poco antes en la rodilla.

Una mujer de hombros caídos y melena enmarañada trajo un plato con medio pollo asado y algunas patatas fritas. Dejó el plato sobre la mesa, delante de Armitage, y luego reparó en la niña. Se dirigió a ella con amabilidad un poco impostada.

—Bueno, bueno... —dijo—. ¿Qué haces tú por aquí?

—Me estoy quitando esta costra de la herida.

La mujer tomó aire, pero antes de decir nada miró a Armitage en busca de complicidad. Él permaneció ajeno a la situación y continuó diseccionando el pollo con una precisión casi quirúrgica.

—Querida señora —dijo al fin—, ¿podría traerme una rodaja de limón para aderezar este pollo?

—No lo servimos con limón.

—No estoy tratando de discutir sus escasos conocimientos culinarios, señora. Lo que intento decir es que, si no me dan una rodaja de limón para rebajar todo este aceite barato, no habrá actuación.

La mujer suspiró, exasperada, y se dio la vuelta, rumbo a la cocina.

—Yo también quiero pollo —exclamó la chiquilla.

—Se supone que solo sirvo a los artistas —replicó la mujer mientras se subía una media por debajo del delantal.

—Esta señorita es mi asistenta —dijo Armitage, altanero.

La mujer soltó un gruñido y se fue a paso lento, conteniéndose y dejando sus huellas bien marcadas en el serrín del suelo. Se hizo el silencio entre los dos ocupantes del banco, hasta que la niña dijo:

—A mi padre también le tienen miedo.

Armitage masticaba y parecía abstraído.

—La clave es el respeto —dijo al rato—. Es de las pocas cosas que no se pueden comprar con dinero.

—Mi padre tiene muy poco dinero —aseguró nerviosamente la pequeña.

Se hizo otro silencio. Esta vez fue Armitage quien lo rompió:

—¿Te importaría decirme tu nombre?

—Constance. Constance Ellerman.

—Constance. Vaya, vaya... Tu nombre remite a una muy buena cualidad.

La camarera regresó con el limón y otro plato de pollo. Seguía enfurruñada. Constance, por su parte, miró aquella carne de ave que había en el plato y se apartó con asco. Aquel cadáver partido por la mitad la repelía profundamente.

—No lo quiero —se apresuró a decir, con la mirada llena de espanto.

La mujer se inclinó hacia ella, posó la mano sobre un hombro de la pequeña y le dio unos golpecitos cariñosos, aunque tras ese gesto se escondía cierto ánimo venenoso.

—¿Por qué no lo quieres? Es un pollo buenísimo.

Armitage no tardó en intervenir:

—Pero, bueno, señora, ¿qué especie de caníbales cree usted que somos? No podemos comernos a nuestros hermanos los animales. Al menos no así. —Cogió los cubiertos y, con gran destreza, cortó el pollo en pedazos mucho menos reconocibles. A continuación, puso la carne entre dos rebanadas de pan—: Aquí tienes, Constance. Un manjar. Es un bocadillo mágico: cada tres mordiscos, habrá una sorpresa.

La camarera trajo unos cafés y dos trozos de tarta y se marchó con intención de no volver más, derrotada. A medio camino miró hacia atrás con desprecio.

Armitage apartó a un lado el cuchillo y el tenedor, apoyó las manos sobre la mesa y se quedó mirándolas con actitud contemplativa. La carpa estaba iluminada por una luz tenue: los farolillos titilaban. Constance dio dos mordiscos a su bocadillo y ladeó la cabeza, estudiando a Armitage. Un gato atigrado se coló por la puerta y fue a enroscarse entre los pies de la niña. Ella le dio un cachito de pan. Cuando Constance mordió el bocadillo por tercera vez, tuvo que sacarse un huesecillo de la boca. Lo depositó con cuidado sobre la mesa y le dio un codazo a Armitage, que salió de su ensimismamiento.

—¿Qué es esto? —dijo ella.

—¡Ajá! La sorpresa del tercer mordisco. —Metió entonces un dedo en un vaso de agua y echó una gota sobre el huesecillo, que se convirtió en una minúscula figura de papel en forma de hoja de palma.

—Eso es fácil si eres mago —dijo Constance.

—Ya estamos. —Armitage suspiró—. Siempre se nos infravalora. Traficamos con lo sobrenatural, superamos con creces a los hechiceros, desafiamos a los alquimistas... ¿y qué recibimos a cambio? ¡Escepticismo! Te aseguro, Constance, que nosotros, los magos, somos lo que queda de una humanidad perdida. Somos recipientes de no se sabe muy bien qué y se nos maltrata y calumnia. Nos movemos entre dos mundos, el consciente y el inconsciente, y realizamos proezas semidivinas. Nadie puede explicárselas. A nosotros también nos asustan. Nuestros sentidos siempre están alerta, tenemos los dones de la clarividencia y la comunicación... ¡Pero qué escasos resultan a veces! Una corazonada, una conjetura inspirada, una insinuación fugaz... Compadece al mago, Constance.

La niña quedó maravillada ante ese discurso tan afectado y, mientras se rascaba un oído con el dedo, exclamó:

—¡Enséñame! ¡Enséñame de qué estás hablando!

—¿Y poner en riesgo mi propia alma? Me niego. Los trucos más especiales solo pueden hacerse un determinado número de veces.

—¡Que me enseñes!

—Veamos... Si ahora hago mi mejor truco exclusivamente para ti, después solo podré usarlo en una actuación más. No puedo arriesgarme, Constance.

—¿Por qué no?

—Para empezar, conlleva mucho esfuerzo. El mago queda exhausto. Además, imagínate que el día de mañana necesito echar mano de ese truco ante una audiencia especialmente difícil. Habría gastado una de las oportunidades solo contigo.

En el exterior de la carpa, Ellerman voceaba y dirigía a la concurrencia hacia uno de los extremos del jardín. Al oír los gritos de su padre, Constance se giró en redondo y sus pálidas trenzas le golpearon en la cara. Se puso roja de vergüenza. Volvió a mirar a Armitage.

—Seguro que es un truco de pacotilla —soltó—. Seguro que me hubiera reído de ti.

Armitage hizo una mueca de disgusto, parpadeó y se apretó el entrecejo con el dedo índice y el pulgar. Todavía se oían de fondo las payasadas de Ellerman. Una nube de mosquitos se arremolinaba en torno a la débil bombilla que colgaba del techo de la carpa. Cuando Armitage levantó la vista, su rostro tenía una expresión de arrojo.

—Constance —dijo en tono complaciente—, no puedes humillarme así. Te concederé una actuación exclusiva.

—La verdad es que me da igual —replicó ella con aire despreocupado y se dedicó a acariciar al gato, siguiendo las rayas negras y parduzcas de su pelaje con la mano.

—Pero a mí no. ¿Cómo me sentiría yo dentro de diez años, cuando Constance Ellerman sea una persona muy importante, si ahora me mostrara poco generoso con ella?

—De mayor no me preocuparé por tonterías.

Armitage se inclinó hacia atrás en el banco, apenas rozaba la mesa plegable con los dedos.

—Observa con atención, Constance —dijo con voz solemne—. Yo, Armitage, príncipe de la magia, sucesor del gran Pignon, puedo reproducir la historia en miniatura, condensada y animada. Presta atención. Voy a recrear para ti las hazañas de Gengis Kan; de ello hace ya ocho siglos.

Armitage respiró hondo y contuvo el aliento. Su pecho menudo no se expandió gran cosa, pero sus mejillas se hundieron de un modo alarmante. Sus ojos parecían aún más saltones y su piel se puso blanca como la cera. La atmósfera que los rodeaba se contrajo hasta que Armitage, Constance y la carpa adquirieron una densidad diferente, esférica. Era como si giraran libremente por el espacio inconmensurable, a años luz de la ridícula fiesta que tenía lugar en el exterior. Constance bostezó con fuerza porque se le taponaban los oídos. Poco después, Armitage empezó a soplar burbujas. Al principio eran pequeñas y fosforescentes, pero fueron aumentando de tamaño de forma gradual hasta que, al final, Armitage produjo grandes globos luminosos de color pastel. Dentro de cada uno de ellos se veían, con total precisión, pequeñas figuras y personitas de carne y hueso que se entregaban a gestas violentas, totalmente ajenas al exterior. Primero apareció Gengis Kan —para Constance un desconocido— cabalgando por la Gran Muralla con sus guerreros. También había palanquines con princesas, multitud de minuciosas batallas y rostros extraños, extranjeros. Constance no hizo intento alguno de asir las burbujas que pasaban por encima de su cabeza, sino que se quedó contemplándolas con muda admiración hasta que estallaban y desaparecían. Estaba evaluando el virtuosismo de Armitage, que estaba demostrando ser un mago sin parangón. No hubo gritos de asombro ni exclamaciones, solo un leve asentimiento con la cabeza, más propio de los adultos.

Poco a poco, a medida que iban disminuyendo sus esfuerzos, el rostro de Armitage se fue relajando. Sus respiraciones se hicieron más largas y los globos color pastel se oscurecieron y empequeñecieron. La asombrosa vida que bullía en su interior fue apagándose y las figuras menguaron hasta ser del tamaño de granos de azúcar. Al final, no quedó nada más que una ligera espuma flotando en el aire. La algarabía del exterior volvió a invadir la carpa. Armitage, sentado, parecía un instrumento desafinado. Le caían gotas de sudor por la nariz.

—Me ha gustado mucho —admitió Constance, y se acercó al mago para observar su expresión debilitada—. ¿Te encuentras bien?

Armitage despertó de su ensimismamiento y pareció querer sacudirse el cansancio de encima.

—¡Perfectamente! ¡Perfectamente! Pero si uno se excede con estas cosas podría...

—¿Morir?

—Ésa es una palabra un poco cruel, ¿no te parece?

—Ojalá yo pudiera hacer un truco así. ¿Crees que podría aprender?

Armitage se estiró los puños de la camisa y, con delicadeza, colocó un nuevo cigarrillo en su boquilla.

—Este talento no se puede controlar ni adquirir, Constance. Es un don que se entrega, un legado. Únicamente yo podría transmitírtelo.

—¿Cómo?

—Bueno, tendría que suceder en un momento terrible... cuando yo estuviera a punto de abandonar este plano terrestre...

—Quieres decir morir, ¿no? —preguntó Constance, que acto seguido se tapó la boca con las manos, consciente de lo que acababa de decir.

Armitage sonrió.

—Si insistes en llamarlo así... Por ejemplo, si en ese trágico momento estuvieras tocando mi mano, el flujo magnético del genio, que es algo imperecedero, pasaría a ti, sin duda.

Constance suspiró profundamente. En ese mismo instante, la cabeza de Camden se asomó por la entrada de la tienda.

—Armitage, si está listo para enfrentarse a esta pequeña pandilla de salvajes, sígame.

El mago se levantó, apagó su cigarrillo y cogió su maletín negro.

Constance también se puso en pie.

—Señor Armitage —susurró en tono funesto—, casi se me olvida. No puedes repetir el truco esta noche, ¿verdad? Solo te queda una representación. Tenlo en cuenta...

—No pasa nada, Constance. Me las arreglaré.

—Pero puede que lo necesites —dijo frunciendo el ceño con preocupación—. Siento haberte hecho gastar una conmigo. Tal vez no cuente...

Armitage la miró, complacido. Adoptó una pose elegante.

—Gracias, Constance, aprecio mucho tu preocupación.

Se encaminó hacia el escenario tranquilo, con cierto aire de indiferencia, un poco inclinado hacia un lado por el peso del maletín.

Constance se apresuró a salir detrás de él, pero Camden la detuvo con el brazo.

—Dice tu padre que verás el espectáculo con el resto de los niños, entre el público.

Intentó zafarse de él.

—¡Déjame ir! —Luego llamó al mago con voz angustiosa—: ¡Armitage, siento mucho haberte hecho gastar una actuación conmigo! ¡Seguro que no cuenta!

Loca de impaciencia, mordió la mano de Camden.

—¡Maldita niñata, te voy a...!

Camden la inmovilizó sujetándole las manos por detrás y la condujo sin muchos miramientos hacia el lugar donde se sentaba el público. Allí la soltó como si fuera una mosca. De mala gana, la niña se sentó en una silla del fondo y se quedó pensativa, apoyada sobre un solo pie, esperando a que comenzara el espectáculo. Su primo, que vivía en un barrio más allá del río, le arrojó una serpentina contra la pierna y ella, inconscientemente, bajó el pie que tenía en el aire y la aplastó con fuerza.

En aquel momento se encendió el foco principal y se abrieron las cortinas granates que ocultaban el escenario. Allí estaba Armitage, tras su mesita portátil. No miró a la audiencia de inmediato; concentrado, continuó manipulando sus objetos con gesto distraído, como si el público fuera algo secundario. Constance aplaudió. El resto de los niños permanecieron impasibles. Armitage no dio muestras de sentir temor alguno, en todo caso algo de desprecio. En un abrir y cerrar de ojos, con un fluido movimiento de manos, se sacó cuatro bellísimos geranios del bolsillo izquierdo de la chaqueta y alineó las macetas encima de la mesa.

—¡Eso no es nada! —se mofó un niño que estaba delante de Constance.

—¡Sí que lo es! —dijo ella, y le dio una patada.

Armitage cogió un robusto trozo de madera y lo hizo girar rápidamente entre dos dedos. Los contornos del objeto se tornaron borrosos hasta que, al final, una gran pelota de goma salió disparada hacia la audiencia. Con una sonrisa un tanto crispada, Armitage hizo una pausa tras su lanzamiento, para los aplausos. Titubeó ligeramente ante la falta de respuesta, pero se repuso enseguida y de su manga sacó, en rápida sucesión, siete cigarrillos encendidos.

—Farsante —comentó el primo de Constance con sequedad.

El tiempo transcurría lento e inexorable. Armitage puso a prueba su destreza y ofreció sus trucos más refinados a aquella juventud escéptica. Pero todo era en vano. Sonrojado, sudoroso, pero sin perder la actitud de orgullo, el mago rebuscó en los rincones más oscuros de su repertorio. Todo era demasiado fino, de una belleza sutil, pero no lo bastante espectacular. Los obsequió con pequeños milagros, creó ilusiones perfectas solo para ellos, que seguían impertérritos. Al parecer, únicamente un buen golpe de efecto podría sacarlos de aquella indiferencia burlona. Mientras tanto, Constance no paraba de mover los pies contra la silla, como si bailara claqué.

En un intento desesperado, Armitage sacó un puñado de viejas monedas y las lanzó al aire. Éstas se desvanecieron en pleno vuelo y reaparecieron en los bolsillos de algunos chavales de la audiencia.

—¡Puaj, menudo timo! —soltó un chico de la primera fila.

—¡No! —gritó Constance—. ¡Muéstrales lo que sabes hacer, Armitage! ¡Dales un poco de historia! ¡Eso les cerrará la boca!

Armitage pareció dudar, pero ya había tomado una decisión. Sentía lástima por aquel público tan ignorante. Él les haría comprender. Se irguió todo lo que pudo. Constance aplaudió como una loca.

—Voy a recrear para vosotros un espectáculo que no os merecéis —anunció—. Recurriré a los archivos de la memoria y el tiempo y, mediante precisas y animadas miniaturas, os mostraré la batalla de Bunker Hill.

Se hizo un silencio absoluto. Armitage se inclinó un poco hacia atrás. La atmósfera se enrareció solo por su aliento contenido y extrema palidez. El mago empezó a soplar. Al principio se trataba tan solo de respiraciones cortas y sonoras, pero gradualmente se fueron alargando y adquirieron su propio ritmo sostenido. Enseguida aparecieron las primeras muestras de tal esfuerzo: burbujas traslúcidas de un diámetro considerable, que se perdían en las alturas y estallaban al llegar al final del recinto. Poco a poco, surgió la actividad en su interior. Se perfilaron unas pequeñas figuras; regimientos enteros avanzaban con sus lustrosos uniformes. Los chavales habían despertado de su letargo y se peleaban a codazos y empellones. Todos querían ver mejor.

Constance estaba más pendiente del efecto que del espectáculo en sí. Solo cuando la burbuja más grande —que contenía a los ingleses subiendo por la colina— pasó sobre su cabeza miró a Armitage triunfalmente y vio que el mago se tambaleaba y se agarraba sin fuerzas al telón de fondo. Presurosa, empujando y pisoteando al resto de sus compañeros, se abrió camino hasta el escenario.

—¡Déjalo ya, Armitage! ¡Ya es suficiente! —chilló.

Entre bastidores, Camden, haciendo caso a su intuición por primera vez en años, corrió el telón. No obstante, Constance ya había logrado colarse al otro lado, donde sobrevolaba la muerte.

Cuando llegó junto a Armitage, éste estaba doblado sobre sí mismo, con la cabeza encima de las rodillas. La niña le dio la mano. El mago sintió la calidez y la apretó con afecto, tembloroso. Ella examinó su rostro contraído y no sintió miedo. Armitage sonrió a pesar del dolor.

—Muy bien, Constance —jadeó—. Estás aquí. Ahora todo... es tuyo... Ay, antiguos maestros —su voz era muy débil, como una hoja seca a merced del viento—, recibid con honores a Constance..., la primera mujer en el real linaje de... de los custodios...

Ellerman y Camden llegaron a la vez, uno con una botella de refresco de limón y el otro con un kit de primeros auxilios. Armitage les hizo un ademán desdeñoso con el brazo y luego se desplomó. Pasaron veinte minutos hasta que Ellerman, que aún seguía tratando de resucitar al mago con los precarios medios de los que disponía, se dio cuenta de que su hija estaba allí, prácticamente oculta bajo el cuerpo de Armitage y todavía aferrada a su mano.

Trató de distraerla con palabrería vacía mientras la levantaba del suelo.

—Bueno, bueno, jovencita, te mandaremos a casa con Martin. Y cuando el señor Armitage se ponga mejor, recordaremos esto y nos reiremos todos juntos, ¿verdad?

La niña se limpió la cara con la manga del vestido. Escuchaba a su padre con una actitud entre hastiada y condescendiente.

—Al menos lo recibí todo antes de que muriera —dijo.

Ellerman lanzó una angustiosa mirada a Camden y le puso la mano en la frente a su hija.

Más tarde, Camden llevó a Ellerman a casa. La mujer de Camden también estaba allí. El día anterior los dos matrimonios habían planeado pasar un rato juntos, jugar una partida de cartas y tomar unas copas para relajarse después de todo aquel trajín. Las dos mujeres les esperaban en el salón.

—¿Dónde está mi maestro de ceremonias favorito? —exclamó la mujer de Ellerman cuando lo vio entrar—. ¿Cómo ha ido?

—Nunca más —dijo él.

—No olvides —repuso su mujer, retomando una vieja rencilla—, que es muy importante que nuestra hija vaya a un colegio como Dios manda. Cueste lo que cueste.

—El mago casposo ese que habíamos contratado se nos ha muerto allí mismo —dijo Ellerman mientras se limpiaba el maquillaje de la cara con una toallita de papel.

La mujer de Ellerman y la de Camden se miraron como si por fin hubieran resuelto un misterio.

Camden se dirigió al mueble-bar y se puso a echar rodajitas de piña en unos anticuados vasos de cristal.

—Mal asunto —comentó—. No llevaba ningún documento que indicara su dirección. Ni un maldito céntimo en los bolsillos. Ningún contacto. Nada.

—¿Y qué demonios habéis hecho con él? —preguntó su mujer.

—Pues mandarlo a la morgue. ¿O es que preferías que lo hubiéramos traído aquí?

—Total, por un cuerpo decrépito más... —refunfuñó la mujer.

—Martin trajo a Constance a casa, ¿verdad? ¿Llegó bien? —preguntó de repente Ellerman.

—Lo que quedaba de ella.

—Estaba muy alterada, ¿verdad? La pobrecilla... La cama era el mejor sitio para ella.

—Seguro, pero no ha querido acostarse ni por el forro —le comunicó su mujer, lacónica.

Ellerman levantó la vista. Todavía le quedaban algunos restos de pintura alrededor de los ojos que le daban un aspecto salvaje.

—¿Cómo? ¿Y dónde diablos está?

—En el jardín. Y sí, cariño, la verja está cerrada. Se fue allí corriendo en cuanto Martin la trajo a casa y dice que no piensa entrar. He intentado convencerla e incluso arrastrarla adentro, pero ya sabes, aunque no te lo tomes muy en serio, que sufro de cansancio crónico...

—Ha sido una experiencia dura para ella —reflexionó Ellerman—. ¿Está llorando?

—¿Llorando? Cariño, tu hija está rabiosa contra toda la sociedad. Hasta rechina los dientes. No quiere vernos a ninguno de nosotros. Ya sabes, somos unos estúpidos y la gente se ríe de nosotros. Dice que no tendremos que mantenerla más. Que se ganará la vida, ojo con esto, con un increíble truco de magia que ha heredado de un tal Armitage. ¿Sabías que ahora nuestra hija puede recrear la historia dentro de burbujas de colores? ¿Crees que deberíamos animarla con eso?

Ellerman se dirigió a Camden:

—¿Ves? Lo que te decía. No tiene remedio. Te pasas media vida rompiéndote la espalda para que tus hijos tengan todo lo que tú no tuviste, e incluso te pones en ridículo para demostrarles que puedes ser divertido, ¿y qué es lo que pasa entonces? Aparece un farsante desaliñado con una bolsa llena de truquitos, hace cuatro juegos de manos a la hora de la merienda y los hijos se vuelven contra ti.

Camden hurgó en su bolsillo en busca de un mechero y encontró un papel del que ya se había olvidado. Lo sacó, sorprendido, y lo extendió sobre el mueble.

—Ven a mirar esto, Ellerman. A ver si tú entiendes algo. Yo no saco nada en claro —reconoció.

Ellerman se acercó.

—Parece un árbol genealógico, ¿no?

—Pero sin madres. Solo padres —observó Camden—. Y además no tienen la misma nacionalidad ni apellidos.

—Vaya, una gran familia internacional —se burló Ellerman—. A mí me parece una larga lista de artistas estafadores. ¿De dónde lo has sacado?

—Del maletín de Armitage. Pensé que podría darnos alguna pista sobre sus parientes o relaciones.

—Seguro que lo de la identidad anónima le funcionaba —dijo Ellerman—. ¿Qué es lo que pone ahí arriba, en la esquina?

Camden se inclinó para leer una inscripción casi imperceptible.

—«Receptores del don», eso es lo que pone. Por el amor de Dios, ¿receptores de qué? Mira los nombres: Hippolytus, Gerbert, Androletti, Baptista Porta, Kircher, Comus, Philipstal, Maskelyne, De Kolta, Pignon, Armitage... y después de Armitage hay un signo de interrogación.

—Pues eso es lo único que entiendo.

Camden se echó hacia atrás y se apoyó sobre un brazo.

—Fue un truco maravilloso, y lo sabes. —Tras decir esto se giró hacia su mujer—: Dolores, el tipo de verdad reprodujo la historia dentro de unas burbujas. La batalla de Bunker Hill, con todo detalle. Las figuritas se movían como en una película, pero en tres dimensiones... ¿Cómo explicas eso, Ellerman?

—Las ilusiones ópticas le deben mucho a la linterna mágica —replicó Ellerman, sin sonar muy convencido.

Luego cogió su vaso y examinó el interior con cuidado, como si allí también pudiera aparecer alguna minúscula forma de vida acuática.

—Antes de que te bebas eso —dijo su mujer—, tal vez convendría ir a buscar a la joven y sensacional Constance Phantasmagoria y meterla en casa.

Ellerman chasqueó los dedos al recordar que su hija aún estaba en el jardín y dejó su vaso sobre la mesa. Bajó con pasos enérgicos las escaleras que llevaban afuera.

—¡Constance! —la llamó con severidad—. ¡Ya es hora de dejar de hacer el tonto y de acostarse! ¡Constance! ¿Dónde estás? —Cruzó rápidamente la arboleda y los bancos alineados a lo largo de un camino de grava—. ¡Constance! ¡Respóndeme!

—¡Ya no tenéis que preocuparos más por mí! —se oyó a lo lejos.

—Tal vez —dijo el padre, avanzando hacia el lugar de donde provenía la voz—, pero no sé qué pensará de eso la Asociación para la Prevención de la Crueldad a las Hijas. ¿Tienes frío?

—No —fue la respuesta, seca, monosilábica.

—Vaya, estás aquí —dijo Ellerman, agachándose—. ¿Cómo diantres te has metido ahí dentro? ¿Y se puede saber qué estás haciendo?

La había delatado su vestido blanco. Constance estaba agazapada junto a la verja, detrás de los tallos espinosos de un rosal.

—Estoy practicando.

—¿Practicando el qué?

—El truco de las burbujas. Armitage me lo traspasó.

—Oye, ¿por qué no vienes dentro y hablamos de eso?

—No quiero entrar. Voy a quedarme a vivir aquí fuera.

Ellerman valoró las posibilidades de sacar a su hija de ahí sin hacerle daño o sin arañarse él mismo. No podía comprender siquiera cómo la pequeña se había metido ahí. Pero el caso es que allí estaba, detrás de la planta, compungida y escondiéndose del mundo. Era cosa del shock, decidió Ellerman. La niña le había dado la mano a la muerte, una experiencia traumática hasta para un adulto. Debía tener eso en cuenta.

—Constance —dijo con delicadeza—, el señor Armitage ha muerto esta noche. Ha sido un duro golpe para todos nosotros...

—Para él no lo fue tanto —insistió ella.

—Bueno, tal vez no. Pero ahora está en un lugar mejor. Allí lleva una vida más agradable, más fácil... Al fin y al cabo, eso es la muerte, ¿no?

—Eres idiota.

—Sí, sí, esa posibilidad ya la he considerado muchas veces. Pero lo más importante es que nos demos cuenta de que, aunque el señor Armitage haya muerto, la vida sigue. Nosotros debemos continuar adelante como hasta ahora: nos levantamos por las mañanas, nos comemos los cereales, nos acostamos por la noche...

Constance se pegó aún más a la verja y soltó un lastimoso grito de protesta.

—¡Para mí ya no es lo mismo! ¡Armitage me entregó su truco! ¡Puedo hacerlo! ¡Puedo recrear la historia como él hacía!

Ellerman se incorporó. Le crujieron las rodillas.

—Tú no conoces aún historia alguna que contar —dijo con frialdad—. Y tienes que aprender que llega un punto en el que dejamos de hacer tonterías y nos ponemos serios. Como ahora. Yo voy a volver a casa. Cuando haya llegado a las escaleras te daré otra oportunidad para entrar. Si entonces no vienes, cerraré la puerta y te quedarás fuera hasta que pidas perdón por tu mal comportamiento. Tu madre y yo te queremos con locura, pero eres una niña normal, como todas las demás, y no tienes ni talentos extraordinarios ni privilegios especiales. Puede que esté sonando crudo, pero así son las cosas y tendrás que aprender a vivir con ello.

Ellerman se dirigió hacia la casa. Desde el salón llegaba el sonido de la música que había puesto Camden, una polca machacona que siempre ponía una y otra vez, hasta la saciedad. A veces pensaba que aquella música era tan estúpida como el propio Camden. Al mismo tiempo sintió que su vida, tan sólida, normal y corriente, tenía algo de irreal. Qué absurdo parecía todo.

Lo que en realidad más le apetecía era quedarse en el jardín y consolar a su hija. Siempre había intentado cumplir con su función de padre lo mejor posible. No obstante, ¿qué habría sido de él si sus propios padres no le hubieran marcado unas expectativas realistas? ¿A dónde lo hubieran llevado las ideas locas de su juventud? Había ocasiones en las que le parecía mucho más aterrador tener una hija brillante que una imbécil. Entre ambos extremos debía haber un término medio, una normalidad saludable. Mejor que la niña creciera un poco desencantada que con la cabeza llena de fantasías irrealizables. Además, ¿qué se supone que debía hacer uno con un prodigio?

Cuando llegó a las escaleras se volvió con actitud resuelta y miró al fondo oscuro del jardín. No podía pretender borrar el recuerdo de Armitage en una tarde, pero sabía que aquellos charlatanes nunca causaban una impresión permanente.

—¿Vienes, Constance?

Desde su espinoso escondite, ella respondió rabiosa, como un animal salvaje acorralado.

—¡Espera! ¡Ya verás! ¡Te lo demostraré!

Ellerman aguardó y, de pronto, dio un paso atrás y levantó el brazo para taparse los ojos, espantado. Desde el extremo opuesto del jardín llegaba una hilera de burbujas color pastel flotando alegremente hacia él. Aún no eran del todo consistentes ni de una redondez perfecta, pero en su interior las miniaturas representaban, con absoluta nitidez, su pulcra y aburrida historia personal.

14

El montículo de arena

John Keefauver

Los primeros en llegar a la playa vieron el montículo de arena y dieron por hecho que lo había acumulado alguien al amanecer. Alguien que, quizá, lo había abandonado para irse a desayunar y regresaría más tarde, en el transcurso de la mañana, para participar en el concurso de castillos de arena que se celebraba aquel día. Aquella parecía una buena explicación (en eso estuvieron todos de acuerdo) para la existencia del gigantesco montón de arena de al menos ocho metros de altura, tal vez diez, que ya a las nueve de la mañana se erguía en la playa, no muy lejos de la orilla, sin un alma alrededor. La arena parecía haber sido apilada a toda prisa, sin diseño alguno, como si se tratara del primer paso para construir una escultura gigante, aunque era extraño que no hubiera ningún hoyo cerca que indicara la procedencia de toda esa arena. Aun así, nadie se extrañó al principio. El pueblo comenzó a hablar del montículo más tarde.

Al principio nadie le prestó demasiada atención (solo algunos se preguntaron quién podría haber ideado una escultura tan grande como para empezar a construirla al amanecer), porque estaban demasiado preocupados en crear su propia obra para el concurso. Pero a medida que fue avanzando la mañana y no aparecía nadie para continuar el trabajo, la gente empezó a hacer comentarios sobre la misteriosa montaña, más aún tras la llegada de los jueces al mediodía, quienes intentaron averiguar la autoría del montón de arena. ¿Era para el concurso? Por supuesto, nadie supo responderles. Así que aquella cosa se quedó ahí, sin nadie que la atendiera ni la moldeara, mientras pasaban las horas y los padres les decían a sus hijos que no se subieran a ella, que ni la tocaran siquiera, ya que podía ser el principio de una escultura. Estas eran órdenes difíciles de cumplir para los más pequeños, porque la gigantesca montaña de arena era una tentación para ellos. De hecho, un chico quiso trepar como un rayo hasta la cima, pero los gritos de su padre le hicieron bajar corriendo antes de lograr su objetivo. Después, el padre trató de arreglar el estropicio que habían causado las pisadas de su hijo mientras echaba pestes contra el imbécil —más bien imbéciles, teniendo en cuenta el tamaño del montículo— que había levantado aquella cosa para luego dejarla sin vigilancia.

A las dos del mediodía los jueces comenzaron a evaluar las más de cien esculturas de arena que se extendían a lo largo de unos quinientos metros de playa: estaban los castillos, por supuesto, de todos los tamaños; los animales (cocodrilos, tortugas y ballenas), y las creaciones excéntricas: un volkswagen, una hamburguesa junto a un pedazo de tarta (de título «Almuerzo»), una bañera con una mujer dentro (adornada con algas), un ratón a punto de caer en una trampa con un queso, pirámides y varias esculturas inspiradas en el programa espacial. Y el montículo de arena. A las tres y media, los jueces ya habían puesto en común sus valoraciones y concedido el primer premio a «Apolo 12». El segundo premio fue para el volkswagen, y el ratón con la trampa y el queso se llevó el tercero. Los jueces ignoraron el montón de arena; lo consideraron obra de chavales que se habían cansado antes de empezar.

Tradicionalmente, cuando ya se habían repartido los trofeos y la gente empezaba a retirarse, se permitía a los niños destruir las esculturas. De todos modos, la marea acabaría por cubrirlas, así que no había razón para negarles ese placer. Los niños pisotearon las creaciones salvajemente, lanzando gritos de alegría, mientras los padres los observaban casi igual de divertidos. De tanto en tanto, algún adulto se unía a su hijo en la tarea de destrozar una de las figuras.

No había mucho que los niños pudieran hacer para destruir la montaña de arena. Corretearon arriba y abajo y le dieron patadas, pero hubieran necesitado una excavadora para derribarla. Eso, o trabajar con palas durante horas hasta aplanarla. Los adultos la ignoraron.

Cuando empezó a caer la neblina de la tarde y bajó la temperatura, hubo una desbandada general y la playa quedó vacía. Parecía el escenario de una auténtica batalla campal. Solo el gran montículo de arena permanecía intacto. La marea alta de la noche se encargaría de él. ¿Qué clase de idiotas se molestaban en levantar aquello y luego no aparecían para acabar el trabajo? ¿Quién podía ser tan imbécil?

Al anochecer, la marea lamía ya la base del montículo.

Poco después del amanecer, un vecino madrugador que vivía en primera línea de playa descubrió un coche de policía aparcado frente a su puerta, y cuando salió a investigar, vio a un agente en la playa observando el montículo de arena. Cuando el policía regresó a su coche, se dirigió al vecino:

—Ese maldito montón de arena sigue ahí. Al parecer, la marea no se ha llevado ni un solo centímetro.

Y así era. Cuando el vecino bajó a la playa, pudo comprobar que durante la noche las mareas habían hecho desaparecer todo resto de las esculturas salvo el gigantesco montón de arena, que, en todo caso, parecía más grande que el día anterior. La parte baja del montículo estaba lisa allí donde el mar lo había rodeado, pero, por extraño que pareciera, el agua no había erosionado ni un milímetro de la base.

A media mañana, un grupo de niños jugaba en el montículo, pero éste era tan grande y sólido que el único daño que le hicieron fue imprimir numerosas pisadas en su superficie. Los adultos lo miraban con curiosidad, pero esta vez ninguno trató de evitar que los niños treparan por él.

Mientras el mismo vecino comía en la terraza de su casa, frente a la playa, vio que un coche de la prensa aparcaba en la calle de enfrente. Un fotógrafo se dirigió a la playa y tomó varias imágenes del montículo, y en el periódico local de aquella tarde apareció una fotografía de la «Misteriosa montaña de arena que desafía al mar». El artículo que acompañaba a la foto estaba escrito con evidente ironía.

Aquella tarde unas cien personas (según las estimaciones del vecino) se congregaron junto al montículo para ver cómo lo alcanzaba la marea. Los niños jugaban sobre él, esta vez acompañados por algunos muchachos más mayores. Un hombre, sin embargo, le gritó a su hijo para que bajara de allí:

—¿Por qué? —quiso saber el chico.

—¡No me discutas! ¡Baja ahora mismo!

Y a medida que la marea fue rodeándola, todos los padres hicieron bajar a sus hijos de la montaña de arena, sobre la que solo quedaron los chicos mayores, aquellos cuyos padres no estaban allí. Gritaron y rieron mientras la marea subía y cubría el montículo paulatinamente, hasta que uno de ellos, algo más joven, se quedó callado, saltó del montículo y echó a correr hacia la zona seca de la playa. Después, los demás chicos lo siguieron, uno tras otro, hasta que la montaña de arena, llena de pisadas, quedó aislada en medio del agua, que fue subiendo poco a poco, centímetro a centímetro, a medida que oscurecía. Algunos curiosos se habían acercado con linternas, pero, conforme se alejaban del montículo, sus luces perdían potencia. Sin embargo, cuando un coche patrulla que había en la carretera paralela a la playa encendió los focos y alumbró el montón de arena, todos pudieron ver que la montaña seguía indemne, como si por cada ola que le quitaba arena, otra fuera añadiéndole más.

Al día siguiente, la multitud que rodeaba el montículo era mayor. Al parecer, el vecino que vivía frente a la playa no era el único que había visto el reportaje matutino de la televisión local sobre «la montaña de arena que sobrevivió a la noche». Las imágenes demostraban que, sin duda, aquella mañana la montaña seguía siendo tan grande como el día anterior. Y aquella tarde apareció otro artículo con foto en el periódico local, esta vez en primera plana. El tono del texto seguía siendo jocoso, y un oceanógrafo decía que la montaña aguantaba en pie debido al «peso de la propia arena y el interés de la prensa». Más adelante citaban a un geólogo: «La arena del mar puede tomar diferentes formas..., sobre todo con la ayuda de algunos graciosillos locales con palas y mucho tiempo libre». Al anochecer, la multitud era más numerosa que la tarde anterior, aunque muchos de los padres mantuvieron a sus hijos alejados del montículo. Se habló de excavar la montaña para aplanarla o, al menos, para ver qué demonios había en su interior. Pero nadie hablaba en serio. Era demasiado esfuerzo para nada. Era una estupidez. El agua se encargaría de ella.

A medida que la marea fue rodeando el montículo, las conversaciones se apagaron y resultó evidente que, una vez más, la montaña iba a resistir a la pleamar nocturna. Los mirones, incluidos aquellos apostados en la carretera al borde de la playa, se quedaron en silencio. Los focos del coche patrulla iluminaron la montaña mientras el nivel del agua subía, como si ésta fuera un monumento. Muchos de los espectadores se quedaron hasta que la marea alcanzó su punto álgido, y justo antes del amanecer, cuando la marea volvió a subir un poco, dos ancianos se pararon junto al coche patrulla, que había vuelto al lugar y alumbraba la playa con sus luces. La montaña seguía allí. Según dijo uno de los hombres, era como si se tratara de la única escultura real que hubiera habido allí jamás.

Al cuarto día desde la aparición del montículo de arena, eran muy pocos los padres que permitían a sus hijos jugar allí. Naturalmente, había chavales algo mayores que iban solos a la playa, sin sus padres, y trepaban por las laderas. Al quinto día, sin embargo, solo escalaron la montaña siete niños en total, a pesar de que hacía un día espléndido, soleado, y la playa estaba abarrotada. Un hombre había llevado una pala y deambulaba por la playa sin mucho entusiasmo, en busca de otros voluntarios. No se le unió ninguno. Así, al hombre no le quedó más remedio que ir solo hasta el montículo y, una vez allí, clavó su pala en la arena y se puso a excavar como quien no quiere la cosa. Tuvo que parar cuando uno de los pequeños que estaba sobre el montículo empezó a chillar y bajó despavorido entre sollozos. Los demás chicos lo siguieron, uno tras otro, como si a todos les diera miedo quedarse solos allí arriba.

—¿Qué ocurre? —le preguntaron al niño que lloraba.

Lo único que éste logró balbucear es que se había «asustado». El hombre de la pala regresó a donde estaba su familia y se sentó de espaldas al montón de arena.

Al séptimo día, un sábado, un grupo de hombres acampó junto al montículo a primera hora de la tarde. Llegaron en tres coches, cargados de cajas de cerveza y con una pala cada uno. Enseguida se congregó una multitud a su alrededor. Todos querían saber si iban a aplanar la montaña, y si no instarles a hacerlo.

—¡Joder, claro que lo vamos a hacer! —dijo un hombre que, por lo visto, hacía las veces de jefe. Era un tipo de unos treinta años, un bocazas corpulento y velludo—. ¡En cuanto nos tomemos unas cuantas birras!

La multitud esperó impaciente mientras los hombres se gastaban bromas entre ellos y degustaban sus cervezas tirados en la arena, de cara al montículo. Ante los gritos de «¡A qué estáis esperando!», «¡Vamos!» y «¡Menuda panda de vagos!» los hombres se echaron a reír y el jefe exclamó:

—¡No hay prisa, tíos! Ese montón de arena no va a ir a ningún lado. Y si hay algo dentro, tampoco va a moverse.

Después, cuando vio que media docena de hombres que no pertenecían a su grupo se habían marchado para volver provistos de sus propias palas, se levantó y dijo:

—¡Eh! ¡Fuera de ahí! ¡Es nuestro!

No obstante, enseguida comprendió que los seis hombres de las palas no tenían ninguna gana de ponerse a excavar, así que volvió a sentarse y abrió otra lata de cerveza. Los demás lo imitaron. Cada vez que uno de ellos terminaba una lata, la colocaba cuidadosamente en un montón que parecía una tosca miniatura de la montaña de arena. Ninguno de los hombres ofreció cerveza a nadie que no fuera de su grupo.

A última hora de la tarde, cuando ya se habían bebido casi todas las cervezas y la marea comenzaba a lamer el montículo, el jefe se levantó y con gesto teatral, mirando primero a su alrededor para comprobar que estaba siendo observado, derribó el montón de latas de un puntapié.

—¡Muy bien! —gritó—. ¡Vayamos a por ese montículo de mierda!

Y entre vítores (aunque la mayoría de los espectadores permanecieron en silencio), los hombres hundieron sus palas en la montaña de arena.

Excavaban con furia, arrojando la arena tan lejos como podían. Eran unos doce, y se situaron a diferentes alturas. Guiados por su jefe, cantaban mientras trabajaban:

—¡Montaña, montaña, te vamos a excavar! ¡Montaña, montaña, te vamos a machacar! ¡Montaña, montaña, alcanzaremos tu corazón! ¡Montaña, montaña...!

Los mirones se acercaron al montículo todo lo posible, hasta que las paladas de arena caían a sus pies. Mientras tanto, a sus espaldas, la gente, al ver semejante ofensiva contra la montaña, se arremolinaba y acudía en tropel desde todos los puntos de la playa y la carretera. Los coches se paraban y sus ocupantes salían a mirar. «¡Te vamos a machacar!» Los espectadores se habían unido al cántico. «¡Alcanzaremos tu corazón!» Al cabo de unos minutos, algunos de los vecinos provistos de palas preguntaron a los bebedores de cerveza si podían ayudar, y una vez obtenido el visto bueno, subieron a la montaña y se pusieron a trabajar. «¡Te vamos a excavar!» Aquellos que no tenían palas también subieron y quitaron arena con las manos, sin dejar de cantar. Luego treparon las mujeres, los adolescentes y los niños. «¡Te vamos a machacar!» Finalmente, el montículo quedó cubierto por una multitud que cantaba, excavaba furiosa y hundía las manos en la arena, sin reírse, cada vez más apretujada a medida que los bebedores de cerveza horadaban las laderas y la parte superior de la montaña se iba aplanando. «¡Alcanzaremos tu corazón!»

El nivel del agua crecía en torno a la montaña decapitada, y pronto cubrió por completo la arena que habían arrojado desde la cima, aplanándola, llevándosela de vuelta al océano. Poco a poco, centímetro a centímetro, a medida que el sol descendía más y más, el agua fue invadiendo la zona hasta que algunos hombres y mujeres recogieron a sus hijos más pequeños y vadearon la base de la montaña hasta la playa seca. Una mujer se tropezó y su hijo gritó de terror cuando, golpeado por una pala que arrastraba arena, cayó al agua. Un policía los sacó rápidamente de allí. Su coche patrulla estaba listo para iluminar la escena en caso de que se hiciera de noche antes de que la montaña hubiera sido destruida. Las luces ya estaban encendidas, y apuntaban hacia el montículo.

La montaña se fue reduciendo gradualmente, hasta que únicamente siguieron excavando los primeros hombres. Lo hacían despacio, jadeantes, sin cantar apenas (aunque los espectadores seguían cantando a todo pulmón, casi con ira). Luego, cuando el océano comenzó a bañar lo que quedaba del montículo, los trabajadores abandonaron la pequeña pendiente y atravesaron el agua, hasta que solo quedó allí su jefe. Sudaba y resollaba, y su canto se había reducido a un «¡Excavar, machacar, corazón!».

Salió del agua en el momento en que el océano, al fin, cubrió la montaña. Decepcionado, farfullaba:

—¡Hay que joderse! No había nada bajo el montón de arena.

Por costumbre, el vecino que vivía frente a la playa se levantó al amanecer. Cuando se asomó a la ventana del salón y miró la playa, no supo si sentir desilusión o alivio al ver que la montaña había desaparecido. Un poco de ambas, quizás. Aunque ganaba el alivio.

Desde aquella distancia no pudo ver cómo comenzaba a formarse una nueva montaña, no muy lejos de la que había sido destruida. Sin embargo, ya avanzado el día, tanto él como los demás pudieron verla, a medida que la pleamar de la mañana amontonaba más y más arena. Y también vieron una segunda montaña, más pequeña, cerca de la primera. Las dos crecían a una velocidad similar. A las nueve de la mañana del día siguiente, ambas eran más grandes que el antiguo montículo de arena.

15

Adiós, papá

Joe Gores

Me bajé del autobús y me detuve un momento para llenar los pulmones del aire gélido de Minnesota. El día antes, un autobús me había llevado desde Springfield, Illinois, hasta Chicago. Un segundo autobús me había traído hasta aquí. Al pasar frente al deslucido ventanal de la estación, capté mi reflejo: un hombre alto y duro, de rostro pálido y despiadado, enfundado en un abrigo que no era de su talla. También capté otro reflejo, y éste me heló la sangre: un policía de uniforme. ¿Se habrían enterado ya de que el del coche calcinado no era yo?

El policía se giró y se alejó en dirección opuesta, con las manos enguantadas metidas entre los botones de la chaqueta impermeable. Volví a respirar. Me dirigí rápidamente hacia la parada de taxis. Solo había dos, a la espera. El primero bajó la ventanilla al ver que me acercaba.

—¿Sabe dónde queda la casa de los Miller, al norte? —pregunté. El taxista me miró de arriba abajo.

—Sí. Cinco pavos... por adelantado.

Le pagué con el dinero que le había birlado a un borracho de Chicago y me dejé caer sobre el asiento de atrás. A medida que el vehículo avanzaba despacio por la helada Second Street, mis dedos se fueron relajando hasta perder por completo el gesto crispado. Me merecía volver al trullo si permitía que un payaso como aquel me descubriera.

—Dicen que el viejo Miller está bastante pachucho —comentó el taxista, que se giró a medias para mirarme por el rabillo del ojo—. ¿Va allí por algo?

—Sí, por cosas mías.

Aquello zanjó la conversación. Me jodía que papá estuviera tan enfermo como para que aquel payaso lo supiera, aunque, quizás, que mi hermano Rod fuera el vicepresidente del banco tenía algo que ver. Pasamos solares en construcción y una autopista con un complicado paso elevado que desembocaba en la vieja carretera rural. Una milla más abajo avistamos las cien hectáreas de colinas boscosas que tan bien conocía.

Tras mi fuga de la prisión federal de Terre Haute, Indiana, hacía solo dos días, había logrado eludir el cordón policial gracias a bosques como aquellos. Había escapado de la cárcel en un camión, escondido en la cisterna de bazofia destinada a los cerdos de la granja penitenciaria. Después me dirigí al oeste, y crucé la frontera a Illinois. Siempre me las he apañado bien en campo abierto, aunque vaya con lo puesto, así que al amanecer ya estaba en un pajar cerca de Paris, Illinois, a unas veinte millas de la cárcel. Ya ves. Cuando no te queda otra, apechugas.

El taxista se detuvo a la entrada del camino privado, dubitativo.

—Mire, amigo. Sé que han limpiado la nieve, pero ese camino tiene pinta de estar resbaladizo de cojones. Si entro ahí y nos vamos a la cuneta...

—Seguiré a pie.

Esperé junto al camino hasta que el taxi se hubo perdido en la lejanía. Luego, dejé que el viento del norte me guiara colina arriba entre los árboles pelados. Los cedros que papá y yo habíamos plantado a modo de cortavientos estaban más altos que nunca, y se veían huellas de conejos en la nieve, bajo las zarzas silvestres. En la cima de la colina, al resguardo de los robles, se erguía la vieja casa de dos pisos, pero me desvié y fui a las casetas de los chuchos primero. Estaban llenas de nieve impoluta. Por lo visto, ya no había perros de caza. Tampoco había maíz partido en el comedero para pájaros que colgaba junto a la ventana de la cocina. Llamé al timbre de la puerta principal.

Abrió mi cuñada, Edwina, la mujer de Rod. Tenía treinta y dos años, tres menos que yo, y ya había empezado a usar faja.

—¡Dios santo! ¡Chris! —se le tensaron los músculos de la cara—. No te...

—Mamá me escribió diciendo que el viejo estaba enfermo.

Me había escrito. Eso, al menos, era cierto. «Tu padre está muy enfermo. Aunque ya sé que a ti poco te importa si estamos vivos o muertos...» Entonces, Edwina decidió que en mi tono de voz había algo que le daba derecho a indignarse.

—Es impresionante que tengas el valor de presentarte aquí, por mucho que te hayan dado la condicional o algo así.

Bien. Nadie había aparecido por allí a hacer preguntas. Todavía.

—Si piensas volver a ensuciar el nombre de la familia...

La aparté y me planté en el recibidor.

—¿Qué le pasa al viejo?

Solo lo llamaba «papá» en mi fuero interno, donde nadie podía oírlo.

—Se está muriendo. Eso es lo que le pasa.

Lo dijo con una especie de placer siniestro. Me molestó, pero me limité a refunfuñar y entré en la sala de estar. Entonces mi vieja llamó desde las escaleras, en el piso de arriba:

—¿Eddy? ¿Qué...? ¿Quién es?

—Es... Es solo un vendedor ambulante. Puede esperar hasta que se vaya el médico.

El médico. A saber quién era ese maldito charlatán. Cuando bajó, Edwina trató de sacarlo de la casa antes de que yo lo alcanzara, pero le agarré del brazo justo cuando se estaba poniendo el abrigo.

—Quisiera hablar un minutillo con usted, doc. Es sobre el viejo Miller.

Medía casi un metro ochenta, un par de centímetros menos que yo, pero estaba más fuerte. Se zafó de mi mano.

—Oiga, mire, no sé quién es us...

Lo cogí por las solapas y lo zarandeé. Un botón de su abrigo salió disparado y las gafas estuvieron a punto de caérsele de la nariz. Se puso rojo.

—Soy un viejo amigo de la familia, doc —dije, señalando las escaleras con el dedo—. ¿De qué va la cosa?

Era una estupidez, claro. Era una estupidez que te cagas preguntárselo a él. En cualquier momento la policía descubriría que el granjero dentro del coche calcinado no era yo. Antes de prender la cerilla lo había rociado todo con suficiente gasolina como para que no quedaran huellas de ningún tipo, salvo en el zapato que había colocado cerca de allí a propósito, pero acabarían identificando al tipo por los dientes en cuanto tuvieran noticias de su desaparición. Y cuando eso ocurriera, vendrían aquí a hacer preguntas y el puto medicucho ataría cabos y sabría quién soy. Pero necesitaba saber si papá estaba tan mal como decía Edwina y, además, nunca he sido un hombre paciente.

El medicucho se estiró la chaqueta en un intento por recuperar la dignidad.

—El... el juez Miller está muy débil, demasiado débil para moverse. No creo que aguante más de una semana...

Me miró a los ojos en busca de algún signo de dolor, pero no hay nada como una prisión federal para aprender a controlar tus emociones. Decepcionado, añadió:

—Son los pulmones. Cuando me llamaron ya era demasiado tarde. Ahora está descansando.

Volví a señalar con el dedo, esta vez a la puerta.

—Ya conoce la salida.

Edwina estaba al pie de la escalera. Volvía a tener aquella expresión de indignación. Debe de ser cosa de familia, incluso de aquellos que llegan a ella por la vía del matrimonio. Papá y yo éramos los únicos que no pecábamos de esa dichosa superioridad moral.

—Tu padre está muy enfermo. Te prohíbo que...

—Suéltale ese rollo a Rod. Con él igual te funciona.

En el dormitorio, el brazo del viejo colgaba sin fuerza sobre el borde de la cama, y el humo del cigarrillo que sostenía entre los dedos ascendía hasta el techo en una fina línea azul. Y pensar que aquel brazo, que ya ni siquiera podía mantener un cigarrillo en alto, era el mismo que antaño había sostenido un pesado rifle de caza. El mismo brazo cuyo puño pequeño y compacto había tratado de golpearme en la cocorota innumerables veces, sin éxito. Tuve la misma sensación que cuando uno de los perros aparecía maltrecho tras pelearse con un animal salvaje.

Mi vieja se levantó de su silla a los pies de la cama y al verme se puso blanca. La abracé.

—Hola, mamá —saludé.

La sentí rígida entre mis brazos, pero sabía que no se apartaría. Al menos no allí, en la habitación de papá.

Al oír mi voz, papá volvió la cabeza. La luz se reflejaba en su sedoso pelo blanco. Sus ojos, translúcidos por la inminencia de la muerte, tenían el puro y pálido azul de las sombras de los abedules sobre la nieve fresca.

—Chris —dijo con una voz muy débil—. Hay que joderse... Me alegro de verte, hijo.

—¡Más te vale, flojeras! —repuse con guasa.

Me quité la chaqueta y la dejé colgada en el respaldo de la silla. Luego, me desanudé la corbata.

—¡Mira que hay que ser flojo para permitir que se te escapen los perros!

—Ya vale, Chris.

Mi madre siempre tan solemne.

—Tranquila mamá, solo me quedaré un rato —dije con calma. Sabía que a papá no le quedaba mucho tiempo y que el rato que pudiera pasar con él sería el último. Ella se quedó en la puerta, una sombra oscura e indecisa. Después se volvió y salió en silencio, seguramente para llamar a Rod por teléfono, al banco.

Durante las dos horas siguientes, fui yo quien habló. Papá simplemente estaba allí, tumbado, con los ojos cerrados, como si durmiera. Después, sin embargo, él también empezó a hablar. Rememoró las trampas que habíamos construido juntos cuando yo era un niño, y el enorme ciervo de cola blanca que lo había seguido por el bosque en época de berrea, hasta que él le asestó un golpe en el morro con la rama de un árbol. Ya habíamos comenzado a distanciarnos cuando su prestigio como jurista creció y obtuvo la magistratura. Y supongo que a los veinte años yo era un chico demasiado salvaje, no muy diferente de lo que él había sido treinta años atrás... Solo que yo me había mantenido firme en ese camino.

A eso de las siete llegó mi hermano Rod. Salí del cuarto de mi padre, cerrando la puerta tras de mí. Rod era más alto que yo, y más ancho. Tenía brazos fuertes y constitución de atleta. Pero era un blandengue. Tenía los ojos muy juntos, de color azul pálido, y la barbilla pequeña. En el instituto no había querido jugar al fútbol americano.

—Mi mujer me ha dicho que te has pasado un poco —me soltó en su tono más severo. Era impostado, por supuesto—. Lo hemos hablado con mamá y queremos que te vayas esta misma noche. Queremos...

—¿Queréis? ¿Quiénes queréis? Hasta que el viejo la palme esta sigue siendo su casa.

Entonces me lanzó un puñetazo (con la derecha, pues Rod era diestro), y yo lo bloqueé con una mano. A modo de respuesta, le propiné dos buenos tortazos con el revés de la otra mano, uno en cada lado de la cara, que lo dejaron tambaleante. Y podría haber continuado. Podría haberle pegado una patada en la entrepierna y que se doblara, y haberle empujado hacia abajo agarrándolo de la nuca, para que su cara chocara contra mi rodilla. Nada me hubiera apetecido más. Pero la necesidad de largarme de allí antes de que alguien viniera a buscarme era igualmente imperiosa. Me roía las entrañas como un hurón que se mordisquea la pata para escapar con vida de una trampa. Me aparté de él. Comenzó a balbucir.

—¡Tú...! ¡Animal! ¡Asesino!

Se había llevado las manos a las mejillas, y sus ojos se abrieron de par en par cuando comprendió. No sé cómo había tardado tanto en darse cuenta.

—¡Te has fugado! —espetó—. ¡Te has escapado! ¡Eres un fugitivo!

—Eso es, y voy a seguir siéndolo. Te conozco, tío. Os conozco a todos. Lo último que queréis es que los maderos me pillen aquí —traté de imitar sus voces—: *¡Oh, Dios mío! ¡Qué escándalo!*

—Pero te estarán siguiendo...

—Creen que estoy muerto —dije sin emoción—. Iba por una carretera helada, en un coche robado, al sur de Illinois, y tuve un accidente. El coche se incendió conmigo dentro.

Mi hermano habló en un susurro, cagado de miedo:

—¿Quieres decir... que hay un cuerpo en el coche?

—Eso es.

Sabía lo que estaba pensando, pero no me molesté en contarle la verdad: que el viejo granjero que me estaba llevando a Springfield, porque creía que mis dos dedos extendidos en el interior del abrigo eran un revolver, patinó sobre un trozo de hielo y el coche salió disparado. El viejo quedó incrustado en el volante, así que me puse sus zapatos y a él le puse uno de los míos. El otro, con mis huellas, lo dejé lo bastante cerca como para que lo encontraran, pero no tanto como para que ardiera con el coche. De todos modos, Rod no se hubiera creído la verdad. Y si me atrapaban, ¿quién iba a creérsela? Era un disparate.

—Tráeme una botella de bourbon y un paquete de tabaco —le dije—. Y asegúrate de que Eddy y mamá mantengan la boca cerrada si alguien pregunta por mí —entonces abrí la puerta para que papá pudiera oírnos—. Perfecto, gracias, Rod. Me alegro de volver a estar en casa.

Las celdas de una prisión federal te enseñan a permanecer despierto o a quedarte dormido en cuestión de segundos, depende de lo que necesites. Permanecí despierto las treinta y siete horas que aguantó papá, abandonando la silla que había junto a la cama solo para ir al baño o para escuchar desde las escaleras cada vez que sonaba el teléfono o el timbre de la puerta. En cada una de aquellas ocasiones pensé: «Ya están aquí». Pero tuve suerte. Si se demoraban lo suficiente, podría quedarme hasta que papá muriese, y en cuanto eso ocurriera, me dije a mí mismo, seguiría mi camino.

Rod, Edwina y mamá estuvieron allí al final, y el médico también merodeaba por la habitación, para asegurarse de que le pagaran. Papá hizo un leve gesto con el brazo y mamá corrió a sentarse al borde de la cama. Era una mujer pequeña, tiesa, con un carácter indómito y un rostro que parecía diseñado para llevar anteojos. No lloraba. Es más, en cierto sentido, tenía un aspecto sereno y luminoso.

—Dame la mano, Eileen —papá hizo una larga pausa. Hablar le costaba horrores—. Dame la mano. Así no tendré miedo.

Cuando ella le tomó la mano, papá esbozó una sonrisa casi imperceptible y cerró los ojos. Esperamos, escuchamos cómo su respiración se hacía lenta, cada vez más lenta, hasta que se detuvo, como un reloj que se quedase sin cuerda. Nadie se movió. Nadie dijo nada. Los miré a todos, tan blandos, tan poco acostumbrados a la muerte... y me sentí como una comadreja en un criadero de pollos. Entonces mamá estalló en sollozos.

Era un día tormentoso, con fuertes ráfagas de viento que arrastraban la nieve. Aparqué el jeep frente al tanatorio y caminé por la resbaladiza avenida. El viento parecía dispuesto a arrancarme el abrigo, y yo no paraba de decirme a mí mismo que quedarse al funeral era una auténtica locura. A esas alturas ya debían de saber que el granjero muerto no era yo, y algún funcionario avispado de la prisión habría recordado la carta de mamá en la que me informaba de la enfermedad de papá. El viejo llevaba muerto dos días, y yo tendría que estar ya en México. Pero, por algún motivo, no había podido pasar página. O quizá me estaba engañando a mí mismo, quizá solo se trataba de aquella vieja necesidad de desafiar a la autoridad. Eso es lo que siempre pierde a tipos como yo.

Me acerqué al féretro. Desde cierta distancia se parecía a papá, pero de cerca se notaban el maquillaje y la camisa tres tallas grande. Toqué su mano: era la mano de una estatua, nada familiar excepto por las uñas gruesas y ligeramente curvadas hacia abajo.

Rod se acercó a mí por detrás y, de modo que solo yo pudiera oírlo, dijo:

—Hoy, en cuanto acabe todo esto, te marchas y nos dejas tranquilos. Te quiero fuera de mi casa.

—¿Es que no te da vergüenza, hermano? —se me escapó una sonrisa burlona—. Mira que hablar así antes de leer el testamento...

Seguimos despacio al coche fúnebre por las calles nevadas, con algunas luces encendidas. Los porteadores empujaron el pesado féretro con suavidad sobre unos rodillos engrasados y, después, lo colocaron sobre la tumba abierta, sujeto por unas correas. Del cielo plomizo caían copos de nieve que se arremolinaban y nos azotaban en la cara. Se derretían contra el metal de los rodillos y formaban pequeños riachuelos a los lados.

Me marché cuando el cura empezó a soltar su perorata, impulsado por la necesidad de moverme, de escapar, pero también por otra urgencia muy diferente. Quería coger algo de la casa antes de que llegaran todos los invitados y empezaran a engullir y parlotear. Las armas y la munición habían sido desterradas al garaje (Rod no había disparado un arma en su vida), pero no me costó dar con la pequeña pistola de calibre 22 y cañón largo. Papá y yo habíamos practicado cientos de horas con aquella preciosidad, por lo que la culata estaba desgastada y el metal había perdido su brillo debido a las inclemencias del tiempo.

Me subí al jeep y conduje a toda velocidad entre los árboles, hasta llegar a un claro situado entre dos colinas. Después, continué a pie por un bosque cada vez más oscuro. Avancé muy despacio sobre la nieve, rememorando escenas de Corea para distraerme del frío punzante que se colaba por las suelas desgastadas de mis zapatos. Una sombra parda atravesó mi campo de visión: una liebre corría a toda prisa desde unos matorrales hacia un montón de madera podrida que yo mismo había apilado hace años. Mi bala le alcanzó en el espinazo y le paralizó las patas traseras. Se agitó y convulsionó hasta que le partí el cuello con la mano.

La dejé allí y seguí adelante, en dirección a un pequeño triángulo pantanoso que había entre las colinas. Anochecía rápido, pero yo seguí pateando los matojos congelados. Por fin, un faisán de espeso plumaje y cola larguísima salió de su escondite con las alas desplegadas y el pecho henchido. Estaba a mi derecha, a punto de dar un salto, y yo sentí que tenía todo el tiempo del mundo. Apreté el gatillo y supe que el tiro era perfecto incluso antes de que la bala le atravesara el corazón.

Cargué con las dos piezas hasta el jeep. En el pico del faisán brillaba una pequeña gota de sangre, y la liebre aún tenía la panza caliente. Llevaba los focos encendidos cuando aparqué en la estrecha carretera del cementerio. Aún no habían empezado a echar tierra sobre el féretro, y la nieve había formado una fina capa blanca sobre él. Arrojé la liebre y el faisán sobre la tapa y me quedé allí, de pie, durante un minuto o dos, sin moverme. El viento debía de ser muy fuerte, porque me lloraban los ojos. Las lágrimas me quemaban en las mejillas.

Adiós, papá. Adiós a perseguir ciervos en la arboleda que rodea el arroyo. Adiós a disparar a los patos que se hunden en las aguas del río. Adiós al olor a humo y al whisky tibio junto a la hoguera. A todas esas cosas que hicieron de ti una parte de mí. La parte que nadie podrá arrebatarme.

Me di la vuelta con intención de regresar al jeep, pero me detuve en seco. Ni siquiera los había oído acercarse. Eran cuatro y aguardaban pacientemente, como si le rindieran respetos al muerto. En cierto sentido, eso era lo que estaban haciendo: para ellos, el granjero del coche calcinado era el cadáver número uno. Todos mis músculos se tensaron y pensé en la pistola del 22 que llevaba en el bolsillo, cuya existencia ellos desconocían. Ya, claro. Genial. Una pistola tan letal como el ladrido de un perro. Ojalá a papá le hubiera dado por manejar armas de un calibre un poco más grande. Pero no había sido así.

Muy lentamente, como si de repente los brazos me pesaran una barbaridad, levanté las manos por encima de la cabeza.

16

Onagra

John Collier

En un cuaderno de *Highlife Bond* que la señorita Sadie Brodribb compró en Bracey's por veinticinco centavos:

21 de marzo

Hoy he tomado una decisión. Me apartaré para siempre de este mundo burgués que odia a los poetas. Me iré, escaparé, romperé con todo...

Lo he hecho. ¡Soy libre! ¡Libre como la mota de polvo que baila al sol! ¡Libre como la mosca que se ha colado en un trasatlántico y ahora cruza el océano en primera clase! ¡Libre como mis versos! ¡Libre y gratis! Como serán la comida de la que me alimente, el papel en el que escribo y las suaves y mullidas zapatillas que calzaré.

Esta mañana no tenía ni para un taxi. Ahora estoy aquí, entre terciopelos. Apuesto a que estás deseando saber más sobre este magnífico refugio: te gustaría organizar excursiones hasta aquí, estropearlo todo, mandar a tu familia política, incluso quizá venir tú mismo. Puesto que este diario no llegará a tus manos hasta que yo haya muerto, no hay problema. Te lo contaré:

Estoy en el Gran Emporio de Bracey's, tan feliz como un ratón en medio de un queso inmenso, y el mundo no volverá a saber de mí.

Viviré feliz, muy feliz, seguro tras una imponente pila de alfombras, en un rincón que pretendo guarnecer con edredones, mantas de angora y almohadones dignos de Cleopatra. Estaré de lo más cómodo.

He entrado en este santuario al final de la tarde y no he tardado en oír los pasos amortiguados de los últimos clientes. De ahora en adelante solo tendré que eludir al vigilante nocturno. Los poetas saben cómo eludir.

Ya he realizado mi primera expedición, sigiloso como un ratoncillo. He ido de puntillas hasta la sección de papelería y, tímido, he regresado rápidamente solo con estos materiales para escribir, la primera necesidad del poeta. Ahora que ya los tengo, los dejaré a un lado e iré en busca de otros artículos perentorios: comida, vino, los blandos cojines para mi rincón y un batín elegante. Este lugar me estimula. Aquí escribiré.

Al amanecer, al día siguiente

Supongo que nadie se ha sentido nunca tan asombrado y sobrecogido como yo esta noche. Es increíble. Y, sin embargo, así lo creo. ¡Qué interesante se vuelve la vida cuando ocurren cosas así! Salí a hurtadillas de mi escondite, tal y como dije que haría, y encontré la enorme tienda envuelta en una tenue semioscuridad. La nave central estaba medio iluminada; las galerías circulares se alzaban como en un grabado de Piranesi y creaban decadentes juegos de luces y sombras. Las refinadas escaleras y pasarelas habían pasado de tener una función a ser elementos puramente fantásticos. Las sedas y terciopelos brillaban con un fulgor fantasmagórico y un centenar de maniquíes ofrecían sonrisas coquetas y abrazos al aire desierto. Sortijas, broches y brazaletes resplandecían gélidos en los escaparates, huérfanos de compradores.

Mientras me deslizaba por los pasillos transversales, sumidos en una oscuridad más profunda, me sentía como un pensamiento pasajero en el cerebro soñador de una corista en horas bajas. Solo que, claro está, sus cerebros no son tan grandes como el Gran Emporio de Bracey's. Además, allí no había nadie.

Nadie, esto es, salvo el vigilante nocturno. Me había olvidado de él. Mientras cruzaba un espacio abierto en el entresuelo aprovechando el refugio que ofrecía un muestrario de chales de raso, percibí un sonido sordo y regular que bien podría haber sido el de mi corazón. De repente, se me ocurrió que aquel ruido venía del exterior. Eran pasos y estaban a muy poca distancia. Rápido como el rayo, me apoderé de una vistosa mantilla, me envolví en ella y me quedé inmóvil con un brazo extendido, como una Carmen petrificada en un gesto de desdén.

Funcionó. Pasó a mi lado, haciendo tintinear las llaves en su cadena y tarareando una alegre tonadilla. En sus ojos se adivinaba el ajetreo del mundo diurno. «¡Lárgate, criatura mundana!», susurré, y reí sin proferir sonido alguno.

La risa se congeló en mis labios. Me dio un vuelco el corazón. Un nuevo temor se apoderó de mí.

Me daba miedo moverme, mirar a mi alrededor. Sentía que me observaba algo que podía leer mis pensamientos. Era una sensación muy diferente a la emergencia normal y corriente que había provocado el muy normal y corriente vigilante nocturno. Mi primer impulso consciente fue el más obvio: mirar hacia atrás. No obstante, mis ojos fueron más prudentes. Me quedé por completo petrificado, con la mirada fija al frente.

Mis ojos intentaban decirme algo que mi cerebro se negaba a creer, y cumplieron su objetivo. Estaba mirando a otro par de ojos, unos ojos humanos pero grandes, estáticos, luminosos. He visto ojos semejantes entre las criaturas nocturnas que se deslizan bajo la luz de luna azulada y artificial de los zoológicos.

Su dueño estaba a solo una docena de pasos de donde estaba yo. El vigilante había pasado entre nosotros, más cerca de él que de mí. Sin embargo, no lo había visto. Yo mismo lo había tenido ante mis ojos durante varios minutos y tampoco lo había visto.

Estaba medio reclinado en una tarima baja en la que, sobre un lecho de hojas rojizas y rodeadas por nubes de brillantes telas, las chicas cerosas de rostros juveniles lucían la última moda en ropa informal: tejidos en espiga, cuadros y estampados de cuadros escoceses. Se apoyaba en la falda de una de esas Dianas; los pliegues le ocultaban la oreja, el hombro y un poco del costado derecho. Vestía un traje de tweed del corte más moderno, con un patrón oscuro pero ancho, zapatos de ante y una camisa con motivos verde oliva, rosas y grises. Era tan pálido como una criatura hallada bajo una piedra. Sus brazos largos y delgados terminaban en unas manos que colgaban flácidas, más parecidas a aletas alargadas y trasparentes, o a jirones de muselina, que a unas manos normales y corrientes.

Habló. Su voz no era una voz, sino apenas un susurro sibilante.

—¡No está mal para un novato!

Comprendí que me estaba felicitando, en un tono bastante irónico, por mi hazaña, más bien amateur, de camuflaje.

—Lo-lo siento —dije tartamudeando—. No... no sabía que había alguien más viviendo aquí.

Me di cuenta, al pronunciar las primeras palabras, de que estaba imitando su pronunciación sibilante.

—Ah, sí —repuso él—. Vivimos aquí. Es maravilloso.

—¿Vivimos?

—Sí, todos nosotros. Mira.

Estábamos junto a la balaustrada de la primera galería. Extendió el brazo e hizo un gesto circular que abarcaba la totalidad de la tienda. Miré hacia allí pero no vi nada. Tampoco oí nada, salvo los pasos lejanos del vigilante, que se perdían en algún pasillo del sótano.

—¿No los ves?

¿Conoces la sensación que se experimenta al mirar la semioscuridad de un vivero? Uno ve corteza, guijarros, unas cuantas hojas, nada más. Y entonces, de repente, una piedra respira: es un sapo. O un camaleón. Algo más se agita: una culebra enroscada, una mantis entre las hojas... El recipiente entero crepita lleno de vida. Tal vez el mundo entero sea así. Uno se mira las mangas, los pies...

Así sucedía también en el centro comercial. Miré una vez y estaba vacío. Volví a mirar y entonces había una anciana encaramada detrás del monstruoso reloj. Había tres mujeres, con un *look* ingenuo pero entradas en años e increíblemente demacradas, que sonreían a la entrada de la perfumería. Sus cabellos eran finos como hilos de seda, tan pálidos y frágiles como una telaraña. Igual de quebradizo y descolorido era un hombre con apariencia de coronel sureño que me observaba mientras se acariciaba un bigote parecido a las barbas de un langostino de cristal. Una mujer con pinta hortera y posibles aficiones literarias surgía de la sección de cortinas y tapicería.

Se apelotonaron todos a mi alrededor revoloteando y silbando, como gasas que se agitan al viento. Tenían los ojos muy abiertos y brillantes. Vi que sus iris carecían de color.

—¡Qué nuevo parece!

—¡Es un policía! ¡Llamad a los Hombres Oscuros!

—No soy policía, sino poeta. He renunciado al mundo.

—Es poeta. Ha venido a nosotros. Lo ha encontrado el señor Roscoe.

—Nos admira.

—Tiene que conocer a la señora Vanderpant.

Me llevaron hasta la señora Vanderpant, que resultó ser la Gran Dama del almacén, una mujer casi transparente.

—Así que es usted poeta, señor Snell. Aquí encontrará inspiración. Yo soy la habitante de mayor edad. Tres fusiones y una reforma completa, ¡pero no se han librado de mí!

—Querida señora Vanderpant, cuéntele lo de aquella vez que salió en horario diurno y casi la compran pensando que era el *Retrato de la madre del artista*, de Whistler.

—Eso fue antes de la guerra. En aquel entonces era más robusta. En caja recordaron de pronto que no había marco. Y cuando regresaron a mirarme y cerciorarse...

—¡Se había ido!

Sus risas eran como la estridulación de unos saltamontes fantasmales.

—¿Dónde está Ella? ¿Dónde está mi caldo?

—Está de camino, señora Vanderpant. Llegará enseguida.

—¡Qué fastidio de chica! Ella es nuestra expósita, señor Snell. No es como nosotros.

—¿Ah, no? Vaya, vaya...

—Viví aquí sola, señor Snell, durante muchos años. Me refugié en estos almacenes en la terrible década de los ochenta. Entonces era joven, una belleza, decía la gente amablemente, pero mi pobre papá se arruinó. En el Nueva York de aquella época Bracey's era muy importante para una joven. Me parecía terrible no poder venir más de la forma habitual, así que decidí instalarme aquí para siempre. Me alarmé bastante cuando empezó a llegar más gente, tras la crisis de 1907. Pero se trataba del querido Juez, el Coronel, la señora Bilbee...

Me incliné. Me los estaba presentando.

—La señora Bilbee escribe obras de teatro. Proviene de una muy buena familia de Filadelfia. Verá que aquí somos todos bastante agradables, señor Snell.

—Es un gran honor para mí, señora Vanderpant.

—Y, por supuesto, nuestras queridas jóvenes vinieron en el 29. Sus pobres padres se arrojaron de los rascacielos.

Me incliné repetidas veces y lancé muchas exclamaciones. Las presentaciones llevaron bastante tiempo. ¿Quién se hubiera imaginado que vivía tanta gente en Bracey's?

—Aquí viene por fin Ella con mi caldo.

Fue entonces cuando me di cuenta de que las jóvenes no eran tan jóvenes después de todo, a pesar de sus sonrisas, sus modales y sus vestidos de *ingénues*. En cambio, Ella no llegaba a los veinte años. Ataviada con algo que habría sacado del deteriorado mostrador, tenía, sin embargo, el aspecto de una flor viva en un cementerio francés o de una sirena entre pólipos.

—¡Venga, idiota!

—La señora Vanderpant está esperando.

Su palidez no era como la de los demás; no era la propia de algo que reluce y se escabulle cuando le das la vuelta a una piedra. La suya era la palidez de una perla.

¡Ella! ¡Perla de esta caverna remota y fantástica! Pequeña sirena, aprisionada y aplastada por objetos de un blanco mortal: ¡tentáculos!

No puedo seguir escribiendo.

28 de marzo

Bueno, me estoy acostumbrando muy rápido a este nuevo mundo semiiluminado y a la extraña compañía. Estoy aprendiendo las intrincadas leyes del silencio y el camuflaje que rigen los paseos y las reuniones aparentemente casuales de este clan de la medianoche. ¡Cómo detestan al vigilante nocturno, cuya existencia impone esas leyes a sus idas y venidas ociosas!

—¡Criatura odiosa y vulgar! ¡Apesta al maldito sol!

En realidad, es un chico bastante atractivo, muy joven para ser vigilante nocturno, tanto que creo que debió de resultar herido en la guerra. Pero a ellos les encantaría despedazarlo.

Sin embargo, son muy amables conmigo. Les agrada tener un poeta en el grupo. A mí no acaban de gustarme del todo. Me hiela un poco la sangre la misteriosa facilidad con la que, incluso las ancianas, pueden trepar como arañas de balcón a balcón. ¿O es porque tratan mal a Ella?

Ayer jugamos al bridge. Hoy se estrenará la obra de teatro de la señora Bilbee, *Amor en el país de las sombras*. ¿No es increíble? Otra colonia, la de Wanamaker's, vendrá en masa a ver la representación. Al parecer hay gente viviendo en todos los grandes almacenes. Esta visita se considera un gran honor, pues existe un gran esnobismo entre estas criaturas. Hablan con horror de un marginado social que dejó un establecimiento de primera categoría en la avenida Madison y que ahora lleva una vida azarosa y disoluta en una charcutería. Y relatan con emoción trágica la historia de un hombre de Altman's que concibió tal pasión por una chaqueta de tela escocesa que, cuando la vendieron, salió de su escondite y se la arrancó de las manos al comprador. Parece que toda la colonia de Altman's, temerosa de una investigación, se vio obligada a abandonar la sociedad e instalarse en un todo a un dólar. Bueno, tengo que prepararme para asistir a la función.

14 de abril

He encontrado una oportunidad de hablar con Ella. Antes no me atrevía; aquí siempre tienes la sensación de que unos ojos pálidos te observan en secreto. Anoche, durante una obra, me dio un ataque de hipo. Con cierta severidad, me dijeron que bajara al sótano y me ocultara allí, entre los cubos de basura, una zona a la que el vigilante nunca se acerca.

Allí, en la oscuridad plagada de ratas, oí un sollozo ahogado.

—¿Qué ha sido eso? ¿Eres tú? ¿Ella? ¿Qué te ocurre? ¿Por qué lloras?

—No me han dejado ver la obra.

—¿Eso es todo? Deja que te consuele.

—Soy tan desgraciada...

Me contó su trágica historia. A ver qué te parece. Cuando era una niña, una pequeña de tan solo seis años, se perdió y se quedó dormida detrás de un mostrador, mientras su madre se probaba un sombrero nuevo. Al despertarse, la tienda estaba a oscuras.

—Me eché a llorar y todos acudieron y me atraparon. «Si la dejamos marchar lo contará», dijeron. Algunos replicaron: «Llamad a los Hombres Oscuros». «Que se quede —zanjó la señora Vanderpant—. Será una buena criada.»

—¿Quiénes son los Hombres Oscuros, Ella? Oí hablar de ellos cuando llegué.

—¿No lo sabes? ¡Ay, es horrible! ¡Horrible!

—Cuéntamelo, Ella. Compartámoslo.

La chica tembló.

—¿Sabes los empleados de las funerarias como Journey's End, que van a las casas cuando la gente muere?

—Sí.

—Bueno, pues en ese establecimiento, al igual que aquí, que en Gimbel's y que en Bloomingdale's, hay gente viviendo. Gente como esos empleados...

—¡Qué horror! Pero, Ella, ¿de qué pueden vivir en una funeraria? ¿De qué se alimentan?

—¡No me lo preguntes! Envían allí a los muertos para que los embalsamen. ¡Son criaturas terribles! Incluso la gente de aquí les teme. Pero si alguien muere o si un pobre ladrón entrara y viese a toda esta gente, podría contarlo...

—¿Sí? Sigue.

—Entonces llaman a los otros, a los Hombres Oscuros.

—¡Dios santo!

—Sí, ponen el cuerpo en la sección de productos quirúrgicos (o al ladrón, atado, si es el caso) y llaman a los otros, y ellos se esconden, y entonces llegan los otros, los otros... ¡Ay! Son como fragmentos de oscuridad. Los vi una vez. Fue terrible.

—¿Y luego?

—Los Hombres Oscuros entran donde se encuentran la persona muerta o el pobre ladrón. Y tienen cera. Tienen toda clase de instrumentos. Y cuando se marchan, lo único que queda es uno de esos maniquíes de cera sobre la mesa. Entonces, los nuestros le ponen un vestido o un traje de baño y lo mezclan con los demás, y nadie se entera nunca.

—Pero ¿esos maniquíes de cera no pesan más que los demás? Diría que tendría que ser así...

—No, no pesan más. Creo que hay muchos así, muchos desaparecidos...

—¡Dios mío! ¿Y eso es lo que iban a hacer contigo cuando eras una niña?

—Sí, pero la señora Vanderpant decidió que sería su criada.

—No me gusta esta gente, Ella.

—A mí tampoco. Ojalá pudiera ver un pájaro.

—¿Por qué no vas a la tienda de animales?

—No sería lo mismo. Quiero verlo en una rama, con hojas.

—Ella, quedemos más veces. Podemos reunirnos aquí abajo sin que nadie nos vea. Te hablaré de los pájaros, las ramas y los árboles.

1 de mayo

Durante las últimas noches el almacén ha sido un hervidero de murmullos y rumores sobre una enorme reunión en Bloomingdale's. Era esta noche.

—¿Aún no te has cambiado? Nos vamos en cuanto den las dos.

Roscoe se ha nombrado, o lo han nombrado, mi guía o guardián.

—Roscoe, sigo siendo un novato. Me da miedo la calle.

—¡Tonterías! No hay nada que temer. Saldremos en grupos de dos o tres personas, nos plantaremos en la acera y cogeremos un taxi. ¿Nunca saliste hasta tarde en los viejos tiempos? Si es así, seguro que nos viste muchas veces.

—¡Cielo santo! ¡Creo que sí! Me preguntaba de dónde salíais. ¡Y veníais de aquí! Pero, Roscoe, me arde la frente y me cuesta respirar. Temo haberme resfriado.

—En ese caso debes quedarte aquí. Sería una auténtica desgracia que nuestra reputación quedara arruinada por algo tan desafortunado como un estornudo.

Confiaba en su rígida etiqueta, basada sobre todo en el miedo a que los descubrieran, y no me equivocaba. No han tardado en marcharse, alejándose como hojas llevadas por el viento. Inmediatamente, me he puesto unos pantalones de franela, unas zapatillas de tela y una estilosa camisa de *sport*, todo recién llegado a la tienda. He encontrado un lugar seguro y tranquilo, lejos de la ruta habitual del vigilante nocturno. Allí he colocado unas frondosas ramas de helecho seleccionadas de la floristería en la mano levantada de un maniquí y he obtenido, en un periquete, un joven árbol primaveral. La alfombra era arenosa, como la playa de un lago. Un mantel níveo y dos pasteles, cada uno con una guinda. Solo me faltaba imaginar el lago y encontrar a Ella.

—Vaya, Charles, ¿qué es esto?

—Soy poeta, Ella, y cuando un poeta conoce a una chica como tú piensa en una excursión en el campo. ¿Ves este árbol? Lo llamaremos nuestro árbol. Ahí está el lago: el lago más hermoso que puedas imaginar. Aquí está la hierba y allí las flores. También hay pájaros, Ella. Me dijiste que te gustaban los pájaros.

—Oh, Charles, eres tan adorable. Es como si los oyera cantar.

—Y aquí está nuestro almuerzo. Pero antes de comer ve detrás de esa roca y mira a ver qué encuentras.

La he oído gritar de alegría al ver el vestido de verano que había dejado allí para ella. Cuando ha vuelto, el día de primavera sonreía para recibirla y el lago brillaba con mayor intensidad.

—Ella, vamos a comer. Vamos a divertirnos. Nademos. Puedo imaginarte con uno de esos nuevos trajes de baño.

—Vamos a sentarnos aquí y charlar. Es mejor.

Así que nos hemos sentado y hemos hablado, y el tiempo ha pasado como en un sueño. Podríamos habernos quedado allí, ajenos a todo, si no hubiera sido por la araña.

—¿Qué haces, Charles?

—Nada, querida. No era más que una arañita traviesa, que subía por tu rodilla. Puramente imaginaria, por supuesto, pero a veces ésas son las peores. Intentaba atraparla.

—¡Pues no lo hagas, Charles! Es tarde. Terriblemente tarde. Volverán en cualquier momento. Mejor me voy a casa.

La he acompañado hasta su casa, la sección de cocina del piso subterráneo, y le he dado un beso de despedida. Ella me ha ofrecido la mejilla. Eso me perturba.

10 de mayo

—Ella, te quiero.

Se lo dije así, sin más rodeos. Nos hemos visto muchas veces. He soñado con ella durante el día. Ni siquiera he escrito en mi diario durante este tiempo, y mucho menos poesía.

—Ella, te quiero. Vamos al departamento de ajuares. No pongas esa cara de tristeza, cariño. Si quieres, nos iremos de aquí de inmediato. Viviremos en ese pequeño restaurante de Central Park. Allí hay miles de pájaros.

—Por favor... Por favor, no digas esas cosas.

—Pero te quiero con todo mi corazón.

—Pues no debes.

—¡Pero siento que debo hacerlo! No puedo evitarlo. Ella, ¿es que amas a otro?

Lloró un poco.

—Sí, Charles.

—¿Amas a otro, Ella? ¿A uno de ellos? Pensaba que los temías a todos. Debe de ser Roscoe. Es el único que tiene algo de humano. Hablamos del arte, de la vida y cosas así. ¡Y te ha robado el corazón!

—No, Charles, no. En realidad es como los demás. Los odio a todos. Me dan escalofríos.

—¿Quién es entonces?

—Él.

—¿Quién?

—El vigilante nocturno.

—¡Imposible!

—No. Huele a sol.

—Oh, Ella, me has roto el corazón.

—Pero podemos ser amigos.

—Lo seremos. Seré como tu hermano. ¿Cómo te enamoraste de él?

—Oh, Charles, fue maravilloso. Estaba pensando en pájaros y me descuidé. No me delates, Charles. Me castigarían.

—No, no. Continúa.

—Me descuidé y allí estaba él, doblando la esquina. No tenía donde ocultarme; llevaba puesto este vestido azul. A mi alrededor solo había algunos maniquíes en ropa interior.

—Continúa, por favor.

—No había otra opción, Charles. Me quité el vestido y me quedé quieta.

—Comprendo.

—Se paró a mi lado, Charles. Me miró. Y me tocó la mejilla.

—¿No se dio cuenta de nada?

—No. Hacía frío. Pero dijo... Dijo: «Oye, encanto, ojalá fueran como tú las chicas de la Octava Avenida». Charles, ¿no te parece precioso?

—Personalmente, yo hubiera dicho Park Avenue.

—Ay, Charles, no seas como la gente de aquí. A veces me parece que te estás volviendo igual que ellos. Qué más da la calle, Charles, fue una frase preciosa.

—Sí, pero me has roto el corazón. ¿Y qué puedes hacer con él? Ella, él pertenece a otro mundo.

—Sí, Charles, la Octava Avenida. Quiero ir allí. Charles, ¿de verdad eres mi amigo?

—Como un hermano, solo que mi corazón está destrozado.

—Te voy a contar lo que haré, escucha. Voy a volver a ponerme en el mismo sitio. Así me verá.

—¿Y luego?

—Quizá vuelva a hablarme.

—Querida Ella, te estás torturando. Y estás empeorando las cosas.

—No, Charles. Porque esta vez le responderé. Y me sacará de aquí.

—Ay, Ella, no podré soportarlo.

—¡Chist! Viene alguien. Veré pájaros. Pájaros de verdad, Charles. Y flores. Ya vienen. Tienes que irte.

Estos tres últimos días han sido un suplicio y, finalmente, esta tarde me he derrumbado. Roscoe ha venido a verme. Se ha sentado y se me ha quedado mirando durante un buen rato. Luego me ha puesto la mano en el hombro.

—Tienes mala pinta, viejo amigo. ¿Por qué no vas a Wanamaker's a esquiar un poco?

Su amabilidad me ha empujado a responderle con total franqueza:

—Es peor de lo que imaginas, Roscoe. Estoy acabado. No puedo comer, no puedo dormir, no puedo escribir... Ya ves, ni siquiera puedo escribir.

—¿Qué te pasa? ¿Es por no comer durante el día?

—No..., es amor.

—Nadie del personal o de los clientes, ¿verdad, Charles? Eso está absolutamente prohibido.

—No, nada de eso, Roscoe. Pero es igual de imposible.

—Mi querido amigo, de verdad que no soporto verte así. Deja que te ayude. Cuéntame el problema.

Entonces se lo he soltado todo. A borbotones. Confiaba en él. Creo que confiaba en él. De verdad creo que no tenía intención de traicionar a Ella, de sabotear su huida, de retenerla aquí hasta que su corazón se decidiera por mí. Y si la tenía, era inconsciente, lo juro.

Pero se lo he contado todo. ¡Todo! Se ha mostrado compasivo, pero he detectado una leve reticencia en su compasión.

—¿Respetarás mi confianza, Roscoe? Tiene que ser un secreto entre tú y yo.

—Soy una tumba, viejo amigo.

Ha debido ir directo a contárselo a la señora Vanderpant, pues esta tarde la atmósfera ha cambiado. La gente va de aquí para allá, sonriendo nerviosa, horriblemente, con una especie de exaltación aterrada y sádica. Cuando hablo con ellos, responden con evasivas, se agitan inquietos y desaparecen. Se ha anulado una fiesta de baile. No encuentro a Ella. Me escabulliré en su busca. Debo encontrarla.

Más tarde

¡Cielos! Ha ocurrido. Desesperado, he ido al despacho del gerente, cuya cristalera tiene vistas a toda la tienda. He estado vigilando hasta medianoche. Entonces he visto a un pequeño grupo de ellos, como hormigas cargando con una víctima. Llevaban a Ella. La han metido en la sección de productos quirúrgicos. Cargaban también otras cosas.

Luego, en el camino de vuelta hasta aquí, me he cruzado con una horda que cuchicheaba inquieta y miraba por encima del hombro en un éxtasis de pánico, en busca de escondites. Yo también me he ocultado. ¿Cómo describir las oscuras e inhumanas criaturas que han pasado a mi lado, silenciosas como sombras? Han entrado allí..., en el lugar donde está Ella.

¿Qué puedo hacer? Solo hay una opción. Buscaré al vigilante nocturno. Se lo contaré todo. Él y yo la salvaremos. Y si nos vencen... Bueno, dejaré este diario en un mostrador. Si seguimos vivos, mañana podré recuperarlo.

Si no, mira en los escaparates. Busca tres nuevas figuras: dos hombres (uno de aspecto más bien sensible) y una chica. Ella tiene los ojos azules, como las flores de la vinca, y su labio superior está un poco levantado.

Búscanos.

¡Desenmascáralos! ¡Destrúyelos! ¡Vénganos!

¿Quién tiene la dama?

Jack Ritchie

Bernice Lecour cogió la fotografía ampliada del *Retrato de una dama* y la acercó un poco más al caballete.

—Vaya con la sonrisa enigmática. ¡La mujer eternamente misteriosa!

—Pues, sinceramente —dije—, yo creo que es una sonrisa vacía. La dama es bastante remilgada.

Bernice se encogió de hombros.

—Puede ser. Tengo entendido que en aquella época tenían la dentadura hecha una pena y no se atrevían a sonreír de oreja a oreja como nuestras *beauty queens*.

Consulté mi reloj.

—Tengo una cita en la aduana, pero después iré a ver a Zarchetti y le robaré el sello.

—¿No sería más fácil ir a una tienda y que nos hicieran un duplicado?

—Más fácil sí. Pero quiero que la marca sea auténtica cuando la estudien al microscopio. Además, la policía visitará a Zarchetti en busca de un sello determinado, y quiero que lo encuentren.

Bernice cogió una lupa, examinó una esquina de su copia de *la dama* y aplicó una pincelada ámbar. Ya casi había terminado.

—¿Habías robado algo antes?

—Solo las radiografías.

Aquello había sucedido en París hacía tres semanas. Yo estaba con *monsieur* André Arnaud en su despacho, ultimando los preparativos para la exhibición de *la dama* en Estados Unidos, cuando alguien lo llamó y tuvo que salir. Tardaba mucho en volver, así que no pude evitar merodear por la habitación y husmear un poco aquí y allá. Así fue como abrí un armario y encontré las radiografías del *Retrato de una dama*.

Al principio me sorprendió que no estuvieran bajo llave, pero tras reflexionarlo un momento comprendí que, aunque *la dama* estuviera valorada en unos cuantos millones, las radiografías, por sí solas, no valían casi nada. Seguramente solo las utilizaban una vez cada dos o tres años, como mucho. Nadie querría robarlas.

Entonces caí en el enorme talento de Bernice como copista, y en el hecho de que ambos seríamos bastante más felices con algo más de dinero. En ese mismo instante nació mi plan, que fue tomando forma rápidamente. Me escondí las radiografías bajo la chaqueta y cuando Arnaud reapareció, fingí inocencia. Me encontró admirando un boceto de Rubens que tenía colgado en la pared.

Y ahora Bernice mezclaba una pizca de siena en su paleta.

—A lo largo de su vida, el maestro pintó ochenta y siete retratos, pero mira tú por dónde, en Estados Unidos hay unos ciento doce —contempló su trabajo y suspiró—. Si hubiera vivido en aquella época y hubiera sido un hombre, yo también sería inmortal.

—Pues yo te prefiero mortal y en este cuerpo —bromeé, y volví a mirar el reloj—. O salgo ya, o no llego. Aquí te quedas, Bernice. Tengo cita con Amos Pulver a las tres.

Ella alzó la vista del lienzo.

—¿Es sobre el Renoir?

—Sí.

—¿Y qué has decidido?

—Es auténtico.

—¿Y eso? —preguntó con una sonrisilla—. ¿Lo has echado a cara o cruz?

La besé.

—Hasta luego, Bernice.

Llegué al apartamento de Amos Pulver unos minutos antes de las tres. Los demás ya estaban allí: Louis Kendall, de las galerías Oaks, y Walter Jameson, que se creía todo un experto en Renoir.

Hacía dos meses, Pulver había adquirido un Renoir (o un supuesto Renoir) en la subasta anual de Hollingwood. Había pagado cuarenta mil y se había quedado tan ancho... hasta que hace una semana leyó un artículo sobre falsificaciones en la sala de espera del dentista. Ese día nos había reunido de inmediato para dictaminar si la pintura era auténtica, y desde entonces cada uno de nosotros había dispuesto del lienzo durante varios días, para estudiarlo.

Pulver cortó la punta de un puro con los dientes y nos observó atentamente.

—¿Y bien?

Louis Kendall habló primero:

—En mi opinión, el cuadro es una falsificación.

Jameson le lanzó una mirada asesina.

—Te equivocas. El cuadro es un Renoir original. No cabe la menor duda.

Amos Pulver se volvió hacia mí.

—¿Cuál es tu veredicto?

Lo consideré durante unos instantes y, tras una pausa dramática, contesté:

—Tu Renoir es auténtico.

—¡Venga ya! —exclamó Kendall—. Cualquier imbécil se

daría cuenta de que es una patética imitación del estilo de Renoir en su etapa seca...

Walter Jameson levantó una ceja, su gesto favorito.

—¿Y qué sabes tú de la etapa seca de Renoir? Si hubieras leído mis seis artículos sobre el tema...

Amos Pulver hizo aspavientos con la mano.

—Al carajo su etapa seca. Lo único que quería era una confirmación oficial, y ya la tengo. —Sacó tres cheques de su cartera y nos los entregó—. Aunque me hubiera gustado que el voto fuera unánime.

Pulver despidió a Kendall y Jameson, pero a mí me retuvo. Sirvió dos whiskys con soda.

—No sé una mierda de pintura, y no me importa. Pero todo el mundo que conozco colecciona y no quiero quedarme sin tema de conversación. —Me tendió uno de los vasos—. Dime, vosotros, los expertos... ¿de verdad sabéis lo que estáis haciendo cuando examináis un cuadro?

—Tu whisky es excelente.

Pulver dio un pequeño trago.

—He leído que van a traer el *Retrato de una dama* para una exhibición en el ala Vandersteen del Centro Nacional de las Artes.

—Intercambio cultural —dije—. Francia nos enseña sus cuadros y nosotros los alabamos.

—Ese vale unos cuantos millones —añadió en tono casi reverencial—. La pintura más célebre del mundo.

—Sí —dije—, eso parece.

—Supongo que estarán tomando un montón de precauciones, ¿no? Eso lo sabrás tú bien, que eres el conservador del ala Vandersteen...

Asentí.

—La pintura llegará en barco. Viene en una caja especial. Precintada, acolchada y con aire acondicionado.

—Ya. Me refería a que está fuertemente custodiada, ¿no? He oído que al menos cuatro guardas armados la vigilan día y noche. Y si no me equivoco, al llegar aquí la protegerá una guardia de marines, ¡nada menos!

—Con los rifles cargados —confirmé—. Dos de ellos permanecerán junto a la pintura a todas horas mientras dure la exposición.

Pulver elogió semejante despliegue de seguridad.

—Apuesto a que es imposible robarla.

—Prácticamente imposible —dije—. Y si todo sale bien, el público americano pronto podrá disfrutar también de *El hermano de Winkler*.

A Pulver no paraban de ocurrírsele preguntas.

—Cuando llegue *la dama*, ¿habrá algún tipo de desfile festivo o celebración? Oí algo sobre una banda marcial y *majorettes*, y tal vez algún concierto para viento.

—No, lo siento —dije—. Algún aguafiestas canceló todos esos actos a última hora.

No se desanimó.

—Bueno, pero habrá una buena ceremonia inaugural en el museo, ¿no? ¿Hablará el gobernador?

—Lo intentará. Pero me temo que la acústica es horrible.

Cuando al fin salí de allí, me detuve en la primera cabina telefónica que encontré y llamé a Hollingwood.

—No tendrás que devolverle la pasta a Pulver. El resultado ha sido de dos votos a uno.

—Bien —repuso Hollingwood—. Pero que conste que yo estaba seguro de que se trataba del original. Hubiese apostado la cabeza. Tengo una reputación...

—Y aun así —le recordé— decidiste tomar precauciones.

—Lo sé, lo sé —dijo—. Recibirás el cheque mañana por la mañana.

Fui en metro hasta la tienda de materiales de Zarchetti. En

el almacén del tercer piso me entretuve charlando con uno de los dependientes, como era mi costumbre, mientras él desembalaba los productos recién llegados.

Zarchetti marca sus artículos de dos maneras: la mayoría llevan una simple pegatina de papel con el nombre del establecimiento, la dirección y el precio impresos en tinta negra. Sin embargo, hay ciertos objetos (los lienzos de algodón, por ejemplo) en los que utiliza un sello de goma empapado en tinta indeleble.

En una ocasión me explicó que los estudiantes de arte, que son como son, solían quitar las etiquetas de los lienzos más baratos y las pegaban sobre las etiquetas de los lienzos más caros. De ese modo, se la colaban a los dependientes novatos y se llevaban productos que costaban cinco veces más de lo que pagaban.

Observé como el empleado consultaba la lista de precios, ajustaba las rueditas numéricas de un sello y lo estampaba en un lienzo: «Materiales de bellas artes Zarchetti. 218 Lincoln Avenue. 10,98 $».

Había al menos media docena de sellos similares tirados por las mesas y no me fue difícil coger uno y metérmelo en el bolsillo. No parecía que fueran a echarlo en falta.

Aquella noche, después de cenar, leí que Bernice acababa de recibir el segundo premio (dotado con mil dólares) por una de sus pinturas en la exposición de Raleigh. La obra se llamaba *Escila catorce*. Según el artículo del periódico, consistía en un lienzo pintado enteramente de azul primario con una sola pincelada de color naranja en una esquina. Había impresionado mucho a uno de los jueces, que lo consideró «una valiente incursión en lo desconocido. Los firmes trazos verticales ejemplifican la inexorabilidad de un universo en constante expansión. Y, sin embargo, hay espacio para la contradicción. En la persistente pincelada naranja, que desentona con el resto, resuena el grito humano contra la inflexible mecánica de la existencia». Tuve que leerlo dos veces.

A las ocho y media, cogí un taxi hasta el Centro Nacional de las Artes y fui directo a mi despacho. Abrí con llave el último cajón del escritorio y saqué la bolsa en la que guardaba mis utensilios. Del armario del conserje, en el vestíbulo, cogí una escalera de mano y la llevé hasta el ala Vandersteen. La galería oriental, al igual que el resto del edificio, se cerraba al público a las cinco.

El lugar había sido seleccionado para exhibir el *Retrato de una dama* y, con motivo de la ocasión, se habían retirado el resto de los cuadros. La sala había sido pintada y redecorada por completo, y durante el proceso me las había apañado para robar uno de los cubos de pintura a los trabajadores.

Iban a colgar el cuadro en un nicho situado al fondo; un hueco de unos cuatro metros de ancho por un metro y medio de profundidad. Sobre el nicho había una reja de metal enrollable, que en ese momento se encontraba levantada, como una persiana. Durante las horas en que la pintura no estuviera expuesta al público, dicha reja se bajaría y fijaría al suelo. De este modo, *la dama* quedaría aislada del resto de la sala. Además, dos marines armados y varios agentes de seguridad, tanto franceses como americanos, permanecerían apostados frente al nicho en todo momento. Examiné mi trabajo de las últimas noches y, una vez más, verifiqué que nada fuera detectable a simple vista.

Dentro del nicho, en uno de los laterales, había taladrado una serie de agujeros que formaban un círculo de medio metro de diámetro. En su interior había instalado cargas de dinamita. También había cincelado una pequeña ranura que iba desde el círculo hasta el techo. Un sistema de cableado se extendía por esa ranura y atravesaba las intrincadas molduras hasta llegar a la parte trasera de la sala. Allí volvía a descender y quedaba conectado a las baterías que había ocultado tras un pesado diván.

Luego había usado masilla para cubrir las ranuras y los agujeros, y tras aplicar una capa de pintura, había logrado que mi obra pasara completamente desapercibida. Seguí un procedimiento similar para diseminar las bombas de humo por la sala y colocar la carga de explosivos en la persiana metálica.

Había instalado dos bombas de humo dentro del nicho, otras dos en el sistema de ventilación y una en la pared, en un punto intermedio de la sala. Pensé que con una más enfrente de esta última sería suficiente para mis propósitos.

No había mucho riesgo, si es que había alguno, de que Fred, el vigilante nocturno, me pillara con las manos en la masa. Había descubierto que solo hacía su ronda una vez cada tres horas, y después se retiraba al sofá de su cuartucho, en el sótano. Se ponía una alarma hasta el siguiente paseo y enseguida caía en un sueño profundo e imperturbable. Era una rutina por la que sería despedido, pero de momento me beneficiaba.

Me puse los guantes de goma, agarré el cincel y el mazo, y me puse manos a la obra. Cuando terminé la abertura, ésta medía unos trece centímetros de profundidad y diez de diámetro. Metí la última bomba de humo y la pequeña carga de dinamita. Cuando apretara uno de los botones, la carga haría saltar el recubrimiento de masilla y el humo invadiría la sala. Conecté los cables con cuidado, practiqué la ranura hasta las molduras del techo y estaba a punto de empalmar los cables a uno de los circuitos principales cuando escuché una suave voz a mis espaldas:

—¿Cómo va?

Por poco me caigo de la escalera. Afortunadamente, recuperé el equilibrio y me giré:

—Bernice, ¿era necesario?

Ella sonrió.

—He venido a ver si habías terminado.

—¿Y se puede saber cómo has entrado en el edificio?

—Cariño, compartimos llaves.

Acabé de empalmar los cables y bajé de la escalera.

—Por cierto, Bernice, se te ha olvidado contarme algo, ¿no? He tenido que enterarme por la prensa de que has ganado el segundo premio en Raleigh. ¿Cómo se te ocurrió el título *Escila catorce*?

Se sonrojó ligeramente.

—Abrí el diccionario al azar por dos sitios. No hay mejor forma de hacer que algo suene intelectual.

Comencé a mezclar la masilla para la pared.

—Es un cuadro excepcional, Bernice. Una valiente incursión en lo desconocido. Los firmes trazos verticales ejemplifican la inexorabilidad del universo y la pincelada naranja...

—Uf, calla, calla...

Terminé de rellenar y pintar los huecos y me quité los guantes.

—Ya está todo listo. Mientras el gobernador esté pronunciando su discurso, me escabulliré con disimulo entre la gente hasta ese diván de allí y meteré la mano por detrás.

»Cuando pulse el primer botón, se producirá una pequeña explosión. Destruirá el mecanismo que sujeta la reja metálica al techo y ésta caerá. Así, *la dama* quedará aislada de todos los presentes, incluidos los dos marines.

»Cuando sepa que esto ha funcionado (uno o dos segundos después), apretaré el segundo botón. Las seis bombas de humo se activarán inmediatamente. Entonces, cuando la sala esté lo bastante llena de humo y todo el mundo esté confuso, apretaré el tercer botón. Las cargas situadas en el nicho detonarán y abrirán un agujero en la pared. Un agujero lo bastante grande como para que una persona gatee por él, con un cuadro a cuestas, claro.

Bernice hizo un gesto de aprobación con la cabeza.

—Y ese agujero conducirá a la sala de almacenaje que hay detrás, ¿no? Y la ventana que da a la calle estará abierta...

—Eso es.

Se quedó pensativa.

—¿Y es necesario esperar a la ceremonia, con toda esa gente presente? ¿No sería mucho fácil si solo hubiera unas pocas personas? ¿Los guardas y poco más?

—No, no. En ese caso podrían decidir tapar el incidente. Y nosotros necesitamos la mayor publicidad posible.

—¿Crees que sospecharán de ti?

—Lo dudo. Si se atreven a señalar culpables, lo más seguro es que las acusaciones recaigan sobre los trabajadores que han estado trasteando por aquí estas últimas semanas.

Miré hacia el otro extremo de la sala, al nicho, y sonreí.

—¿Sabes qué, Bernice? Una de las ventajas de ser conservador de un museo es que acabas conociendo a los coleccionistas con dinero... y las cantidades desorbitadas que los menos escrupulosos están dispuestos a pagar.

La dama llegó al día siguiente por la tarde, en un vehículo blindado. La escoltaban media docena de automóviles ocupados por policías uniformados, hombres de paisano, agentes secretos tanto franceses como americanos y la delegación oficial francesa, encabezada por *monsieur* Arnaud.

Les seguían, muy de cerca, dos pelotones de marines estadounidenses, montados en un camión de dos toneladas y media. Tras un breve intercambio de presentaciones y apretones de manos, la comitiva se dirigió a la galería oriental del ala Vandersteen. Allí, se desmontó el cajón que contenía la pintura y *la dama* quedó a la vista de todos.

Una lámina de vidrio irrompible la protegía de cualquier rasguño. Me parecía evidente que, una vez estuviera colgada en el nicho, los miles de visitantes que la contemplaran apenas serían capaces de distinguir algo más que el marco ornamental y los reflejos del vidrio. No obstante, seguro que se marchaban satisfechos, contentos de haber «visto» aquello que estaba en boca de todos. Arnaud y dos de sus asistentes la colocaron con cuidado en el lugar asignado. Acto seguido, dos marines se plantaron junto al nicho, uno a cada lado.

Me saqué el sello del bolsillo y lo escondí en la palma de mi mano.

—Perdónenme, caballeros, pero creo que *la dama* está ligeramente torcida.

Cuando así el cuadro, mis dedos apretaron el sello con fuerza contra el reverso del retrato. Estaba seguro de que nadie me había visto.

Di un paso atrás.

—Así sí. Ahora está perfecta.

Aquella misma tarde, a última hora, me las apañé para salir. Fui a la tienda de Zarchetti y devolví el sello sin que nadie se diera cuenta.

A las siete y media, el ala Vandersteen estaba a rebosar del público más selecto, que dirigía miradas de adoración al retrato. Todavía no tenían permitido acercarse más de siete metros.

El gobernador llegó a la ocho y subió a la pequeña plataforma que habían instalado frente al nicho. Se sucedieron entonces una serie de introducciones y agradecimientos (por lo visto, todo aquel que había tocado la caja de *la dama* quería su minuto de reconocimiento). También yo, en calidad de conservador del museo, tuve que pronunciar algunas palabras. Cuando terminé, abandoné la abarrotada plataforma para dejar sitio al alcalde, que iba a dar paso al gobernador.

Avancé lentamente entre la multitud, hasta llegar al fondo de la sala. Me puse los guantes y permanecí junto al diván. Mis dedos acariciaron los botones.

A las nueve y cinco, el gobernador por fin se levantó y sonrió a la audiencia. Era el momento. La atención de todo el mundo estaba centrada en él.

Apreté el primer botón.

Se oyó un pequeño estallido (parecido a un disparo) proveniente del techo. La pesada reja se desenrolló y cayó hasta el suelo con gran estrépito. *La dama* quedó aislada al instante. Los marines se sobresaltaron y, al parecer, el primer pensamiento del gobernador fue que se trataba de un intento de asesinato. Se había llevado las manos al pecho y lo palpaba en busca de agujeros de bala.

Apreté el segundo botón.

Se produjeron seis explosiones seguidas por su propio eco, que retumbó en las paredes, y las bombas de humo expulsaron su vapor blanco grisáceo. Entonces reinó la confusión. La falta de visibilidad era absoluta.

Apreté el tercer botón.

Esta explosión fue la más ruidosa, pues correspondía al boquete de la pared.

Caminé a ciegas hasta la sala contigua, dejándome arrastrar por la desbandada general. Allí el aire estaba casi limpio y observé con interés como hombres con distintos uniformes tomaban bocanadas de aire puro y se adentraban de nuevo en la galería oriental. La mayoría habían desenfundado sus pistolas.

El gobernador fue uno de los últimos en salir de la galería, seguramente porque tuvo que recorrer el trecho más largo. Pero no vi a los marines. Al parecer, habían permanecido firmes en sus puestos y, por un momento, creí experimentar un arrebato de orgullo nacional. ¡Qué fortaleza! ¡Qué disciplina!

Al rato, oí un ruido de cristales. Habían roto las ventanas de la galería y lanzado las bombas de humo al exterior.

Media hora después, el humo se había disipado lo suficiente como para que yo pudiera volver a entrar. Había más de una docena de guardas y funcionarios congregados frente a la persiana de hierro. Algunos miraban a través de la rejilla, mientras otros trataban de levantarla a la fuerza. Evidentemente, estaba atascada.

También vi que había varios policías uniformados al otro lado, en el nicho. Al parecer, habían entrado allí a través de la sala de almacenaje y el agujero creado por mi explosión. Un tal teniente Nelson, de la policía metropolitana, organizó a sus hombres y, entre resoplidos, consiguieron levantar la reja poco más de un metro.

Nos agachamos y entramos al hueco.

La dama estaba allí, indemne, solo un poco torcida.

Las manos de Arnaud aletearon en torno al lienzo.

—¡No ha sufrido ningún daño! ¡Dios santo! ¡Creo que no ha sufrido ningún daño!

El teniente Nelson señaló el boquete de la pared.

—Mi teoría es que quien intentaba robar el cuadro entró por allí tras la explosión. Pero luego, o bien los nervios le jugaron una mala pasada, o bien el humo fue demasiado para él, así que se fue por donde había venido y, finalmente, escapó por la ventana abierta del almacén.

Arnaud descolgó el cuadro con cuidado y lo examinó.

—Déjeme echarle un vistazo —le pedí.

Se apretó el retrato contra el pecho.

—*Monsieur* —dijo—, es mía.

—Señor —respondí yo con firmeza—, soy el conservador de esta galería y usted se encuentra en territorio estadounidense.

Muy a regañadientes, me dejó quitarle el cuadro de las manos. Examiné la parte frontal y luego le di la vuelta. Me quedé mirando la parte trasera durante unos segundos y después cerré los ojos. «¡Oh, no!»

Volví a girar el cuadro rápidamente y traté de colgarlo en su sitio.

—Señores, *la dama* está en perfecto estado. Ya lo creo que sí. En perfecto estado...

Arnaud me la arrancó de las manos. Él también miró la parte de atrás, y no fue el único. Todos vieron el sello de tinta azul, pero fue el teniente Nelson quien tuvo la sangre fría para leerlo en voz alta:

—Materiales de bellas artes Zarchetti. 218 Lincoln Avenue. Catorce dólares y noventa y ocho centavos.

Se rascó la mejilla y clavó los ojos en Arnaud.

—¿Están ustedes seguros de que nos enviaron el original?

Arnaud estaba lívido.

—¡Por supuesto que enviamos el original! —Volvió a mirar el sello—. No entiendo nada —concluyó en tono lastimero.

Permanecimos en silencio, sumidos en nuestros pensamientos, hasta que, por fin, el teniente Nelson se atrevió a formularlos en palabras:

—¿Y si aprovecharon el caos y la confusión para dar un cambiazo? —Nadie dijo nada, así que prosiguió—: He oído que hay falsificadores que son auténticos maestros. Saben envejecer el lienzo y la pintura artificialmente, de modo que nadie pueda notar la diferencia. Ni siquiera los expertos —reflexionó un instante y se le iluminó la cara—. Sin embargo, igual que al resto de los delincuentes, se les olvidó un pequeño detalle. No vieron la marca de Zarchetti en el reverso del lienzo.

—No sea ridículo —dije con frialdad—. Esta es la pintura original. No es así, ¿*monsieur* Arnaud?

Lo miré. Seguía pálido, y observaba la pintura con gesto suspicaz.

—No tengo recuerdo de esa muesca en el marco...

—La explosión —dije rápidamente.

Pero Arnaud no estaba prestando atención. Permaneció pensativo y los demás respetamos su silencio. Al fin, tomó una decisión:

—Solo hay una manera de estar seguros. Pediré las radiografías de París. Un falsificador hábil puede engañar al mejor de los expertos, pero nunca podrá engañar a los rayos X. Es imposible que haya reproducido cada matiz de la pintura, o el grosor en puntos estratégicos. Y, sin duda, es imposible que haya reproducido lo que hay detrás de la pintura, la individualidad microscópica de los hilos del lienzo original... —Arnaud se volvió hacia mí—. Señor Parnell, lléveme a un teléfono, por favor.

Desde mi despacho llamamos a París y esperamos. Tras un considerable intervalo, uno de sus subordinados regresó al otro lado de la línea. Arnaud escuchó y pareció a punto de desmayarse. Pero se recuperó, dio algunas órdenes en francés y colgó el auricular.

—Algún imbécil ha extraviado las radiografías del *Retrato de una dama*. Pero no se apuren. He ordenado rebuscar en los archivos. Que lo pongan todo patas arriba si hace falta. Las radiografías aparecerán.

Naturalmente, jamás aparecieron.

Una semana más tarde, un distinguido comité de veinte expertos franceses y americanos se reunió para estudiar *la dama* y tomar una decisión sobre su autenticidad.

Al cabo de un mes, se hicieron públicos los resultados.

Doce de ellos afirmaron que la pintura era la original, seis proclamaron que se trataba de una falsificación muy bien hecha, y dos dijeron que era una falsificación chapucera. El gobernador se tomó la molestia de declarar públicamente que creía en la opinión mayoritaria, y el Senado estatal lo respaldó por 64 votos a 56. La votación fue totalmente partidista.

La dama regresó a Francia. Aun así, París anunció que había cancelado los planes de enviar a Estados Unidos *El hermano de Winkler*.

Había camuflado mi aspecto por completo mediante una barba postiza y gafas oscuras. Además, llevaba una peluca negra y hablaba con un ligero acento francés.

Aunque había coincidido con el señor Duncan en varias ocasiones, estaba seguro de que no me había reconocido. Empecé a guardar el dinero en el maletín. Doscientos mil dólares (todo en billetes pequeños) abultan bastante. Duncan observó el cuadro, sobrecogido, pero también con expresión triunfal.

—Así que sí la robaron, después de todo.

—*Monsieur* —dije—, yo no sé nada del robo. Nada de nada. *La dama* llegó a mis manos por pura casualidad.

Esbozó una sonrisa cómplice.

—Por supuesto —volvió a fijar la mirada en su nueva posesión—. Millones de idiotas visitarán esa copia en París y, mientras tanto, yo tendré el original.

—Comprenderá usted, *monsieur* —le advertí—, que no debe mostrarle el cuadro a nadie más. A nadie. Es para que lo disfrute en privado. Si se descubriera que usted posee el *Retrato de una dama* auténtico, las autoridades se lo requisarían de inmediato, e incluso podría ir a la cárcel.

Asintió.

—Lo guardaré bajo llave. Nadie lo verá. ¡Ni siquiera mi mujer!

Podía entender aquella última precaución. Se trataba de su cuarta mujer, y podría mostrarse vengativa cuando él iniciara un nuevo proceso de divorcio. Cerré el maletín.

—Adiós, señor Duncan. Es usted muy afortunado. Ha conseguido una pintura de un millón de dólares por una quinta parte de su precio.

En el taxi, me relajé. Hasta el momento, Bernice Lecour había pintado seis copias de *la dama*, y no me había costado nada venderlas como originales. Quizá Bernice y yo podríamos haber robado la auténtica, pero entonces la policía de todo el mundo se hubiera lanzado en busca de los ladrones. Era mucho más seguro así..., crear la sospecha de que podía haber sido robada, y luego capitalizar esa sospecha.

Pensé que Bernice y yo nos merecíamos unas buenas vacaciones. Brasil parecía un lugar interesante.

Tal vez no regresáramos.

18

Selección natural

Gilbert Thomas

—Joder, me estoy achicharrando —dijo Butter.

—Pues métete en el coche —respondió Craw.

—Ni de coña.

—Pues entonces cállate.

—Dentro del coche te asas, aquí fuera te fríes.

—Ya. Pero cállate la boca.

El gordinflón vaciló.

—Lo siento, Craw —dijo.

—Vale.

Craw quería levantarse, pero no lo hizo. El sol pegaba de lleno y la única protección eran unas míseras sombras que se formaban junto al guardabarros y el estribo del coche. Ahí se acurrucaba Craw, peleándose con dos botes de hojalata que le quemaban en las manos. Llevaba martilleando y cortando aquellas latas casi una hora. Quería levantarse, estirar la espalda y escrutar el horizonte para ver si venía algún coche por la carretera. Pero no quería enfrentarse a ese sol.

—Echa un vistazo a la carretera —ordenó.

—Ni un alma, ya verás —replicó Butter, pero aun así apoyó una mano carnosa sobre el estribo y se puso en pie con gran esfuerzo.

Craw tenía aquella expresión que ponía siempre que estaba cabreado de verdad, así que Butter juzgó que lo mejor sería levantarse sin rechistar y otear la carretera. Sintió que el aire que respiraba le quemaba en los pulmones y la cara. Le lloraban los ojos. Nada. Hacia el norte, el camino de tierra se extendía en línea recta, vacío. En dirección sur, se perdía entre los peñascos rojizos. Nada.

—¿Ves algo? —Craw había reanudado su trabajo con las latas.

—Ni siquiera una lagartija.

—¿Alguna nube de polvo?

—Ya te he dicho que nada. —Butter se agachó de nuevo hacia la escasa sombra y se enjugó el sudor con un trapo azul.

Habían partido hace tres días. Salieron de un pueblo minúsculo y desértico que contaba con una gasolinera, una pequeña tienda que vendía de todo y ningún hotel.

Se suponía que iba a ser un viaje de exploración, tal vez darían con alguna mina de petróleo, quién sabe. En realidad, su única intención había sido pasárselo bien.

Habían llenado el coche con comida enlatada, artilugios de camping, algunas herramientas y botellas de agua. Craw había revisado el vehículo antes de partir.

—Es viejo —había dicho—, pero servirá.

—Tú mandas —había respondido Butter, porque Craw había sido mecánico en Los Ángeles y se suponía que sabía más del tema.

Lo cierto es que Craw había permanecido sentado en el vehículo mientras ordenaba a Butter comprobar el aceite en el cárter y el agua en el radiador.

—¡Esto tira, seguro! —había dicho Butter.

Al final, resultó que aquel coche no servía en absoluto. Los había dejado tirados. Además, Butter se había olvidado de coger el bidón de aceite de repuesto y, como no quería que Craw se enfadara aún más, evitó el tema.

Todo podría haber ido bien si no hubiera sido por aquella maldita piedra que se había desprendido de un risco junto a la carretera. El coche había topado con la piedra. La piedra había perforado el cárter. Al rato, el motor había estallado y dos pistones saltaron y atravesaron el bloque de hierro fundido.

Y ahí estaban ahora. Sentados junto a su coche inservible, esperando. Ya habían consumido parte de la comida y no les quedaba agua. No había nada ni nadie a la vista.

Craw, que aún seguía encogido, trabajando en los botes de hojalata, escuchaba la respiración dificultosa del gordinflón. Butter. Ése no era su verdadero nombre, pero todo el mundo lo llamaba así. Butter, 'mantequilla', tan fofo que llamaba la atención. Hasta su piel tenía un matiz amarillento. Incluso después de haber estado horas y horas tostándose al sol —¿cuánto tiempo llevaban ya allí?—, seguía siendo amarillento. ¿Cómo podía alguien acumular tanta grasa? A Butter le gustaban las sopas aceitosas, los chuletones y solomillos monumentales, las tartas y los pastelillos, las patatas fritas y los refrescos. Y las tías delgadas. Hay que joderse. Craw se preguntaba por qué se había juntado con aquel tipo. No le caía bien (nadie la caía bien), pero se reía con él (de él), y a la hora de ligar no representaba ningún tipo de competencia, precisamente. Sin embargo, ahora que lo tenía justo al lado en aquel pedacito de sombra —el muy condenado sudaba a mares y apestaba— y lo oía respirar de aquel modo, Craw se puso muy nervioso. Además, estaba el asunto del aceite...

—¡Eh, eh! ¿Estás loco o qué? —chilló Butter, rodando por el suelo para huir de los puños de Craw.

—Puto gordo asque...

—¡Craw!

—¡Te mato!

Los chillidos, cada vez más agudos, se alejaban de Craw. Golpeó a Butter como quien le pega a un saco. Se preguntó si sentiría algo bajo todo ese sebo. Era un blanco fácil. Demasiado fácil. Se detuvo. Lamentaba su arrebato.

—Oye, lo siento. ¿Estás bien?

—Estoy... estoy bien —dijo Butter.

—Coge la lata esa y vacía en ella lo que quede en el radiador.

—Vale.

Butter drenó el radiador y le llevó el agua sucia a Craw. No era mucha. Craw encendió un pequeño fuego con unas ramitas secas y se puso a destilar el agua.

—Hala, nunca se me hubiera ocurrido —dijo Butter, más animado.

—Menos mal que uno de los dos piensa.

—Tal vez cuando termines podríamos coger el agua y caminar de vuelta.

—¿De vuelta a dónde?

—La vieja casa que vimos, ¿te acuerdas? A unas veinte millas.

—¿Te ves capaz de caminar veinte millas?

Butter cerró los ojos. Creyó que iba a llorar, pero había sudado tanto que no le quedaban lágrimas.

—Los Ángeles. He estado pensando en Los Ángeles —dijo Butter.

—Los Ángeles. —El tono en que lo pronunció Craw era muy diferente.

—Nunca te gustó.

—Es una mierda de sitio.

—Es mi hogar, Craw.

—¿Y qué? ¿Eso es lo único que se te ocurre?

—Es mi ciudad natal, mi hogar.

—Éste es tu hogar ahora.

—No, Craw, no lo es.

—Haz el puto favor de callarte.

—He estado pensando en que puede que muera...

—Ya, claro.

—¿Nunca piensas en ello, Craw?

—Todos moriremos en algún momento.

—Siempre pensé que cuando me tocara, sería en Los Ángeles.

—Pues yo me piré de aquella maldita ciudad y no pienso volver a pisarla —dijo Craw—. Nunca me hizo ningún bien. Y no pienso morir ni aquí ni allí.

—Craw, si me muero, ¿me llevarás de vuelta a Los Ángeles?

—Vale, va, claro. Si te mueres.

En alguna parte se oyó el ruido que hacía un pequeño animal. Atardecía. El calor del día aún flotaba en el aire, pero había aflojado sus garras y se retiraba lentamente, como si dudara, sin saber muy bien a dónde ir. El duro y árido suelo parecía la superficie de un horno y seguiría irradiando calor durante al menos tres horas. Luego llegaría el frío.

Butter estaba sentado, apoyado en el auto. Carraspeó, pero no logró escupir. Trató de quitarse el polvo de los labios con la lengua. Después cogió la lata con el agua recién destilada y le dio un trago.

—Deberíamos echar a andar —dijo Craw—. Esta misma noche.

Butter miró la lata. La agitó ligeramente. Contendría medio litro, tal vez algo menos.

—¿Hacia dónde?

—Hacia la casa.

—¿Y si está vacía?

—Ésa ha sido tu idea, ¿no? Se te ha ocurrido a ti lo de ir hasta allí.

—Ya, bueno, pero es que yo... —Butter no terminó la frase.

—No va a estar vacía.

—¿Y si probáramos en dirección contraria?

—No. Vamos a la casa.

—Vale.

—Andando —dijo Craw.

Se pusieron en marcha. Craw, con la lata de agua en la mano, caminaba delante. Butter lo seguía. No miraron atrás.

¿Toda la noche? ¿Habían caminado toda la noche? ¿O había sido un día y una noche? ¿O dos días? Caminaban. Craw siempre iba algo por delante. Butter daba tumbos y oscilaba de un lado a otro de la carretera: un péndulo blando y redondo. La carretera: tierra compactada y curvas caprichosas. Butter tropezaba aquí y allá. Craw lo oía respirar con dificultad: el gordinflón gimoteaba y en una ocasión lloró ruidosamente. No obstante, en ningún momento dejaron de caminar. Ya se les había acabado el agua —¿cuándo habían bebido por última vez?— y no recordaban haber visto más que los surcos en la tierra, sus propios pies avanzando penosamente y los interminables recodos de la carretera. Ninguna casa. Milla tras milla, nada. De pronto, Craw se detuvo.

—Está... allí. —Craw no reconoció su propia voz.

Butter intentó gritar, pero el sonido que emitió parecía el de un silbato sin bolita.

La casa era del mismo color que el polvo sobre el que descansaba. Estaba tan perdida en el desierto como Butter y Craw. Recordaba a un hombre artrítico que hubiera muerto allí, en busca de una cura. Reseca. Vacía. Se pararon y la observaron. Era una casucha de tablones secos y agrietados con huecos entre unos y otros. El suelo de madera había cedido en uno de los extremos y le confería cierto aspecto surrealista. No había muebles, pero una sartén colgaba de la pared, cerca de donde había estado el fogón. En el suelo había una botella vacía en cuya descolorida etiqueta se leía LINIMENTO PARA EL DOLOR MUSCU-LAR DEL DR... (el nombre era ininteligible). El conjunto era una simple estancia con dos puertas: la de entrada y otra al fondo. Craw se encaminó hacia la puerta trasera entre maldiciones; el suelo inclinado era resbaladizo.

Butter le dio la espalda y se sentó en el suelo. Oyó cómo Craw tiraba de la puerta de atrás hasta arrancarla, pero no le prestó atención. Pensaba en otras cosas. Pensaba en una botella de cerveza bien fría, con un montón de gotitas heladas pegadas al cristal. Se veía pasando la yema del dedo por la botella, arriba y abajo, haciendo desaparecer las gotitas. Con la uña rascaba la etiqueta empapada, arrugando una esquina tras otra. Después se llevaba el botellín a la boca y sentía un chorro de cerveza he-lada golpeando su lengua y paladar.

Recordó un cartel publicitario que había en Los Ángeles. Siempre daba la impresión de que uno podría alargar la mano y coger uno de aquellos tres vasos llenos de espumosa y refres-cante cerveza. Helados. Helado. Le gustaba el helado, pero le costaba un poco más evocarlo. ¡Listo, ya lo tenía! Había un sitio en Beverly Boulevard, muy cerca del Western. Vendían helados muy variados y él siempre pagaba un extra para que le pusieran una segunda bola. De vainilla, ése era buenísimo. También de fresa, de chocolate... ¡Por dios! ¡Lo que fuera! ¡Que alguien lo llevara a Los Ángeles!

—Mira esto —dijo Craw.

Butter ni se inmutó.

—¡Mira! —Craw dejó caer una lata junto a Butter.

Éste se giró y la alcanzó con la mano.

—Queroseno —dijo Craw—. Una lata de queroseno de mierda. Es lo único que hay en este sitio. La he encontrado debajo del coche.

—¿Coche?

—Ahí atrás.

Butter comenzó a levantarse, pero Craw lo empujó y le obligó a permanecer sentado.

—No merece la pena —le dijo.

—Quiero verlo igualmente.

Craw le asestó una patada a la lata de queroseno. Luego se inclinó, agarró a Butter de las axilas y le ayudó a ponerse en pie.

En efecto, había un coche. Se encontraba en un pequeño cerro detrás de la casa. Había surcos de ruedas que llegaban hasta allí. Quienquiera que lo hubiera abandonado había usado siempre ese mismo lugar de aparcamiento. El coche era viejo.

Trataron de empujarlo, pero no se movió. El sol y el aire habían secado cualquier rastro de grasa y lubricante que pudiera haber en aquel coche. Y no tenía gasolina.

Era un trozo de metal viejo y reseco, una chatarra olvidada sobre un montículo al sol. Los neumáticos eran de caucho macizo, el mejor material para recorrer los caminos poco transitados del desierto. Los radios de las ruedas habían sido amarillos, pero ahora parecían grises: metal desnudo con algunos rastros de color amarillo en la zona de los cubos. El coche era alto y estrecho, un modelo de los que ya apenas se veían, al menos en su país; era la clase de coche que uno se encontraría en México. Tenía cuatro puertas.

Craw abrió la del conductor. Lo hizo con dificultad, le faltaba aceite. Se sentó tras el pesado volante. Trasteó con los cambios y los pedales. Todo parecía estar en perfecto orden; muy seco, pero ni roto ni oxidado.

Salió del coche y pasó por delante de Butter, que permanecía silencioso y alicaído: una mole blanduzca, grotesca. No sabía por qué, pero Craw sintió la necesidad imperiosa de revisar el motor de aquel coche. Lo primero, abrir el capó. Perfecto. Costaba levantarlo y chirriaba, pero se abría. La cosa pintaba bien. ¿El cableado? Correcto. Cuatro cilindros. ¿Bujías? No lo sabía aún, pero con dos bastaría. Y tal vez hubiera alguna más bajo el asiento o en la caja de herramientas. ¿Herramientas? Sí, las había. Herramientas sencillas, pero aquel cacharro también era bastante sencillo. ¿El aceite? Seco, por supuesto. ¿La batería? Descargada, seguro. Pero estaban la dinamo y las escobillas. Por eso habían aparcado el coche en aquel altillo: si la batería fallaba, un buen empujón lo pondría a rodar. Entonces, solo habría que meter la primera marcha, patear el embrague y el vehículo arrancaría. ¿Bastaría con la electricidad generada por la dinamo? Por otro lado, un coche podía funcionar con queroseno. Recordaba haberlo visto alguna vez. Mucho ruido y humareda, pero funcionaba. Tenían queroseno (al menos diez litros, quizá quince). Suficiente como para llegar a algún sitio. Y si algo sabía Craw es que tenían que llegar a algún sitio cuanto antes.

Los dos hombres se sentaron en los resquebrajados peldaños de la puerta trasera de la casucha. Ya era otra vez de noche.

—Quizá, si volviéramos atrás y... —empezó a decir Butter, tartamudeando.

Craw sabía lo que intentaba comunicarle.

—¿Coger piezas de nuestro coche?

—Eso.

Craw trató de levantar el brazo para propinarle un golpe, pero le pesaba demasiado. Estaba agotado.

—¿Es que tú te ves con fuerzas para hacerlo? —le espetó, aunque, en realidad, no quería discutir, estaba más concentrado en observar el viejo coche. Miró también a su acompañante.

Butter estaba en silencio, con el cerebro embotado. «Solo piensa en comer, el muy idiota —pensó Craw—. Tendría que haberme encargado del aceite y las comprobaciones yo mismo. Él siempre comete errores, joder, es todo culpa mía.»

Craw comprendió que iba a morir y la idea no le gustó lo más mínimo. Iba a morir y nadie se enteraría. Ése no era el final que se había imaginado, ni mucho menos. Solo se iba a enterar Butter y él también iba a palmarla...

Butter ya no pensaba en cosas heladas y botellines de cerveza. Allí sentado, agonizante, farfullaba:

—Ojalá... estuviera... en Los Ángeles.

Un poco más arriba, el viejo coche se recortaba contra el paisaje, iluminado por la luna. Brillaba. Eran las diez y treinta y ocho minutos cuando Craw preguntó:

—¿Cuánto pesas?

—Ciento cuarenta y cinco kilos —dijo Butter al cabo de un rato.

Pasaban unos minutos de la medianoche.

—Ayúdame —dijo Craw mientras se ponía en pie.

El gordinflón estaba sentado abrazándose las rodillas y se balanceaba ligeramente adelante y atrás. Por su aspecto podría haber estado hablando para sí mismo, quejumbroso, pero en realidad permanecía callado.

—Con el coche —especificó Craw. Agarró a Butter y lo aupó con una fuerza inesperada.

Abrió el capó de nuevo y toqueteó algunas piezas del motor, inspeccionando ahora con los dedos aquello que ya había examinado durante horas en su mente. Trataba de averiguar qué hacía falta y dónde había potencial.

—Piedras —dijo—. Busca piedras para ponerlas bajo el eje.

Sin rechistar, como en trance, el otro se alejó tambaleante, dispuesto a cumplir con las órdenes.

Durante toda la noche no hubo más sonidos que la respiración fatigosa del gordinflón y el tintineo, martilleo y golpeteo del metal sobre metal. Mientras trabajaba, Craw sabía que aquélla era su última noche, así que se afanó en la tarea.

El coche estaba elevado sobre las piedras, con las ruedas sacadas. El motor estaba abierto. Cables, bujías y tubos de metal reposaban sobre el duro suelo, meticulosamente ordenados, como si se tratara de un muestrario. Había montoncitos de tuercas y tornillos apilados con todo cuidado sobre los asientos. El cielo tenía un tono púrpura, que anunciaba el amanecer.

Butter dormía y tenía pequeños espasmos. Craw lo miró durante unos minutos —¿qué estaría soñando tumbado en el desierto?—; después, se dio la vuelta y se dirigió a la choza. Caminaba con inusitada rapidez. Junto a la puerta trasera había un enorme bidón de petróleo vacío, cuyo borde superior le llegaba a la altura del pecho. Cerca de la base tenía un pequeño orificio para colocar una espita. Lo habían usado como incinerador.

—¿En casa de quién está? —preguntó el anciano.

—En la de Ned —respondió una mujer.

—Es el coche más ridículo que he visto en la vida —comentó alguien.

—A mí me suena haberlo visto por aquí hace años —dijo otro.

—El tipo está chiflado, ¿no?

—Como una cabra, según Les.

—¿Cómo habrá sacado esa chatarra del desierto?

Era un pueblo minúsculo, un pueblo del desierto. Contaba con una gasolinera, una pequeña tienda que vendía de todo y ningún hotel. En aquellos momentos un grupo de gente cada vez mayor se congregaba en torno a un viejo coche aparcado junto a la gasolinera. Nunca sucedía nada en el pueblo, así que aquello era una gran novedad. Por eso todos hacían preguntas.

—El doctor ha ido a echarle un ojo y cuidarlo —dijo la misma mujer, que llevaba sombrero y parecía saber más que nadie sobre el asunto.

—¡Puaj! —soltó un chiquillo de unos diez años—. ¡Apesta!

—Ya te digo —confirmó el anciano, examinando el coche.

—¿Cree el doctor que vivirá?

—Dijo que depende del tiempo que haya estado en el desierto —explicó la mujer—. Puede que muera.

Era casi mediodía y el sol pegaba con fuerza. El viejo coche no estaba a la sombra. El chiquillo hizo una mueca, se tapó la nariz y se fue corriendo a la tienda a comprar un refresco. La mujer del sombrero también se marchó y poco a poco todo el mundo fue abandonando el lugar.

Craw se encaminaba a la gasolinera, al coche. El doctor quería que descansara más tiempo, pero él no podía. Sabía perfectamente lo que tenía que hacer.

—¿Todo bien, colega? —le dijo el hombre de la gasolinera.

—¿Está aquí el coche?

—Tenemos un montón. ¿A cuál te refieres?

—El... el viejo. El coche que...

El hombre lo interrumpió:

—¡Ey! ¡Claro! Eres el tipo que vino del desierto en el armatoste aquel, ¿no? Perdona, tío, no te había reconocido. ¿Buscas ese coche?

—¿Dónde está?

—Si lo quieres vender como chatarra...

—¿Dónde está el coche?

Entonces Craw lo vio, junto a la carretera. Le pidió al empleado de la gasolinera que le llenara el depósito.

—¿Vas a conducir esta ruina?

—¿Has acabado ya con la gasolina?

—Sí, pero será mejor que compruebe el aceite...

—Tengo todo el que necesito.

—De agua está bien, pero oye: ¿qué le echaste en el radiador? Un líquido tan oscuro...

—Aquí tienes tu dinero.

—¿Y a dónde te diriges, colega?

—Los Ángeles —dijo Craw.

—¡Pero qué dices, hombre! ¿Estás loco? —se sorprendió el empleado de la gasolinera—. Jamás lo conseguirás.

—Lo conseguiré —dijo Craw.

19

Segunda noche en el mar

Frank Belknap Long

Cuando abandoné mi camarote era más de medianoche. La cubierta de paseo estaba completamente desierta y unos finos jirones de niebla flotaban en torno a las hamacas y se enroscaban y desenroscaban en la reluciente barandilla. No corría ni la más ligera brisa. El barco avanzaba despacio sobre un mar en calma, oculto por la niebla.

No me importaba la niebla. Me apoyé en la barandilla y aspiré con avidez aquel aire húmedo y denso. La náusea casi insoportable y el malestar persistente, tanto físico como mental, desaparecieron en ese mismo instante. Por fin estaba sereno y en paz. Podía disfrutar de nuevo de todos mis sentidos, y no hubiera cambiado el olor a salitre ni por todas las perlas y rubíes del mundo. Había pagado una cantidad desorbitada por estar allí: cinco breves días de libertad para explorar las glamurosas costas de La Habana. Así me lo había prometido el agente de viajes, un tipo emprendedor y bastante honesto, al menos en apariencia. Soy, en todos los aspectos, lo contrario a un hombre rico y satisfacer las exigencias económicas de Loriland Tours Inc. me había dejado un considerable agujero en la cuenta bancaria. Por consiguiente, me veía obligado a renunciar a ciertos placeres y caprichos vacacionales, como los puros de después de cenar o el jerez y el chartreuse que deben acompañar siempre los viajes por mar.

Aun así, estaba plenamente satisfecho. Paseé por cubierta y respiré el aire húmedo y acre. Durante treinta horas había permanecido encerrado en mi camarote, presa de un mareo más debilitante que la peste bubónica o cualquier otra enfermedad infecciosa. Pero había conseguido liberarme de sus garras y podía, al fin, regocijarme pensando en el futuro próximo. Mis planes eran magníficos, envidiables. Cinco días en Cuba, donde, repantingado en una suntuosa limusina, recorrería el soleado Malecón de un lado a otro. Contemplaría los muros rosáceos de la Cabaña y la catedral de San Cristóbal. Visitaría La Fuerza, el mayor almacén de las Antillas, y los patios bañados por el sol con sus rejas de todo tipo. Bebería refrescos a la luz de la luna, sentado en cafés al aire libre, y adoptaría, aunque fuera solo de manera transitoria, la parsimonia y el desdén típicamente caribeños en vez de la ética del trabajo y el estrés extenuante tan propios de mi país. Luego continuaría el viaje: el oscuro y mágico Haití, las Islas Vírgenes y el pintoresco y anticuado, casi inverosímil, puerto de Charlotte Amalie, con sus casas de tejados rojos, dispuestas en hileras sobre la colina, apuntando a las estrellas. También el mar de los Sargazos, donde se pescan los últimos peces arcoíris, los chicos bucean y se ven viejos barcos con chimeneas descoloridas y capitanes borrachuzos. Todos estos ensueños —luces esperanzadoras en el horizonte neblinoso— disiparon mi mal humor. Acodado en la barandilla, imaginé también Martinica, adonde llegaría en apenas unos días, y pensé en las chicas exóticas que encontraría en las calles de Trinidad. De pronto sufrí un vértigo. El terrible mareo acometía de nuevo.

El mal del mar, a diferencia de otras aflicciones, es puramente individual. No hay dos personas en el mundo que experimenten los mismos síntomas. Puede ir desde una ligera indisposición hasta un malestar que le deja a uno descompuesto del todo. A mí me afecta de la manera más horrible. Me separé del pasamanos y, jadeante, me dejé caer sin fuerzas sobre una de las tres hamacas que quedaban en cubierta.

El motivo por el que el azafato había decidido dejar aquellas tumbonas fuera se me escapaba. Lo más seguro es que se tratara de una negligencia, ya que los pasajeros no suelen andar por cubierta de madrugada y, además, la niebla y el clima húmedo causan estragos en las hamacas de mimbre. En cualquier caso, aquel desliz jugaba a mi favor y ahora no iba a ponerme exquisito. No había nada que reprocharle al azafato. Me tumbé cuan largo era. No podía estarme quieto, hacía gestos y hablaba para mis adentros. Trataba de convencerme a toda costa de que, en realidad, no estaba tan enfermo como creía. Entonces, de súbito, se sumó una nueva causa de incomodidad.

La tumbona desprendía un olor nauseabundo. Era innegable. Cuando volví la cabeza y mi mejilla descansó sobre la madera húmeda, percibí un olor agrio y extraño que me conmocionó por su intensidad. Era empalagoso, atrayente y repulsivo al mismo tiempo. En cierta medida, aquel olor mitigó el mareo, pero sentí un asco indescriptible: una aversión repentina que me superaba. Estuve a punto de perder los papeles.

Traté de levantarme de la hamaca, pero no tenía fuerzas. Era como si una presencia invisible me oprimiera. Y entonces, bajo mi cuerpo, se hizo el vacío. No bromeo. Eso fue lo que sucedió, o algo parecido. Se desvanecieron los mismísimos cimientos de nuestro mundo conocido y ordenado, como si algo los hubiera engullido... Me hundía. Se abrieron a mis pies abismos sin fondo y yo me sumergí en ellos, me perdí en una tiniebla gris. El barco, sin embargo, seguía en su sitio. El barco, la cubierta, la tumbona... continuaban sosteniéndome y, no obstante, a pesar de todos esos objetos tangibles, yo flotaba en un vacío insondable. Tenía la sensación de que caía, indefenso y sin remedio, en un pozo de eternidad. Daba la impresión de que mi hamaca hubiera sido transportada a otra dimensión sin haber abandonado por completo el mundo tridimensional. Es decir, parecía existir simultáneamente en nuestro mundo y en otro muy distinto, ajeno por completo y de dimensiones desconocidas. Vislumbré sombras y formas extrañas a mi alrededor. Había golfos oscuros, inconmensurables, que penetraban en islas y continentes. Había albuferas, atolones y vórtices terribles. Y yo me hundía en aquellas vastas profundidades. Estaba sumergido en cieno negro. Los límites de la realidad se habían diluido y mis sentidos no reaccionaban. Un hálito corruptor roía mis órganos vitales y me causaba un insufrible tormento. Me encontraba solo en las profundidades abisales. Las formas que me acompañaban estaban marchitas, negras y muertas. Cabrioleaban a mi alrededor presas del delirio: cabecitas simiescas con ojos sin pupilas y vísceras tumefactas, podridas.

Entonces, poco a poco, aquella visión se desvaneció. Me encontraba de nuevo en la hamaca, la niebla era densa y el barco avanzaba sin pausa sobre un mar en calma. Pero el olor seguía ahí: agrio, fuerte, repugnante. Me levanté de un salto, aterrado hasta la médula. Sentí que acababa de emerger de las entrañas de alguna abominación inmensa y extraterrenal; que acababa de conocer, en un solo instante, la auténtica extensión del mal, que va mucho más allá de lo humanamente reconocible y tolerable.

En su día, contemplé sin pestañear los turbulentos infiernos de los pintores flamencos e italianos primitivos, prolíficos en demonios y horrores medievales. Tampoco me inmuté ante los suplicios imaginados por el Bosco o Cranach, ni me amedrenté ante las peores crueldades evocadas por Brueghel el Viejo, cuyas grotescas gárgolas, espíritus malignos y diablillos necrófagos están tan henchidos de maldad que parecen a punto de reventar y convertirse en negra y pestilente espuma. Ni *Los condenados* de Signorelli, ni *Los caprichos* de Goya, ni las informes criaturas marinas de Segrelles, que se arrastran ciegas por un mundo azul en descomposición, causaron jamás un efecto como el que me produjo lo que acababa de vislumbrar. Aquel hedor había traído consigo una serie de espantosas imágenes y sensaciones, difíciles de ahuyentar. Todo mi cuerpo temblaba.

Logré, no sé muy bien cómo, llegar hasta el interior del barco y me quedé en el cálido salón del primer piso, a la espera de que llegara el azafato. Había pulsado un pequeño timbre con la etiqueta SERVICIO DE CUBIERTA que había en la pared de madera junto a la escalera principal, y deseaba con todas mis fuerzas que apareciera alguien cuanto antes, antes de que fuera demasiado tarde y el hedor del exterior se colara en el enorme salón desierto.

El azafato trabajaba durante todo el día y era un crimen sacarlo de su litera a la una de la madrugada, pero yo necesitaba hablar con alguien y, puesto que él era el responsable de las tumbonas, me pareció de lo más lógico llamarlo para interrogarlo. Él sabría cosas. Él podría darme una explicación. Aquel olor no le sería del todo desconocido. Él podría explicarme lo de las hamacas... las hamacas... las hamacas... Estaba muy confuso y temí perder la cabeza del todo.

Me enjugué el sudor de la frente con el dorso de la mano y, con gran alivio, vi que llegaba el azafato. Su figura asomaba en lo alto de la escalera central y parecía descender hacia mí a través de una bruma azulada.

Su actitud fue extremadamente cortés y solícita. Se inclinó junto a mí y posó su mano sobre mi brazo, preocupado.

—Dígame, señor. ¿En qué puedo ayudarle? ¿Se siente indispuesto? ¿Hay algo que pueda hacer por usted?

¿Hacer? ¿Hacer? Todo era demasiado confuso. Solo logré balbucear:

—Las tumbonas. En cubierta. Tres tumbonas. ¿Por qué las dejó allí? ¿Por qué no las metió dentro?

Ésas no eran las preguntas que yo quería hacer. Mi intención había sido preguntarle por el hedor, pero el cansancio, el shock, me lo impidió. Además, lo primero que pensé al ver al azafato inclinado sobre mí, tan servicial y atento, fue que el tipo debía ser un hipócrita y un canalla. Fingía estar preocupado por mí y, sin embargo, había sido él quien, por pura maldad, había preparado aquella trampa que me había reducido a un manojo de nervios. Seguro que había dejado las tumbonas fuera a propósito, como parte de alguna treta perversa, porque sabía que alguien, o algo, iría a instalarse allí...

No obstante, al oír mis palabras, el semblante del hombre sufrió un cambio para el que yo no estaba preparado. Se puso lívido. Aunque seguía aturdido, comprendí que había cometido una grave injusticia al juzgarlo tan rápido. El azafato no tenía nada que ver con el incidente. La sangre abandonó sus mejillas y abrió la boca sin producir sonido alguno. Permaneció inmóvil frente a mí y, por un instante, creí que iba a desmayarse.

—¿Vio... vio usted tumbonas? —logró articular al fin.

Asentí con la cabeza.

El azafato se acercó más y me agarró del brazo. Su rostro había perdido todo signo de vitalidad. En mitad de aquella palidez cadavérica, destacaban sus ojos, que, desorbitados por el terror, me miraban fijamente.

—Es la cosa oscura y muerta —murmuró—. Con cara de mono. Sabía que volvería. Siempre viene a medianoche, la segunda noche tras zarpar. —Tragó saliva y me apretó el brazo con más fuerza—. Siempre la segunda noche. Sabe dónde guardo las tumbonas y las saca a cubierta y se sienta. Lo vi la última vez. Se retorcía y convulsionaba. Su cuerpo tendido ocupaba toda la hamaca y se revolvía frenético. Como una anguila. Esa cosa se tumba en las tres hamacas. Aquella vez, cuando me vio, se levantó y vino a por mí. Hui despavorido. Entré aquí y cerré la puerta. Pero lo vi por la ventana.

El azafato señaló con el brazo hacia un punto determinado.

—Allí. Esa ventana. Su cara estaba pegada al cristal. Ennegrecida, seca, carcomida... Era la cara de un mono, señor. ¡Se lo juro! Un mono muerto y putrefacto. Y empapado. Chorreaba agua de mar. Yo tenía tanto miedo que apenas podía respirar. Estaba paralizado y gimoteaba. Entonces, la criatura se marchó. —Volvió a tragar saliva—. El doctor Blodgett murió despedazado a la una menos diez. Todos oímos sus gritos. Supongo que, tras alejarse de la ventana, aquella cosa volvió a las hamacas y permaneció allí sentada durante treinta o cuarenta minutos. Luego bajó al camarote del doctor Blodgett y le arrancó la ropa. Fue horrible. Cuando lo encontramos, el doctor ya no tenía piernas y su cabeza estaba hecha papilla. Estaba cubierto de zarpazos. Y las cortinas de su litera estaban bañadas en sangre.

»El capitán me prohibió hablar de ello. Pero tengo que contárselo a alguien, señor. Si no lo hago, reviento. No tengo otra opción. Ésta es ya la tercera vez que viene. La primera vez no atacó a nadie, solo se sentó en las tumbonas. Las dejó húmedas y pringosas, señor. Cubiertas todas de un lodo negro y apestoso.

Lo miré estupefacto. ¿Qué trataba de decirme aquel hombre? ¿Acaso estaba completamente loco? ¿O es que yo estaba demasiado confuso, demasiado afectado, como para captar todo lo que me estaba contando?

Continuó con su relato, casi histérico:

—Es difícil de explicar, señor, pero en este barco tenemos un visitante. En cada travesía. La segunda noche en el mar. Viene y se tumba en las hamacas. ¿Lo comprende?

Era evidente que yo no entendía nada, pero murmuré un débil «sí». Mi voz, trémula, sonó poco natural. Parecía venir del otro extremo del salón.

—Algo, afuera —balbuceé—. Algo terrible. Afuera. ¿Entiende? Un olor terrible. Mi cabeza. No sé qué me ha pasado,

pero me siento como si algo me estrujara el cerebro. Aquí.
—Me llevé los dedos a la frente—. Algo... algo aquí...

El azafato parecía comprender a la perfección lo que quería decirle. Asintió con un gesto y me ayudó a ponerme en pie. Noté que el hombre seguía nervioso, profundamente trastornado, pero al mismo tiempo quería tranquilizarme y ayudarme.

—¿Camarote 16D? De acuerdo. Con cuidado, señor.

El azafato me había cogido del brazo y me guiaba hacia la escalera central. Yo apenas podía mantenerme en pie. Mi abatimiento era tan evidente que el azafato, compadecido, me asistió con inusitado cuidado. Tropecé en dos ocasiones y me hubiera dado de bruces contra el suelo si mi acompañante no me hubiera sostenido por los hombros y enderezado.

—Solo unos pasos más, señor. Eso es. Ya casi estamos. Tómese su tiempo. Todo va a salir bien. Se sentirá mejor una vez dentro, con el ventilador encendido. Vamos despacito.

Frente a la puerta de mi camarote, murmuré con voz ronca:

—Ya estoy mucho mejor. Le llamaré si necesito algo. Ahora... déjeme... déjeme entrar. Tengo que acostarme. ¿Esta puerta puede cerrarse por dentro?

—Sí, por supuesto. Pero antes le traeré un poco de agua.

—No, no se moleste. Ya puede marcharse, se lo pido por favor.

—Bien..., como usted quiera, señor.

El azafato se alejó de mala gana tras asegurarse de que yo me agarraba con firmeza al picaporte de la puerta.

El camarote estaba a oscuras. Me encontraba tan débil que tuve que apoyar todo mi peso contra la puerta para conseguir cerrarla. Lo hizo con un leve clic y la llave cayó al suelo. Refunfuñando, me arrodillé y la busqué. Tanteé la mullida moqueta con las manos. Ni rastro de la llave.

Solté una maldición y estaba a punto de erguirme cuando, de repente, mis dedos tropezaron con algo duro y fibroso. Retrocedí, conteniendo la respiración. Luego toqueteé el objeto con frenesí para intentar averiguar lo que era. Se trataba, sin duda, de un zapato. Y de él salía un tobillo. El zapato reposaba, inmóvil, en el suelo del camarote. El tobillo, enfundado en un calcetín, estaba frío.

Me levanté como un rayo y me puse a dar vueltas por el estrecho camarote como un animal enjaulado. Palpé las paredes y el techo. ¡Por Dios! ¡No encontraba el interruptor de la luz!

Por fin, mis manos dieron con una protuberancia en los lisos paneles de madera. Pulsé el botón de inmediato y la oscuridad se desvaneció para revelar la figura de un hombre sentado muy tieso en una esquina del diván. Era fornido, iba bien vestido y tenía un aspecto completamente normal y sereno. Aunque también es cierto que no podía ver su rostro: estaba oculto bajo un pañuelo, un pañuelo enorme que, quizá, se había colocado así a propósito para protegerse de las corrientes de aire helado que se colaban por el ojo de buey. Era evidente que el hombre estaba dormido. No reaccionó cuando le tiré de los tobillos en la oscuridad e incluso ahora seguía sin moverse. El resplandor de la bombilla sobre su cabeza no parecía molestarle en absoluto.

Sentí un alivio inmenso. Me senté al lado del intruso y me enjugué el sudor de la frente. Aún me temblaba todo el cuerpo, pero la apariencia relajada de aquel hombre resultaba muy tranquilizadora. Sin duda se trataba de un pasajero que se había equivocado de camarote. No sería difícil deshacerse de él. Unos toquecitos en el hombro seguidos de una explicación cordial y el intruso saldría de allí. No parecía complicado, pero debía actuar con determinación, y me sentía tan cansado, tan débil y enfermo... Al fin, conseguí reunir la energía suficiente para extender el brazo y darle un golpecito en el hombro.

—Disculpe, señor —susurré—, se ha equivocado de camarote. Si no me encontrara un poco indispuesto le invitaría a quedarse y fumar un puro conmigo, pero verá... —Con gran esfuerzo esbocé una sonrisa y le di otro golpecito. Empezaba a ponerme nervioso—. Preferiría estar solo, señor, si no le importa... Siento haberle despertado.

Entonces me percaté de que había sacado conclusiones precipitadas. No había despertado al extraño. Éste no se había movido ni un milímetro ni tampoco se intuía respiración alguna que agitara el pañuelo con el que cubría sus rasgos.

La ansiedad me invadió de nuevo. Temblando, alargué la mano y agarré una punta del pañuelo. Lo que iba a hacer era de muy mal gusto, pero no me quedaba otra. Tenía que aclarar el asunto. Si el rostro del intruso se correspondía con su cuerpo, si, después de todo, era un rostro sereno y familiar, todo iría bien. Pero si por algún motivo...

La parte de piel que había quedado al descubierto al levantar ligeramente la punta del pañuelo no tenía nada de tranquilizador. Contuve un grito de terror y aparté el pañuelo por completo. Por un instante, un instante brevísimo, contemplé el semblante ennegrecido y repulsivo del mono, de ojos lechosos y cadavéricos, nariz deforme y orejas velludas. Su lengua, negra e hinchada, parecía a punto de salírsele de la boca. Se burlaba de mí. Aquella cara infecta se movió mientras la observaba. Las facciones se contrajeron y retorcieron. En cuanto a la cabeza en sí, cambió de posición: se ladeó levemente hacia la izquierda, mostrando así un perfil bestial, necrótico y atroz.

Retrocedí hasta la puerta como un loco. Sentía un pánico animal, incontrolable. Mi mente, traumatizada, era incapaz de razonar. Agonizaba. Mis acciones respondían a los instintos más básicos. No obstante, una parte secreta de mi consciencia seguía observando, atenta. Vi cómo la lengua de aquella cosa se perdía en el interior de sus fauces. Vi cómo su fisonomía se difuminaba y la boca y los ojos ciegos se convertían en rendijas de las que manaban hilillos de sangre. La boca era una herida roja que, acto seguido, comenzó a dilatarse rápidamente hasta que no quedó nada de la figura simiesca. Así es, aquella criatura abominable se disolvió en una lluvia escarlata.

El azafato tardó más de diez minutos en reanimarme. Separó a la fuerza mis mandíbulas apretadas y me obligó a tragar cucharadas de brandy. Refrescó mi frente con agua helada y masajeó vigorosamente mis tobillos y muñecas. Cuando al fin abrí los ojos, apartó la mirada. Era obvio que quería que yo descansara y permaneciera tranquilo, y temía que su propio estado emocional tuviera un efecto contraproducente sobre mí. Con todo, hizo lo posible por explicarme las medidas que había tomado para reanimarme y lo que había ocurrido con los restos:

—Las ropas estaban cubiertas de sangre, señor. Chorreaban. Las he quemado.

Al día siguiente se mostró un poco más locuaz:

—Esa cosa llevaba las ropas del caballero que murió en el último viaje... Las prendas del doctor Blodgett. Las reconocí al instante.

—Pero... ¿por qué?...

El azafato negó con la cabeza.

—No lo sé, señor. Quizás usted se salvó porque subió a cubierta. Quizás aquel ser no podía esperar más. La última vez desapareció poco después de la una, y era más tarde cuando yo lo dejé a usted en el camarote. Tal vez el barco ya había salido de la zona donde la criatura ejerce su poder. O se quedó dormida y no pudo regresar a su lugar a tiempo, y por eso se... se disolvió. Aunque no creo que se haya ido para siempre. Había mucha sangre en las cortinas del doctor Blodgett; creo que siempre se marcha de la misma manera. Volverá en la siguiente travesía, señor. No me cabe duda. —Se aclaró la garganta y concluyó—: Me alegro de que me llamara. Si ayer usted hubiera bajado directamente al camarote... quizás el engendro vestiría sus ropas la próxima vez.

La Habana no me reconfortó. Haití me pareció un lodazal de sombras y miseria, y en Martinica, enclaustrado en mi habitación de hotel, no logré dormir ni una sola noche sin que me asaltaran las más extrañas y terroríficas pesadillas.

20

El muchacho que predecía terremotos
MARGARET ST. CLAIR

—Naturalmente, es usted escéptico —dijo Wellman. Se sirvió agua de una jarra, se colocó una píldora en la lengua y, tras beber, se la tragó—. Es lógico y comprensible. No le culpo, en absoluto. De hecho, aquí, en el estudio, había un montón de gente que pensaba como usted cuando empezamos a sacar al chico, Herbert, en el programa. Incluso debo reconocer, y esto que quede entre nosotros, que yo mismo tenía serias dudas sobre si un programa de este tipo funcionaría bien en televisión.

Wellman se rascó detrás de la oreja mientras Read le escuchaba con interés científico.

—Bueno, pues estaba equivocado —sentenció Wellman, bajando la mano—. Me complace decir que me equivoqué en un mil por ciento. Tras la primera aparición del chico, que no fue anunciada ni publicitada, recibimos casi mil cuatrocientas cartas. Y hoy por hoy su audiencia es de...

El hombre se inclinó hacia Read y le susurró una cifra.

—¡Oh! —exclamó Read.

—Aún no hemos publicado el dato porque esos malditos buitres de Purple no nos creerían. Pero es la pura verdad. Hoy en día no existe otra estrella televisiva que logre las mismas audiencias que este chico. Ni de cerca. El programa también se emite en onda corta y lo sintoniza gente de todo el mundo. Después de cada aparición del chico, la oficina de correos tiene que enviarnos dos camiones especiales llenos hasta arriba de cartas. No sabe lo mucho que me alegra, Read, que ustedes, los científicos, hayan decidido por fin hacer un estudio sobre el muchacho. De verdad se lo digo.

—¿Cómo es en persona? —preguntó Read.

—¿El chico? Es sencillo, reservado y muy muy sincero. A mí me cae estupendamente. Su padre..., bueno, es todo un personaje.

—¿Cómo se realiza el programa?

—¿Se refiere a cómo lo hace Herbert? Sinceramente, Read, no tengo ni idea. Eso es algo que tendrán que averiguar sus investigadores. Por supuesto, puedo contarle detalles sobre el programa. El chico aparece en pantalla dos veces por semana, los lunes y los viernes. Se niega a seguir un guion —Wellman hizo una mueca—, algo que nos ha causado más de un quebradero de cabeza. Dice que si se lo damos se queda en blanco. Sus apariciones duran doce minutos. Habla en tono tranquilo y la mayor parte del tiempo se limita a contar lo que estudia en el colegio, los libros que está leyendo... Ya sabe, el tipo de cosas que contaría cualquier chico simpático y educado. Sin embargo, entremedias siempre hace una o dos predicciones. Como mínimo, una; como máximo, tres. Siempre son cosas que ocurrirán en las cuarenta y ocho horas siguientes al programa. Herbert dice que no puede ver nada más allá de ese límite de tiempo.

—¿Y las predicciones se cumplen? —quiso saber Read, aunque más que una pregunta era una afirmación.

—Siempre —replicó Wellman con súbita seriedad. Resopló—. El pasado abril Herbert predijo aquel accidente aéreo en Guam, el huracán que asoló la costa del golfo y los resultados de las elecciones. También vaticinó aquel desastre con el submarino, en las Tortugas. ¿Sabía que el FBI manda un agente al estudio cada vez que hay programa? Permanece sentado cerca del muchacho, fuera de plano. De ese modo, pueden sacarlo de pantalla rápidamente si dice algo inconveniente que pudiera ir en contra de las políticas públicas. Se lo toman así de en serio.

»Ayer, cuando me enteré de que la universidad pensaba hacer un estudio sobre el chaval, repasé su historial. Hace ya año y medio que se emite su programa dos veces a la semana. A lo largo de ese tiempo, Herbert ha hecho ciento seis predicciones. Todas y cada una de ellas, sin excepción, han resultado ciertas. A estas alturas el público tiene tanta confianza en él que... —Wellman se humedeció los labios en busca de una comparación adecuada—, que si predijera el fin del mundo o la lotería, le creerían sin dudarlo.

»Se lo digo de verdad, Read, con total sinceridad: Herbert es lo más grande que le ha pasado a la televisión desde la invención de la célula de selenio. Es imposible sobrevalorarlo. Dicho esto: ¿qué tal si vamos a presenciar el programa? Debe de estar a punto de empezar.

Wellman se levantó de su escritorio y se alisó la corbata estampada con pingüinos rosas y morados. Luego condujo a Read por los pasillos hasta llegar a la sala de control del estudio 8G, donde se encontraba Herbert Pinner.

Read pensó que Herbert parecía un chico formal y agradable. Debía de tener unos quince años y era alto para su edad. Su rostro era amable e inteligente y mostraba cierta expresión preocupada. Llevaba a cabo los preparativos para su programa con perfecta compostura, tanta que tal vez ocultara un punto de desagrado.

—He estado leyendo un libro muy interesante —dijo Herbert a sus miles de espectadores—. Se titula *El conde de Montecristo*. Creo que le gustaría a casi todo el mundo. —Mostró un ejemplar a cámara—. También acabo de empezar un libro de astronomía escrito por un tal Duncan. Ha conseguido que quiera un telescopio. Mi padre dice que si me esfuerzo y saco buenas notas en el colegio, me regalará uno pequeño a final de curso. Cuando lo compremos, os contaré lo que veo por él.

»Esta noche habrá un terremoto, no muy fuerte, en el norte de la Costa Este. Causará considerables daños materiales, pero no habrá víctimas. Mañana por la mañana, sobre las diez, encontrarán a Gwendolyne Box, que está perdida en la sierra desde el jueves. Tiene una pierna rota, pero sigue con vida.

»Cuando tenga el telescopio, espero hacerme socio de la Asociación de Observadores de Estrellas Variables. Las estrellas variables son aquellas cuyo brillo no es siempre igual, ya sea debido a cambios internos o por causas externas...

Después del programa, Read pudo conocer al joven Pinner en persona. Le pareció un chico muy cortés y cooperativo, pero un poco distante.

—No sé cómo lo hago, señor Read —dijo Herbert tras responder a una serie de preguntas preliminares—. No son imágenes, como usted ha sugerido, ni tampoco palabras. Simplemente... las cosas me vienen a la cabeza. Se me ocurren.

»Sin embargo, he observado que no puedo predecir nada a no ser que sepa, más o menos, de qué se trata. He podido anunciar lo del temblor de tierra porque, bueno, todos sabemos lo que es un terremoto. Pero no hubiera podido decir nada sobre Gwendolyne Box si no hubiera sabido de antemano que estaba desaparecida. Solo hubiera tenido la sensación de que iba a encontrarse algo o a alguien.

—¿Quieres decir que no puedes predecir nada de lo que no tengas un conocimiento previo consciente? —preguntó Read con interés.

Herbert dudó.

—Supongo... —dijo al fin—. En caso contrario, solo percibo una especie de... de borrón y no consigo concretar nada. Es como mirar a una luz con los ojos cerrados. Uno sabe que hay una luz, pero ésa es la única certeza que se tiene. Por eso leo tantos libros. Cuanto más sepa, más cosas podré predecir. Y a veces se me escapan cosas importantes. No sé por qué pasa eso. Por ejemplo, cuando estalló aquel reactor nuclear y murió tanta gente... Lo único que había anunciado para aquel día era un aumento del empleo. La verdad es que no sé cómo lo hago, señor Read. Simplemente, ocurre.

En aquel momento apareció el padre de Herbert. Era un hombre bajito y vivaracho, con una personalidad persuasiva, característica de la gente extrovertida.

—Así que van a investigar al pequeño Herbie, ¿eh? —dijo tras las presentaciones—. Me parece perfecto. Ya era hora de que alguien lo hiciese.

—Creo que lo investigaremos, sí —respondió Read con cautela—, pero primero tienen que aprobarme el proyecto, el presupuesto...

El señor Pinner lo miró con perspicacia.

—Prefiere esperar un poco y ver si se produce de verdad un terremoto, ¿no? No le basta con oírselo decir aquí en directo. Bueno, pues sucederá, se lo aseguro. Qué cosa tan tremenda, un terremoto. —Chasqueó la lengua con desagrado—. Al menos no habrá muertos, eso es una buena noticia. Y encontrarán a la tal señora Box exactamente como Herbie ha anunciado.

El terremoto se produjo a eso de las nueve y cuarto, mientras Read se encontraba en su salón, sentado bajo la luz de la lámpara de pie, leyendo un informe de la Sociedad para la Investigación Psíquica. Se oyó un ominoso retumbar, al que le siguió un largo y mareante temblor.

A la mañana siguiente, Read hizo que su secretaria lo pusiera en contacto con Haffner, un sismólogo con el que había coincidido alguna vez y al que conocía superficialmente. Por teléfono, Haffner se mostró seco y lapidario:

—No hay forma de predecir un terremoto —le espetó—. Ni siquiera con una hora de antelación. Si la hubiera, avisaríamos a la gente y se evacuarían las áreas donde va a tener lugar. Y nunca habría muertos. Podemos determinar, de un modo general, en qué lugares son probables los terremotos, eso sí. Hace años que sabíamos que podía producirse alguno en esta zona. Pero adivinar el momento exacto..., eso sería como preguntarle a un astrónomo cuándo va a convertirse en nova una estrella. No sabría decirlo, y nosotros tampoco. ¿Lo entiende ahora? Además, ¿a qué vienen sus preguntas? Es por la predicción de ese chico, Pinner, ¿no?

—Sí. Estamos pensando en hacer un estudio.

—¿Pensando? ¿Quiere decir que hasta ahora no lo han estudiado? Dios, pues sí que les ha costado a ustedes, los psicólogos investigadores, salir de su torre de marfil.

—¿Cree que lo que hace el chico es auténtico?

—Sí, rotundamente.

Read colgó. Cuando salió a almorzar, se enteró por los titulares de la prensa de que habían encontrado a la señora Box tal y como Herbert había anunciado en su programa.

Sin embargo, aún tenía dudas. Pasaron varios días hasta que comprendió que éstas no se debían al temor de gastar el dinero de la universidad en un pufo, sino a la completa seguridad que tenía de que Herbert Pinner decía la verdad. En el fondo no quería empezar aquella investigación. Le daba miedo.

El descubrimiento de aquello fue como si hubiera recibido un golpe. Enseguida llamó al decano y le pidió la subvención. Éste le respondió que no habría problema alguno en conseguirla. El viernes por la mañana, Read escogió a dos asistentes para el proyecto y, a la hora en que el programa de Herbert debía emitirse, los tres estaban ya en el estudio 8G.

Allí se encontraron a Herbert sentado en una silla, muy tenso, con Wellman y otros cuatro o cinco directivos de la cadena apiñados a su alrededor. El padre iba de un lado a otro, visiblemente alterado, agitando las manos. Incluso el hombre del FBI había abandonado su habitual posición alejada y ademán impasible y participaba en la acalorada discusión. En medio de todos ellos, Herbert meneaba la cabeza y repetía, empecinado:

—No, no y no. No puedo.

—Pero ¿por qué, Herbie? —gimoteó el padre—. Dime por qué. ¿Por qué no quieres salir en tu programa?

—No puedo —decía Herbert—. Por favor, no más preguntas. No puedo y punto.

Read se fijó en lo pálido que estaba el chico.

—Pero, Herbie... Mira, si sales te daré lo que quieras, cualquier cosa que me pidas. ¡El telescopio! Te lo compraré mañana. O mejor aún: ¡te lo compraré esta misma noche!

—No quiero ningún telescopio —replicó el joven Pinner débilmente—. No quiero mirar a través de él.

—¡Te compraré un poni, una moto de agua, una piscina! ¡Herbie, lo que quieras!

—No —dijo el chico.

El señor Pinner miró a su alrededor con desesperación. Sus ojos se posaron en Read, que permanecía de pie en un rincón, y corrió hacia él.

—Intente convencerlo usted, señor Read —suplicó.

Éste se mordió el labio inferior. En cierto sentido, el asunto le atañía. Se abrió paso entre la gente y llegó junto a Herbert. Le apoyó una mano en el hombro.

—¿Qué es eso que me han dicho de que no quieres hacer el programa, Herbert? —preguntó.

El chico le miró. La expresión atormentada de aquellos ojos hizo que Read sintiera culpabilidad y arrepentimiento.

—Me es imposible —dijo el chico—. No empiece usted también con las preguntas, señor Read.

El psicólogo volvió a morderse el labio. Las técnicas de la parapsicología consistían, en parte, en conseguir que los sujetos cooperasen.

—Herbert, si el programa no se emite, un montón de gente se sentirá defraudada.

El rostro del chico adoptó un gesto hosco.

—Pues no puedo hacer nada para evitarlo —dijo.

—Es más, si no apareces, muchas personas se asustarán. No sabrán por qué no hay programa y comenzarán a imaginarse cosas. De todo tipo. Si no te ven, muchísimas personas se alarmarán.

—Es que... —comenzó el muchacho, y se rascó una mejilla—. Quizá tenga razón —dijo, muy bajito—. Pero es que...

—El programa debe emitirse, Herbert.

Finalmente, el chico capituló:

—De acuerdo —dijo—. Lo intentaré.

Todos los presentes soltaron un suspiro de alivio. Se produjo un movimiento general hacia la puerta de la sala de control. Charlaban nerviosos unos con otros, hacían comentarios con voces agudas. Habían sorteado la crisis.

La primera parte del programa de Herbert fue muy parecida a las de anteriores emisiones. La voz del chico sonaba un poco insegura y las manos le temblaban ligeramente, pero se trataba de anomalías que resultaban imperceptibles para el espectador medio. Unos cinco minutos después del inicio del programa, Herbert apartó los libros y dibujos que había estado mostrando a la audiencia (había estado disertando sobre el dibujo mecánico) y cambió de tono:

—Quiero hablaros de mañana —dijo con gran seriedad—. Mañana —hizo una pausa y tragó saliva—, mañana va a ser un día distinto a todo lo que hemos conocido hasta ahora. Mañana será el comienzo de un mundo nuevo y mejor para todos nosotros.

Al oír aquellas palabras, Read sintió que un escalofrío le recorría el cuerpo. Observó los rostros que le rodeaban. Todo el mundo escuchaba a Herbert con expresión absorta. Wellman tenía la boca un poco abierta y, sin darse cuenta, toqueteaba los unicornios que adornaban su corbata de hoy.

—En el pasado —decía el joven Pinner— ha habido épocas muy malas. Hemos tenido guerras, ¡demasiadas guerras!, y hambre, y pandemias. Hemos pasado períodos de recesión y pobreza sin saber muy bien cuál era la causa; muchas personas han muerto de hambre cuando, en realidad, teníamos comida para todos y otras tantas han fallecido de enfermedades para las cuales disponíamos de cura. Hemos visto cómo la riqueza del mundo se echaba a perder. El agua de los ríos se ha vuelto negra por los residuos que hemos arrojado en ella y la miseria global parecía una realidad cada vez más cercana. Hemos sufrido, hemos pasado épocas duras. Pero a partir de mañana —su voz se hizo más fuerte y profunda— todo eso va a cambiar. No habrá más guerras. Aprenderemos a convivir. Dejaremos de matar, de destruir, de lanzar bombas. El mundo entero, de un polo a otro, será un enorme jardín, fértil y próspero, y nos pertenecerá a todos por igual, para que lo disfrutemos. La gente vivirá muchos años, será dichosa y solo morirá de vieja. Nadie volverá a tener miedo. Por primera vez desde que los seres humanos habitan la tierra, viviremos como nos corresponde: con humanidad.

»Las ciudades estarán repletas de cultura: arte, música, libros. Y todas las comunidades del mundo contribuirán a ella. Seremos más sabios, más felices y más ricos de lo que lo hemos sido nunca. Y muy pronto... —el chico titubeó un momento, como si temiera cometer un desliz—, muy pronto enviaremos nuestros cohetes y naves al espacio. Iremos a Marte, a Venus, a Júpiter. Viajaremos hasta los confines del sistema solar para ver cómo son Urano y Plutón. Y a lo mejor, es muy posible que sigamos adelante y visitemos también las estrellas. Mañana será el comienzo de todo eso. Hoy no tengo nada más que añadir. Adiós. Buenas noches.

Durante unos instantes, después de que el muchacho hubiera concluido su discurso, todos permanecieron inmóviles y en silencio. Luego comenzaron a oírse voces y balbuceos delirantes. Read miró a su alrededor y vio lo pálidos que estaban todos y lo dilatados que tenían los ojos.

—¿Y cómo afectará ese nuevo orden a la televisión? —mascullaba Wellman para sí mismo. La corbata, desanudada, se balanceaba de un lado a otro del cuello—. Habrá televisión, eso seguro. Es parte de lo que hace buena a la vida... —Luego se dirigió al padre, que estaba sonándose la nariz y secándose las lágrimas—: Saca al chaval de aquí, Pinner, rápido. Se va a armar un tumulto y lo último que queremos es que lo aplaste la multitud.

El padre de Herbert asintió con un gesto y entró en el estudio a toda prisa en busca de su hijo, que ya estaba rodeado de gente. Agarró al chico y con la ayuda de Read, que los fue precediendo, se abrieron camino por los pasillos y salieron a la calle por la parte trasera del edificio.

Read subió al coche sin que nadie lo invitara y se sentó junto a Herbert en uno de los asientos plegables. El chico parecía exhausto. No obstante, había en sus labios una leve sonrisa.

—Lo mejor será que el chófer os lleve a un hotel tranquilo —aconsejó Read al padre—. Si vais al sitio habitual os asediarán.

Pinner asintió con la cabeza.

—Al hotel Triller —le dijo al conductor—. Y conduce despacio, necesitamos pensar.

Acto seguido, deslizó un brazo en torno a su hijo y le dio un cariñoso apretón. Sus ojos brillaban de emoción.

—Me siento orgulloso de ti, Herbie —afirmó con solemnidad—, estoy que no quepo en mí. Todo eso que has dicho... ha sido maravilloso. ¡Maravilloso!

Mientras tanto, el chófer no había hecho ningún amago de poner el coche en marcha. Se giró en el asiento y dijo:

—Usted es el joven Pinner, ¿no? Acabo de ver el programa. ¿Podría estrecharle la mano?

Tras dudar un instante, Herbert se inclinó hacia delante y se la tendió. El chófer apretó aquella mano casi con reverencia.

—Solo quería darle las gracias..., solo las gracias... ¡Ay, madre mía! Discúlpeme, señor Pinner. Es que sus palabras significan mucho para mí. Luché en la última guerra.

El coche arrancó y enfiló la carretera. A medida que se acercaban al centro, Read observó que la petición del señor Pinner había sido innecesaria. Hubiera sido imposible conducir rápido. La gente se había echado a las calles. Las aceras estaban a rebosar y muchas personas comenzaban a invadir también la calzada. El coche aminoró la velocidad más y más; no paraba de aparecer gente. Avanzaban a paso de tortuga. Read echó las cortinillas para evitar que reconocieran a Herbert.

En las esquinas, los vendedores de periódicos voceaban, histéricos. Aprovechando un momento en el que el coche se paró del todo, Pinner abrió la puerta y saltó a la calle. Regresó enseguida con un montón de diarios bajo el brazo.

«¡Comienza un nuevo mundo!», decía uno. «La llegada del nuevo milenio», rezaba otro. Y un tercero, simplemente: «¡Alegría y paz mundial!». Read abrió uno de los ejemplares y comenzó a leer la noticia:

Un muchacho de quince años ha anunciado al mundo que, a partir de mañana, todas las penas y sufrimientos se desvanecerán. Ante semejante revelación, el mundo se ha vuelto loco de alegría. El chico, Herbert Pinner, que gracias a sus predicciones siempre certeras cuenta con millones de seguidores en todo el mundo, ha vaticinado una era de paz, abundancia y prosperidad como la humanidad no ha conocido nunca...

—¿No es genial, Herbert? —resolló Pinner. Le brillaban los ojos. Le sacudió el brazo a su hijo—. ¿No es maravilloso? ¿No estás contento?

—Sí —dijo el chico.

Por fin llegaron al hotel y solicitaron una habitación. Les dieron una suite en el piso dieciséis. Incluso a esa altura oían algo de la algarabía que reinaba abajo.

—Échate un rato y descansa, Herbert —dijo el señor Pinner—. Pareces agotado. Supongo que anunciar todo eso ha sido difícil... —Recorrió la habitación a grandes zancadas y luego se volvió hacia el chico, como disculpándose—. No te importa si salgo un rato, ¿verdad, hijo? Estoy demasiado entusiasmado como para quedarme quieto. Quiero ver qué está pasando fuera. —Ya tenía la mano en el pomo de la puerta.

—Claro, sal sin problemas —respondió Herbert, que se había hundido en un sillón.

Read y Herbert se quedaron solos en la habitación. Durante unos instantes, ninguno de los dos dijo nada. El chico ocultó la cara entre las manos y lanzó un suspiro.

—Herbert —habló Read con suavidad—. Pensaba que no podías ver el futuro más allá de las próximas cuarenta y ocho horas.

—Así es —replicó Herbert sin mirarle.

—Entonces, ¿cómo es que has podido predecir todo lo que has dicho esta noche?

La pregunta cayó en el silencio del cuarto como una piedra en un estanque. De ella parecieron surgir ondas circulares. Herbert preguntó:

—¿De verdad quiere saberlo?

Read, en silencio, trataba de ponerle nombre a la emoción que sentía. Era miedo.

—Sí —dijo al fin.

Herbert se levantó y fue hasta la ventana. Se paró ante ella y miró al exterior, no a las bulliciosas avenidas, sino al cielo, donde, gracias al horario de verano, aún se veía el leve resplandor del ocaso.

—De no haber leído el libro, no lo hubiera sabido —empezó. Se volvió hacia Read y continuó hablando precipitadamente—: Solo hubiera sentido que algo gordo, muy gordo, iba a ocurrir. Pero ahora lo sé. Leí sobre ello en el libro de astronomía. Mire allí. —Señaló al oeste, al lugar donde hace apenas unos minutos había estado el sol—. Mañana será diferente.

—¿Qué quieres decir? —gritó Read. Su voz estaba cargada de ansiedad—. ¡Dios santo! ¿A qué te refieres?

—A que mañana el sol será distinto. Y tal vez sea mejor así... Quise que todo el mundo fuera feliz. No puede usted reprocharme que les mintiera, señor Read.

El hombre fue hacia él, furioso.

—¿Qué va a pasar? ¿Qué es lo que va a pasar mañana? ¡Dímelo!

—Mañana, el sol... He olvidado la palabra exacta. ¿Cómo se llama una estrella que de repente aumenta su brillo y se vuelve un millón de veces más ardiente que antes?

—¿Una nova? —chilló Read.

—Eso es. Mañana... el sol va a explotar.

Relatos incluidos en este volumen

The wind, Ray Bradbury
   Impreso con el permiso de Don Congdon Associates, Inc.
   ©1943 by Weird Tales. Permiso gestionado a través de Casanovas & Lynch Literary
   Agency
The bitter years, Dana Lyon
Our feathered Friends, Philip MacDonald
The summer people, Shirley Jackson
   Impreso tras la negociación con A. M. Heath Literary Agents
White Goddess, Idris Seabright
The wall-to-wall grave, Andrew Benedict
The idol of the flies, Jane Rice
Mr. Mappin forecloses, Zena Collier
The children of Noah, Richard Matheson
   Impreso con el permiso de Don Congdon Associates, Inc.
   ©1957 by HSD Pubs, Inc., renovado en 1985 por Richard Matheson. Permiso gestio-
   nado a través de Casanovas & Lynch Literary Agency
The man who was everywhere, Edward D. Hoch
Dip in the pool, Roald Dahl
   De la obra Someone Like You de Roald Dahl
   ©The Roald Dahl Story Company Ltd, 1952
The right kind of house, Henry Slesar
The child who believed, Grace Amundson
The pile of sand, John Keefauver

Goodbye, pops, Joe Gores
Evening Primrose, John Collier
Impreso tras la negociación con ILA Literary Agents
Who's got the lady, Jack Ritchie
Natural selection, Gilbert Thomas
Second night out, Frank Belknap Long
The boy who predicted earthquakes, Margaret St. Clair